DOUTRINADOS

TRISHA LEAVER   LINDSAY CURRIE

DOUTRINADOS

TRADUÇÃO
Rodrigo Seabra

GUTENBERG

Copyright © 2014 By Trisha Leaver e Lindsay Currie
Publicado originalmente por Flux.
Direitos de tradução negociados por Taryn Fagerness Agency e Sandra Bruna Agencia Literaria, SL. Todos os direitos reservados.
Copyright © 2016 Editora Gutenberg

Título original: *Creed*

Todos os direitos reservados pela Editora Gutenberg. Nenhuma parte desta publicação poderá ser reproduzida, seja por meios mecânicos, eletrônicos ou em cópia reprográfica, sem a autorização prévia da Editora.

EDITORA
Silvia Tocci Masini

EDITORES ASSISTENTES
Felipe Castilho
Nilce Xavier

ASSISTENTES EDITORIAIS
Andresa Vidal Branco
Carol Christo

CAPA
Carol Oliveira
(Sobre as imagens de rudall30 e aleksandarvelasevic)

REVISÃO
Pausa Dramática

DIAGRAMAÇÃO
Guilherme Fagundes
Larissa Carvalho Mazzoni

Dados Internacionais de Catalogação na Publicação (CIP)
Câmara Brasileira do Livro, SP, Brasil

Leaver, Trisha
  Doutrinados / Trisha Leaver, Lindsay Currie ; tradução Rodrigo Seabra. -- 1. ed. -- Belo Horizonte : Editora Gutenberg, 2016.

  Título original: Creed
  ISBN 978-85-8235-359-2

  1. Ficção norte-americana I. Título.

16-00425   CDD-813

Índices para catálogo sistemático:
1. Ficção : Literatura norte-americana 813

A **GUTENBERG** É UMA EDITORA DO **GRUPO AUTÊNTICA**

São Paulo
Av. Paulista, 2.073,
Conjunto Nacional, Horsa I
23º andar . Conj. 2301 .
Cerqueira César . 01311-940
São Paulo . SP
Tel.: (55 11) 3034 4468

Belo Horizonte
Rua Carlos Turner, 420
Silveira . 31140-520
Belo Horizonte . MG
Tel.: (55 31) 3465 4500

Rio de Janeiro
Rua Debret, 23, sala 401
Centro . 20030-080
Rio de Janeiro . RJ
Tel.: (55 21) 3179 1975

Televendas: 0800 283 13 22
www.editoragutenberg.com.br

*"Se você quer ir rápido, vá sozinho.
Se quiser ir longe, vá acompanhado"*
- provérbio africano

Obrigada, Bri, pelos dezoito anos indo longe junto comigo.
- Trisha

Para meu marido e meus pequenos. Espero fazê-los sentir ao menos a metade do orgulho que vocês me dão.
- Lindsay

UM

O carro parou no acostamento da estrada de terra. Soltei um palavrão, frustrada com o fato de ter deixado o casaco em casa ao invés de usá-lo para cobrir minha camiseta nova. A chuva que caía enquanto dirigíamos tinha rapidamente se transformado em gelo, o que deixava as margens da estradinha vicinal lisas e escorregadias. Estava muito frio e úmido lá fora, e agora eu teria de ir andando. Sem casaco.

Luke tirou seus fones de ouvido e os jogou sobre o painel, forçando o câmbio automático para a posição P. Não que o carro fosse a qualquer lugar se deixado em D; afinal, ele tinha superaquecido e sofrido uma morte lenta.

– Onde estamos? – perguntei já saindo do carro. Meu pé escorregou assim que o coloquei no chão e tive de me agarrar ao retrovisor para não cair.

– Nem faço ideia – disse Luke, pisando no acelerador na tentativa de fazer o carro pegar de novo. – Provavelmente em algum lugar entre Watertown e Albany.

– Belo jeito de ser específico – eu disse, abrindo o porta-malas na esperança de encontrar um suéter ou uma jaquetinha leve qualquer. – Isso quer dizer que você conseguiu andar direto por, talvez, uns 500 quilômetros?

Me voltei para o irmão de Luke, Mike, pensando que ele talvez estivesse prestando mais atenção.

– Onde nós estamos?

Ele deu de ombros.

– Sei lá, Dee. Sinto muito.

Dei um suspiro. Eu também não tinha prestado atenção nas placas. Já fazia uma hora, inclusive, que eu tinha enfiado a cara no livro de Espanhol e estava mais preocupada com a prova que teria na segunda do que em saber o caminho em que estávamos indo.

Procurei dentro da minha sacola no porta-malas alguma coisa mais quente que pudesse vestir por cima da camiseta, mas eu realmente não tinha me preparado para nenhuma aventura. Tudo o que encontrei foi um par de botas com salto, uma calça jeans, uma coisinha de seda que mal servia de pijama e ninguém mais para pôr a culpa, a não ser eu mesma. Já tinha uns quatro anos que eu não fazia uma mala extra para qualquer eventualidade, e acho que fiquei com preguiça por causa disso. Ou me acomodei, talvez. Agora, meu castigo seria ter que lidar com a possibilidade de hipotermia.

Abri a sacola de Luke e só consegui puxar lá de dentro uma cueca, uma escova de dentes e um pacote de camisinhas.

– Sério que é só isso que você trouxe? – perguntei com uma risada enquanto enfiava os preservativos de volta na sacola, rezando para que Mike não os tivesse visto. No meu entender, a bagagem de Luke estava ótima daquele jeito mesmo.

Luke deu um sorriso demonstrando mais malícia do que arrependimento.

– Mas também você não me deu indicação nenhuma de para onde a gente ia ou o que estava planejando. O que eu ia pensar?

Nada mesmo. Ele estava com toda a razão.

– Se importa se eu pegar isso aqui? – perguntei, puxando um de seus uniformes de treino. Dei uma cheirada rápida e decidi que as manchas marrons eram só terra do campo de futebol americano. Terra seca. A camisa era até quentinha, o tecido estava macio como se tivesse sido lavado recentemente e cheirava apenas a Luke.

Me afundei um pouco mais no agasalho. Aquela pequena parte de Luke em volta de mim fazia eu me sentir mais segura e menos tensa.

– A que horas nós saímos?

– Às duas, talvez duas e meia – Mike respondeu. – Por quê?

– Por nada, não – eu disse, entrando no carro e me aninhando no ombro de Luke. Já passava das cinco e isso queria dizer que já estávamos na estrada havia pelo menos três horas. O show era às sete em Albany, então concluí que estávamos na metade do caminho. Mas tínhamos parado duas vezes. Uma foi porque o Mike tinha de fazer xixi, e a outra porque meu estômago roncava mais alto que o motor. Imaginei que foram uns cinco minutos na primeira parada e um pouco mais na segunda, por causa da grande decisão no posto de gasolina entre comer um bolinho Twinkie ou um bolinho Ding Dong, e isso significava que nós tínhamos andado uns...

Ah, quem eu queria enganar? Não tinha nem noção de onde estávamos.

Me encostando um pouco mais em Luke, enfiei a chave de novo na ignição. Nem tive tempo de ver o ponteiro da gasolina se mexer antes que o motor parasse de fazer barulho outra vez, nos deixando em meio a um frio silencioso.

– Como é que a gente parou naquela loja de conveniência duas horas atrás, comprou um quilo de Twinkies e nenhum de nós pensou em colocar gasolina?

Luke esticou os lábios em um daqueles sorrisos sexy de um lado só, que geralmente o livravam de qualquer problema.

– Nem olha pra mim. Eu sou o cara do mapa, lembra? Depois que a gente saiu da estrada principal, eu só fiquei prestando atenção na sinalização. Gasolina, suprimentos, Twinkies e todo o resto eram coisas pra você e pro Mike.

Se abaixou no chão do carro e pegou o mapa todo embolado. A I-90 estava bastante engarrafada, de modo que tínhamos saído dela há mais de uma hora, na esperança de economizar tempo. Infelizmente para mim, o cara do mapa e o cara da gasolina não podiam ser a mesma pessoa.

– Lembra que você me perguntou por que as universidades não permitem aquecedores elétricos de comida nos quartos do alojamento? – Mike provocou.

– Lembro. O que tem isso?

– Bom, é por sua causa.

Pelejei para não sorrir enquanto via Luke pensar a respeito, tamborilando os dedos no joelho. Luke era brilhante e conseguia resolver qualquer problema de cálculo avançado com mínimo esforço. Conseguia lembrar de cada movimento de seus três últimos jogos e chegou à faculdade com um histórico de notas impecável. Mas coisas simples como conferir o marcador de gasolina ou programar o gravador da TV o confundiam. Aquele era um dos milhares de detalhes que eu amava nele. De algum jeito, era uma coisa que conseguia ser uma graça e incrivelmente irritante ao mesmo tempo.

— Se você quer dizer que um aquecedor daqueles representa mais perigo do que um ferro de passar ou uma vela, está enganado. Eu só consigo pensar que, estatisticamente...

— Esquece, Luke — eu disse, cortando seu pensamento. — Se fôssemos pensar estatisticamente, seriam Mike e seu narguilé que tocariam fogo no alojamento.

Luke olhou para mim com os olhos ternos ao reparar que eu estava tremendo.

— Desculpa, Dee. Eu estava ouvindo música e me distraí. Nem pensei na gasolina.

— Não é culpa sua — murmurei.

Não era mesmo culpa dele, era minha. Era de se pensar que, depois de quatro anos vivendo com os Hoopers, eu já teria aprendido a sempre me assegurar de que o tanque de combustível estivesse cheio. Eles eram velhos o suficiente para serem meus avós, e isso significava que, toda vez que tiravam o velho Buick da garagem para andar três quilômetros até o bingo, ele voltava com o tanque cheio. Sem exceções. O Sr. Hooper teria me xingado de tudo quanto era coisa se soubesse que a gente ficou sem gasolina, e aí ele mesmo empurraria o carro até o posto e abasteceria. Eu ficaria com vergonha e Luke fingiria se sentir culpado, mas nenhum dos dois iria reclamar.

Os Hoopers tinham me acolhido, uma órfã sob tutela do Estado, sem casa nem família, e me fizeram sentir como parte da família. Ninguém os forçou a fazer isso, e qualquer um sabia que aqueles míseros 450 dólares por mês que recebiam do governo nem começavam a cobrir as despesas que eu dava. Mas ainda assim me deixaram ficar. É só por isso que eu ficaria quietinha no meu canto enquanto eles falariam em nossos ouvidos até cansar sobre como era irresponsável da nossa parte ficarmos parados no acostamento por uma razão tão estúpida.

Mike se inclinou sobre os bancos da frente.

— Não é nada demais. Vamos chamar um reboque.

Puxei meu celular do bolso e olhei bem para a tela. Sem sinal. Nem sei o que eu estava esperando encontrar; afinal, não tínhamos sinal nenhum desde o momento em que saímos da autoestrada.

Estava escurecendo, não havia uma alma sequer à vista e nós não tínhamos nem ideia de onde estávamos. Ótimo. Agora só precisávamos de uma mocinha branquinha de biquíni, um sujeito enorme usando uma máscara de hóquei com uma serra elétrica e um xerife transformado em zumbi para termos o filme de terror perfeito acontecendo ao nosso redor.

– Sem sinal – eu disse, levantando o telefone para que Mike visse por si mesmo. – Tenta o seu.

– Nada também – disseram os dois ao mesmo tempo.

Ao limpar a fina camada de neblina que embaçava o vidro, olhei para fora e percebi como a luz do dia já se esvanecia. A não ser pelas plantações murchas de um metro de altura balançando suavemente com o vento, não consegui enxergar mais nada. Não ouvia nada também.

– Olha, nós estamos perdidos no meio do nada em pleno estado de Nova York e são uns 80 quilômetros de caminhada até aquele posto pelo qual passamos – eu disse, chegando mais perto de Luke. – Precisamos rápido de um plano, ou então vamos perder...

Parei no meio da frase porque não queria estragar a surpresa de Luke. Ele ainda não fazia ideia de para onde estávamos indo. Também não sabia que eu vinha juntando trocados nos últimos cinco meses para comprar ingressos do show para nós todos.

– Perder o quê? – ele perguntou, me puxando para junto dele. Me deu beijinhos seguidos no pescoço, respirando pesada e docemente perto da minha orelha. Estava me chantageando, tentando fazer com que eu revelasse meu segredo.

– Nada. Mas precisamos voltar pra estrada – respondi, me desvencilhando de seu abraço.

Luke se recostou e assumiu aquela postura otimista que era tão própria dele. Tinha levado muito tempo até ele conseguir ficar daquele jeito comigo, ao reconhecer que havia medo na minha voz e entender que eu não era nada daquela menina insolente e endurecida pela vida que todo mundo achava que eu devia ser.

– Relaxa, Dee. Vai ficar tudo bem.

Luke apertou o blusão em volta de mim com os olhos fixos no número três – seu número – que ficava no peito e fez uma expressão de satisfação.

– Isso fica melhor em você do que em mim.

Na verdade, eu achava que ela ficava melhor embolada no chão ao pé da cama junto com meus tênis e a calça jeans, mas não falei nada. Mike estava logo ali no banco de trás e podia ouvir tudo.

– Você fica aqui – Luke disse, calçando suas luvas. – Deve ter alguma cidadezinha aqui perto. Mike e eu vamos sair para procurar gasolina.

Olhei bem para ele enquanto minha cabeça percorria todos os cenários possíveis. Todos eles terminavam comigo sendo feita em pedaços por algum louco que morasse nas imediações.

– Ah, tá... De jeito nenhum. Eu vou com vocês.

Levantei o queixo e desafiei Luke a dizer que não. Ele apenas sorriu, tirou a jaqueta e a enrolou em meus ombros. Seus dedos se entrelaçaram com os meus e dei um suspiro, sentindo uma paz momentânea. Luke iria até o inferno por mim, se precisasse, e, considerando todos os obstáculos que criei e que ele teve que derrubar quando começamos a namorar, eu nunca tive razão para duvidar dele.

Uma remota possibilidade de haver uma cidadezinha por ali surgia em meio à neve que derretia, na forma de luzes vagamente visíveis de onde estávamos. Mesmo que Luke tivesse razão e nós estivéssemos perto de outro posto de gasolina, duvido que conseguíssemos chegar lá antes de congelar até a morte.

Me obriguei a abrir a porta de novo, com o vento lá fora me cortando como uma lâmina. Luke já estava vasculhando uma bolsa preta no porta-malas. Achou uma lanterna e a acendeu, ao que o pequeno facho de luz iluminou a margem da estrada.

– Vamos – ele disse. – Quanto mais cedo a gente achar gasolina, mais cedo voltamos pra estrada.

Olhei para Luke e percebi que ele segurava algo que parecia ser uma chave de roda na mão esquerda.

– E você vai levar isso aí? – perguntei, já desejando que tivéssemos decidido ficar no carro, esquecer o show e pedir ajuda para a próxima pessoa que passasse por ali.

– Com certeza – Luke respondeu.

Balancei a cabeça e fiz um esforço para não rir. Não havia chance alguma de alguém nos ajudar daquele jeito. Digo, quem em seu juízo perfeito pararia para ajudar três garotos estranhos, especialmente se um deles estivesse carregando uma barra de metal?

Voltei meu olhar mais uma vez para o carro, apreensiva com o fato de que ele já desaparecia atrás de nós. Mal tínhamos andado meio quilômetro e o carro já estava coberto de gelo. Peguei a mão de Luke e rezei para que a cidade estivesse mais perto do que parecia estar.

dois

Definitivamente, a cidade não estava nem um pouco mais perto do que parecia. Meus pés doíam e minhas mãos estavam dormentes quando chegamos às cercanias. Eu provavelmente teria me sentado para descansar ali mesmo em qualquer amontoado de terra na beira da estrada se não fosse pelo som irritante de uma sirene que ecoava em meio ao silêncio.

– O que é isso? – perguntei, já com a cabeça latejando junto com o toque de dois tempos.

– Uma sirene – Mike respondeu.

– Ah, sim, muito obrigada. Isso eu já tinha percebido – resmunguei. Me virei para Luke. – Pra que será que ela está tocando?

Luke deu de ombros e fizemos uma varredura visual na área em volta, procurando um cogumelo atômico, um tornado em forma de funil ou um *tsunami*, qualquer coisa que pudesse explicar uma sirene de emergência. A não ser pela grossa camada de nuvens cinzentas ao fundo, o horizonte estava limpo. Não havia qualquer sinal de tempestade mortífera, do apocalipse ou de um ataque de zumbis. Absolutamente nada.

E não era só isso. Até onde eu conseguia perceber, também não havia ninguém em volta para ser avisado do que quer que fosse. Algo que parecia um monte de carros estava adiante, mas todos parados, e nada de buzinas ou som de escapamento. Se não fosse pelos dois tratores que pareciam ser bem caros perto dali e pela trilha de pneus seminovos margeando a estrada, poderia jurar que a cidade estava abandonada.

– Não se preocupe – Luke me disse. – Vamos parar no primeiro posto que virmos, comprar um pouco de gasolina e voltar à estrada

– completou, se inclinando para junto de mim, passando a mão pela minha nuca e me aproximando dele. – Talvez você queira me dizer agora que grande surpresa é essa. Eu poderia achar gasolina ainda mais rápido se tivesse a motivação certa...

– Nada disso – eu disse, empurrando de leve. Ele se virou para Mike, certamente pronto para tentar conseguir alguma dica do irmão mais novo. Levantei a mão como que avisando Mike para ficar de bico calado. – Você nem pense em falar nada!

Mike deu um tapa no ombro de Luke, já se preparando para o soco de retribuição que sem dúvida se seguiria.

– Desculpa aí, mas sua patroa disse que não.

A risadinha de Luke pareceu forçada, como se ele estivesse tentando deixar a conversa mais leve, ainda que a sirene soasse mais estridente a cada minuto.

– Ah, é? E desde quando você faz o que ela manda?

Mike sorriu, e um fulgor estúpido e travesso passou por seus olhos.

– Eu não faço, mas nós todos sabemos que você faz. As paredes lá em casa são finas, sabe? *Bem* finas.

– Ah, fica quieto! – falei alto, interrompendo a conversa. Havia algumas coisas em que eu preferiria nunca ter de pensar. Mike ouvindo Luke e eu juntos... É, era uma dessas coisas.

O primeiro vulto de uma construção apareceu à nossa frente. A neve derretida fazia com que a parede de tijolos brilhasse de uma maneira tão gélida que trincava até minha alma. Parei em frente aos degraus e olhei para o alto, onde havia algo escrito sobre a porta: "Caixa de Depósitos e Investimentos de Purity Springs". Ao lado do banco havia uma mercearia e, do outro lado da rua, uma lavanderia, um pequeno café e algo que parecia ser uma série de casinhas comunitárias revestidas de madeira que se estendiam até uma capela.

Parei no meio da rua e puxei Luke para meu lado, parando-o também. A não ser pela sirene berrando sem dó em meus ouvidos, estava tudo parado. Morto. Nada de cachorros uivando, crianças chorando, nem carros correndo para longe do perigo iminente.

Estremeci. A rua vazia, a tinta borrada na parede de concreto, as construções com ar antigo, tudo aquilo nos intimidava. Era assustador de verdade. Vasculhei minha bolsa atrás do spray de pimenta que eu sempre carregava comigo. Não que houvesse alguém em quem usar. O lugar era uma verdadeira cidade fantasma.

– Cadê todo mundo? – perguntei em voz alta.

– Nem faço ideia – Luke respondeu também alto, tentando competir com a sirene. – E acho que eu não estou nem aí também – emendou, apontando para um ponto mais adiante na mesma rua.

Tive de apertar os olhos para conseguir distinguir a placa pálida a quase meio quilômetro dali. Não foram as palavras escritas, mas sim os retângulos em formato familiar se projetando do chão que entregaram a resposta.

– Um posto de gasolina! – gritei e comecei a correr.

O sol já estava para se pôr, com suas luzes alaranjadas banhando as ruas fracamente. Por mais que o lugar fosse ermo como um cemitério, pude jurar que vi sombras. Não eram nada além de manchas pretas fugazes próximas aos prédios, mas eram reais. Meu lado racional sabia muito bem que era só o efeito da luz do sol poente mudando de posição. Mas o pensamento lógico nunca era páreo para minha imaginação, e assim me vi segurando com mais força o pequeno tubo de spray de pimenta, com a mão suada como que soldada junto à latinha.

O Sr. Hooper tinha me dado aquilo logo na primeira semana quando fui morar com eles. Eu tinha acabado de fazer treze anos e não confiava em ninguém, incluindo eu mesma. Já não via meus pais havia mais de um ano, naquela época. O governo tinha finalmente me tirado da guarda deles em definitivo quando meu pai deixou de me ver como mero saco de pancadas e passou a querer algo mais. Naquelas alturas, eu já tinha passado por três casas de outras famílias adotivas e tinha sido expulsa de dois programas assistenciais quando os Hoopers aceitaram me dar uma "última chance". Essa tal chance veio repleta de regras e incluía acompanhamento semanal por ordem de um juiz, mas no fim os Hoopers me amansaram e conseguiram me fazer conversar, mesmo quando tudo o que eu queria era só ficar escondida.

O Sr. Hooper pôs o *spray* na minha mão no meu primeiro dia de aula e disse que o primeiro passo para superar meu passado era assumir o controle do presente. Eu aceitei, porque ter comigo aquela pequena arma me fazia sentir menos como uma vítima e mais como uma menina com a qual ninguém iria querer mexer. Desde então, o tubinho ia comigo pra todo lado.

Me virei e procurei o Mike na rua. Tudo bem que ele só estava servindo de vela na viagem, mas ainda era o irmão do Luke e, no fim das contas, sempre servia para a gente dar umas risadas. Ah, e ele estava com os ingressos do show na carteira.

– Você está vendo o Mike em algum lugar por aí? – perguntei.

Luke fez um movimento com a mão na direção em volta, apontando para tudo e nada ao mesmo tempo.

– Ah, ele está bem. Está dando uma olhada por aí, a mesma coisa que a gente.

Dei um suspiro e procurei mais uma vez pela rua vazia. Tínhamos de ficar juntos. Era burrice nos separarmos daquele jeito.

– Relaxa, Dee. Não tem ninguém aqui – Luke disse. – Eles provavelmente evacuaram o local quando a sirene começou. E eu tenho certeza de que é alarme falso.

Dei de ombros e continuei andando, na esperança de sair daquele lugar o mais cedo possível. A cidadezinha, com seu abandono perturbador e as ruas desertas, me fazia sentir vulnerável, como se eu estivesse sendo observada e... acuada. E eu odiava a sensação.

Percebendo meu desconforto, Luke me pegou gentilmente pelo ombro e me parou, me fazendo olhar bem nos olhos dele.

– Não vou deixar nada acontecer com você.

Sorri e tentei dar a impressão de estar mais segura. Acreditei no que ele disse, ou pelo menos a maior parte de mim acreditou. O resto estava escaldado pelos 17 anos de coisas ruins que já tinham me acontecido.

Ele passou o polegar pelo meu rosto com aquela expressão familiar de determinação bruxuleando nos olhos.

– Dee, você acredita em mim, não acredita?

– Acredito, mas é que o Mike... – e parei de falar. Minha garganta já estava ficando irritada. Se eu não tomasse cuidado, aquela constante competição com o barulho da sirene ia acabar me deixando surda e muda.

A rua escura se alongava à nossa frente. Soltei o ar de uma vez, aliviada de ver a silhueta de Mike refletida na janela do posto ainda bem iluminado. O estacionamento estava lotado, com muitos carros parados lado a lado. Todos vazios. Luke bateu na porta aberta de um Ford azul de aparência genérica e eu vi que seu raciocínio certamente percorria o mesmo incômodo caminho do meu. Ele e eu já vivíamos na mesma cidade por quase quatro anos e sabíamos muito bem que, sempre que havia uma emergência, nem todo mundo dava ouvidos às recomendações. Sempre há alguns idiotas que ficam pra trás, acreditando serem mais fortes e mais espertos, e capazes de ludibriar a Mãe Natureza. Mas não ali. Aparentemente, todo mundo naquela cidade era temente a Deus e cumpridor das leis.

Luke pôs a mão no meu ombro. Provavelmente só estava querendo atrair minha atenção, mas aquilo me assustou pra cacete. Soltei um palavrão e me encolhi com um passo pra trás.

– Calma, garota – ele disse com um sorrisinho.

Começou a andar em direção às janelas do posto de onde Mike acenava para nós dizendo para nos aproximarmos. Dei um risinho nervoso quando o sininho em cima da porta balançou a acusou nossa entrada. Meio que esperava que aparecesse algum garoto coberto de graxa vindo nos perguntar o que desejávamos ali. Ao invés disso, fui recepcionada por nada mais do que corredores vazios.

– Ah, graças a Deus! – resmunguei, destapando os ouvidos quando a porta se fechou e finalmente abafou o grito agudo da sirene.

– Não tem telefone aqui, mas pelo menos achei um galão de gasolina – Mike disse, balançando orgulhosamente o recipiente vermelho e brilhante. – Só que ele está vazio.

– Sem problemas. A gente enche – disse Luke. – Vou deixar uma nota de vinte no balcão e acho que isso vai cobrir a despesa.

– Não vai ser assim tão fácil – Mike murmurou, batendo na campainha prateada sobre o balcão. Ninguém veio atendê-lo, mas ele insistiu assim mesmo. – Tudo bem que vai ter gasolina na bomba, mas a gente não vai ter como tirá-la de lá sem a ajuda de alguém que trabalhe aqui.

Luke deu uma olhada mais ao fundo da loja.

– Oi? Oooi? Precisamos de gasolina. Tem alguém aí?

Se virou de volta, deu de ombros e checou mais uma vez as imediações do balcão.

– Nada de telefone. Nada das chaves dos carros lá fora. Nada de frentista. O lugar está completamente vazio. Eu sou da opinião de a gente pegar o que precisa e só ir embora.

Mike levantou a lata vazia e a esfregou na cara de Luke.

– Esse é que é o problema. Não tem jeito de a gente pegar o que precisa. As bombas só funcionam se tiver alguém aqui para fazê-las funcionar.

– Besteira – Luke disse, já tirando sua carteira e entregando a Mike o cartão de débito. – As bombas são automáticas. Passa meu cartão aí.

– Já tentei isso – Mike disse. – Passei meu próprio cartão cinco vezes já e nada aconteceu.

Eu sempre pensei que era só passar o cartão nas máquinas e... bem... era só isso e estava tudo certo. Mas, aparentemente, não era assim. Mesmo em um fim de mundo miserável de Nova York, elas ainda precisavam de atendentes humanos.

– Você trabalhou em um Seven Eleven – Mike disse, me puxando para a frente. – Vem ver se você consegue entender como funciona isso aqui.

– Eu acho que alguém precisa autorizar o cartão – eu disse, indo para trás do balcão. – E eu só trabalhei lá por dois dias. Eles não tiveram tempo de me ensinar como operar as bombas.

Reconheci alguns botões da registradora daquela minha breve passagem pelo mercadinho no verão anterior. Não tinha inteirado nem 16 horas de trabalho lá quando percebi que estava perdendo meu tempo e fui embora procurando alguma coisa menos entediante. Continuava procurando até aquele momento.

– Tem uma tecla ou um código que a gente digita aqui ou algo assim. Tenho quase certeza de que tem mesmo a ver com a máquina registradora, mas não sei bem o que é – eu disse.

Luke chegou ao meu lado, levitando os dedos sobre as teclas.

– Você reconhece alguma dessas aqui?

Sim, reconhecia. O problema é que, sem os quatro dígitos do código de segurança, ninguém ia ter acesso a bomba nenhuma. Apertei o *enter* só para ter certeza, na esperança de que o dono do lugar, quem quer que fosse, tivesse saído às pressas e esquecido de proteger as bombas. Tudo o que consegui foi uma tela azul com o cursor piscando e a confirmação do que já esperava: *Digite o código para liberar as bombas.*

Senti o calor do braço de Luke em volta de mim e vi que ele estava tentando muito ser paciente naquela situação tão difícil.

– Tente 1-2-3-4 – sugeriu.

Tentei praticamente tudo o que me veio à cabeça, resmungando sempre que não conseguia nada a não ser o alarme da maquininha.

– Esquece – Mike disse já em direção da porta. – Danem-se essas máquinas. Eu vou conseguir gasolina.

– Espera.

Luke correu até o irmão. Fui atrás, me perguntando se Mike planejava fazer a bomba funcionar aos chutes ou talvez sugar a gasolina dos carros parados. Nenhuma das duas coisas parecia muito promissora.

Luke pôs a mão no vidro da porta e a abriu muito de leve com um empurrão. Foi o suficiente para uma lufada de ar gelado entrar, derrubando no chão uns pedaços amassados de papel que estavam sobre a lata de lixo.

— Fica aqui dentro, Dee. Pega algumas coisas pra gente comer no caminho – ele disse. – Está muito frio lá fora e, pelo jeito daquelas nuvens lá na frente, a garoa vai virar neve daqui a pouco.

— Tudo bem, sem problemas – respondi, já dando uma olhada geral na lojinha, com especial interesse pelo corredor das batatas fritas. – O mínimo que essa cidade pode fazer por nós depois de tanto trabalho é providenciar uma comida.

Me abaixei atrás do balcão e peguei uma sacola de papel que estava lá embaixo. Com duas passagens pelos corredores, já a tinha enchido com nossas guloseimas preferidas – uma Diet Coke para mim, mais Twinkies para o Mike e outro refrigerante e uns *pretzels* para o Luke. Fiquei de olho na caixinha de carne seca no balcão enquanto minha imaginação me levou de volta até em casa. Havia um belo corte de carne descongelando na geladeira quando saímos. A panela de cozimento lento já estava fervendo, e a Sra. Hooper tinha arrumado uma sacola com mais de dois quilos de maçãs prestes a serem descaroçadas. Torta de maçã. Ela iria fazer uma torta de maçã para a sobremesa, e eu com certeza estava um pouquinho arrependida de ter que sair justo naquela hora.

Só uma tira de carne seca não ia chegar nem perto de aplacar minha imaginação salivante, então eu a voltei à gôndola e, ao invés dela, peguei um saquinho grande de M&Ms. Abri a carteira, fiz uma conta rápida e deixei uma nota de cinco, rabiscando um bilhete de "fiado" para os dez que faltaram. Quando estivéssemos longe dali, ficaria feliz de enviar um cheque para cobrir a diferença, mas é certo que eu *jamais* poria os pés naquela cidade de novo.

A porta abriu e deixei a sacola cair no susto, quase entrando em pânico antes de perceber que era só o Luke. A expressão em seu rosto confirmava o que já era esperado, mas perguntei assim mesmo:

— Conseguiu fazer a bomba funcionar?

— Não.

Estiquei o pescoço para olhar mais longe, pensando que veria Mike atrás dele. Luke percebeu que eu dei pela falta do irmão dele e riu daquele jeito meio debochado, o que me fez entender de imediato que, o que quer que Mike estivesse fazendo, Luke achava engraçado.

— Ele está ali na esquina vomitando até a alma. Eu falei que era burrice tentar sugar a gasolina dos tanques, mas ele insistiu em fazer isso assim mesmo.

Balancei a cabeça em desaprovação, engasgando só de pensar no gosto. A imagem de Mike vomitando gasolina foi demais até para o meu estômago habitualmente de aço.

– Ai, isso é nojento. Por que você deixou ele fazer isso?

Luke deu outra risada.

– Você conhece o Mike...

É, eu conhecia. Vinha assistindo ao Luke sempre tentando livrar o Mike e sua língua comprida de brigas e confusões na maior parte dos últimos dois anos. Já tinha se tornado meio que nosso programa semanal das sextas à noite.

– Não se preocupe. As chances de ele ter engolido o suficiente para fazer mal são muito pequenas ou nenhuma. Logo que sentiu o gosto ele começou a botar tudo pra fora.

– Mas então o que a gente vai fazer agora? Vai escurecer logo e não tem gasolina nenhuma.

– O que você quer fazer? – Luke perguntou com um tom de voz que, devagar, foi mudando de brincalhão para bem mais sério. Aquilo me deixou preocupada.

– Por que a gente não pega um desses carros? Deve haver pelo menos uma dúzia parada aqui – sugeri.

Luke assentiu, passando os olhos pela rua lá fora.

– Tem mais ou menos isso mesmo, mas nenhum com chave. Olhei dentro de todos os carros no estacionamento enquanto Mike cuidava da história da gasolina.

– E...? – eu disse, sem conseguir identificar qual seria o problema. Se tinha alguém que sabia como fazer ligação direta em um carro, certamente era o Luke. Ele era incrivelmente esperto. Talvez até pudesse dizer a composição química de cada fio no interior da parte elétrica. Conectá-los e criar a fagulha para ligar o carro seria fichinha.

Luke riu.

– Bom, em teoria, acho que eu até poderia te explicar como puxar os dois fios da ignição para esfregar, gerar a fagulha e explodir o vapor de combustível do jeito certo para ligar o motor. Mas fazer isso no mundo real... não dá. Me desculpa, Dee, mas eu não tenho a mínima ideia de como fazer ligação direta.

Fiz menção de dizer alguma coisa, mas ele logo me cortou com um gesto.

— E, antes que você pergunte, o Mike também não sabe. Se soubesse, não estaria lá vomitando neste momento.

— Então, como vai ser? A gente só vai ficar aqui e esperar até a hora em que alguém resolver voltar?

— Não. Eu acho que seria melhor a gente ir mais pra dentro da cidade e ver se conseguimos encontrar alguém em alguma casa. Alguém que tenha um telefone.

— Tudo bem. Quero dizer, é uma cidade bem pequena, e pessoas de cidadezinhas assim costumam ser legais, não é?

— É isso aí – Luke disse com um sorriso estampado no rosto. – Mas não importa o que aconteça hoje à noite, quero te agradecer. Nem faço ideia do que você planejou para a gente, mas tenho certeza de que vai ser ótimo.

Deu um beijinho na minha testa e bateu no vidro da loja para que Mike se apressasse.

— Pronta para ir?

— Estou – respondi, recolhendo os itens da minha sacola caída.

Na verdade, estava com sérias dúvidas a respeito daquela história de vagar por aquela cidade à noite, mas a gente não tinha lá muita escolha. O tempo estava piorando e logo ficaria tudo escuro. Pelo menos ali, na lojinha do posto, estava mais aquecido, tinha muita comida que eu adorava e era bem mais calmo do que do lado de fora. Além disso, havia muitos lugares para a gente se esconder. Havia o balcão sob o qual eu poderia me enfiar. Os corredores que nos ocultariam se nos abaixássemos. Banheiros com tranca. Se teve algo que aprendi bem com minha infância difícil, foi o fato de que procurar jeitos de ficar invisível não era nenhuma covardia – era esperteza.

— Talvez a gente devesse ficar aqui e ver se alguém aparece – eu disse.

Luke viu o medo em meus olhos e pegou minha mão.

— Te peço o seguinte, Dee: só meia-hora para a gente dar uma volta por aí. Se não encontrarmos uma casa ou outro posto de gasolina, a gente volta pra cá.

Fiz que sim com a cabeça, temendo que, se eu falasse algo, minha voz fosse falhar e deixar claro o quanto eu na verdade estava assustada. Não tinha ideia do que iríamos encontrar, nenhuma noção de para onde aquelas ruelas desertas nos levariam, mas isso não importava. Afinal, não era como se houvesse qualquer pessoa nas redondezas, prestativa ou perigosa, que fosse nos perturbar.

TRÊS

Começou a nevar no minuto em que viramos a esquina da rua principal. Os flocos de neve eram tão grandes que dava para seguir seu rastro rodopiante no ar até eles chegarem ao chão e até entender seu desenho intrincado antes que eles derretessem ao tocar o asfalto. Fui prestando atenção a cada floco individual, cuidadosamente me desviando de suas trajetórias enquanto avançávamos pela cidade.

– Tá com frio? – Luke perguntou.

Eu estava para lá de gelada e doía até para respirar, porque cada respirada ardia até chegar aos pulmões.

– Você não acha que seria melhor a gente voltar lá pro carro? – perguntei.

– Não – Luke respondeu, tirando seu boné e pondo na minha cabeça. – Lá não tem gasolina nem aquecimento. Além disso, tem umas casas ali na frente. Tem de haver alguém por lá.

Ajeitou a chave de roda debaixo do braço e pegou minhas mãos geladas em meio às suas, massageando-as, e eu suspirei de alívio quando aquela pontinha de calor que ele oferecia passou para mim.

Segui seu olhar e vi que ele observava com atenção uma luz fraca que havia adiante. O brilho laranja seguia um padrão reconhecível; linear e perfeitamente espaçado.

– Iluminação de rua – eu disse, já com os pensamentos de uma casa quentinha e um telefone guiando meus passos. – Tem de haver alguém em casa por ali.

– Com certeza. Não dá para imaginar que todo mundo sem exceção tenha saído de casa quando ouviu a sirene. Seria "certinho" demais – Mike disse e fez uma pausa, sua voz ficando mais baixa enquanto ele se encurvava atrás de um arbusto próximo. – Cacete, aquela gasolina está me matando.

– Quanto você engoliu? – Luke perguntou, pulando para trás no momento em que outro jato de vômito vinha na direção de seus pés. – Essa coisa te destrói por dentro.

Pude perceber a preocupação na voz de Luke. O modo como ele tomava conta do irmão, com as mãos sobre os ombros dele para evitar que ele caísse, era muito gentil. Mesmo em seus piores dias, Luke sempre cuidava do irmão mais novo. O instinto protetor estava em seu sangue.

Mike cuspiu uma última vez e se recompôs, passando a manga da camisa na boca.

– Nem tanto assim. Acho que o finalzinho que ainda tinha está agora em cima do seu pé.

Luke olhou para baixo e resmungou, tentando usar um pouco da neve do chão para limpar seus tênis. Tudo o que ela fez foi juntar ainda mais grama morta e sujeira nos calçados que já estavam imundos.

– Vou tentar usar meu telefone mais uma vez – eu disse. Puxei o celular do bolso e apertei a tecla *home* com o dedo anestesiado pelo frio. Ainda não havia sinal nenhum. A ideia de bater na porta de um estranho qualquer me parecia mais agradável a cada minuto.

– Não dá para entender como é que não tem sinal nenhum na cidade inteira. Digo, será que eles não têm celulares por aqui? – perguntei.

Luke esfregou meus ombros, certamente como uma forma silenciosa de se desculpar pela nossa má sorte. Menos de uma hora antes, eu estava a caminho daquela que seria provavelmente a melhor noite da minha vida. Das *nossas* vidas. Nosso aniversário de dois anos juntos. Olhei bem para ele, maravilhada com o fato de que ele não tinha desistido de mim tempos antes.

O plano original era a gente assistir à nossa banda preferida e depois ir pro hotel. Um quarto para Mike e outro para mim e pro Luke. Eu vinha arrumando aquilo já havia meses e tive até de mentir para os pais de Luke e para os Hoopers para que tudo saísse do jeito certo.

Mentir para a mãe do Luke era uma coisa, mas mentir para a Sra. Hooper era uma história bem diferente. Era como falar algo errado para sua avó – sua avozinha linda e tão velhinha, que fazia biscoitos para você depois da aula e assava tortas no Natal. Exceto pelo fato de que a Sra.

Hooper não era de verdade minha avó e não tinha obrigação nenhuma de cuidar de mim. E isso tornava tudo muito pior. Ela não tinha de fazer biscoito nenhum, nem de me acolher, nem de lavar minha roupa de cama ou ir às reuniões de pais e professores, mas fazia tudo isso assim mesmo. E lá estava eu mentindo para ela.

Agora, perderíamos nossos lugares no show, e quanto ao hotel... Nem queria pensar que tinha sido um desperdício. Belo jeito de começar o fim de semana: morrendo de frio, sem grana e me sentindo extremamente culpada.

Mexi os dedos do pé duros feito cubos de gelo e soltei um murmúrio ao tomar outro fôlego, enquanto o vento castigava minhas bochechas. Já estávamos perigosamente próximos da hora que estava marcada para as bandas de abertura subirem ao palco. Não levaria muito tempo até que eu tivesse de ceder e contar ao Luke sobre a noite superfantástica que nós *não* teríamos juntos.

Parei de repente e Mike quase trombou comigo. Tínhamos chegado a uma bifurcação de três vias. Virei a cabeça para os lados, dando uma olhada em cada uma das ruas. Eram todas praticamente idênticas, com todos os jardins perfeitamente bem cuidados e incrivelmente limpos, sem nem traços de papéis de bala ou latas jogadas junto ao meio-fio. Inclusive as luzes da rua estavam todas acesas e nenhuma piscava defeituosa.

Luke abaixou a cabeça um pouco, apertando os olhos para afastar a neve que caía pesadamente nos cílios.

– Vocês estão ouvindo alguma coisa?

– Nada – respondi. O único som que podia distinguir era o do vento passando pelas árvores. – Espera um pouco... A sirene! Parou de tocar!

– Pois é. Então eu acho que esse zumbido no meu ouvido é só da minha cabeça mesmo – Luke disse, enfiando o dedo no ouvido.

Agora que a sirene tinha parado, eu esperava ver gente saindo das casas, ou talvez dos porões ou de qualquer abrigo improvisado que tivessem feito em seus quintais. Mike e Luke também olhavam em volta, ambos murmurando coisas para si mesmos.

O lugar estava silencioso. Silencioso demais.

Aquele amontoado de nuvens que antes se projetava no horizonte estava agora sobre nós, trazendo consigo uma ventania úmida que me fazia tremer.

– Não parece haver ninguém por perto, mesmo – falei, dando um passo em direção à rua mais à esquerda e com os olhos bem abertos para qualquer movimento mínimo. – Para qual lado vocês querem ir primeiro?

— Não faz diferença — Mike disse com os olhos indo de uma casa à outra. — E em todas deve ter telefone, certo?

Apontei para uma das casas de luz bem fraca à nossa direita e disse:

— Para mim também é a mesma coisa. Vamos tentar aquela ali, então.

— Espera um minuto — Luke interrompeu, estendendo o braço à nossa frente. — Que tal se a gente tentar ali primeiro?

Segui a direção de seu olhar e meu corpo imediatamente estremeceu ao perceber que teria de se esgueirar em meio a dezenas de cruzes que abarrotavam o chão.

— Mas... ali é um cemitério, Luke.

— Eu sei — ele respondeu, fazendo uma pausa longa o bastante para indicar uma pequena estrutura que ficava mais longe. — E ali é um barracão de ferramentas. Aposto dez pratas que eles têm uma lata de gasolina lá dentro para os cortadores de grama e coisas de cavar e outras tralhas.

— *Coisas de cavar e outras tralhas?* — Mike deu um sorriso sarcástico. — Uau, mas que termos técnicos complicados que você usa.

Engoli uma risada quando vi que os olhos de Luke se estreitaram.

— Cala a boca, Mike. Eu nunca falei que era algum especialista em coisas de construção. Mas olha só, já que eu sou o cara que tem passagem garantida para a faculdade e você é o que está prestes a tomar pau em Literatura. Talvez você deva começar a considerar mais seriamente o ramo de construções.

— E o que você quer dizer com isso? Que eu sou algum tipo de tap...

Luke o interrompeu.

— Não estou dizendo nada de mais, Mike. Mas antes que você saia de porta em porta feito um mórmon, talvez seja melhor olhar primeiro naquele barracão.

Ri junto com Luke. Como é que a gente tinha ido da preocupação com ingestão de gasolina para uma discussão de quem era mais esperto em menos de cinco minutos? Dei um passo adiante, determinada a forçar a passagem pelo portão do cemitério. Mas não queria ir lá. Preferiria fazer a rota dos devotos e bater em todas as portas. Só que não tínhamos em mãos nossas fundamentais Bíblias de capa de couro e os casacos pretos, então acho que ninguém iria nos tomar por qualquer outra coisa além de um bando de garotos maltrapilhos.

Dei um empurrão no portão de ferro fundido cuja base riscou o chão quando abri. Não estávamos muito longe do tal barracão, que ficava talvez a umas seis ou sete cruzes adiante. Era só tomar um bom fôlego e dar uma renovada no ânimo e eu chegaria lá.

– Essas cruzes são bem esquisitas – Luke disse, passando ao lado de um dos símbolos feitos de madeira. – Não tem nomes nelas e nem data. Aliás, quem usaria cruzes de madeira? Digo, elas não apodrecem?

Sim, como os corpos que estão embaixo delas, pensei comigo.

Mike se ajoelhou e passou a mão na cruz que estava mais perto dele, o que fez despencar um pedaço de madeira. Limpou a lama que tinha ido parar em sua calça e ficou de pé de novo.

– É, apodrecem sim.

Sem aquela lodo, ficava mais fácil ver a cruz. Não era nada mais do que dois pedaços de madeira amarrados juntos com algum tipo de cordão.

– Que tipo de cemitério você acha que é? – perguntei, pensando no lugar onde o filho pequeno dos Hoopers tinha sido enterrado uns quarenta anos antes. Os Hoopers iam lá duas vezes por ano, no dia em que ele nasceu e no dia em que morreu, pelo que pude presumir. Nunca perguntei, só ia com eles e ficava sentada no carro, observando e imaginando coisas.

Tentava não me perder pensando nessa história e não ficar remoendo sobre como as coisas às vezes podem ser tão do avesso. Por qual razão Deus daria filhos a um monstro como meu pai enquanto os Hoopers perdiam o filho deles? Acho que a vida vez ou outra cismava de mexer com a gente daquele jeito.

O cemitério onde o filho dos Hoopers estava enterrado tinha lápides de granito com gravações elaboradas, os nomes e datas, e tinha bancos e suportes permanentes para flores. Neste aqui, eles não tinham nada além de madeira podre amarrada com barbante puído.

– Talvez seja um cemitério militar – Mike sugeriu. – Tem dezenas de estacas dessas e elas são todas iguais. Então, o que mais poderia ser?

Observei as cruzes todas. Metade delas estava se desfazendo e tudo em volta cheirava a terra molhada.

– Bom, isso não importa – disse. Eu já estava congelando e o lugar me dava arrepios. – Vamos lá ver aquele barracão.

Só pude dar três passos antes que Luke mais uma vez diminuísse a marcha ao meu lado.

– Olha só aquilo – ele disse, apontando para um túmulo sozinho do outro lado do terreno.

– O que é aquilo? – perguntei. Nem adiantava tentar identificar de onde vinha o brilho quase apagado. Peguei a mão de Luke e o puxei para mais perto de mim.

A pequena chama laranja dançava entre os ramos de um salgueiro. Os braços magros da árvore balançavam na nossa direção quando o vento batia neles e parecia dar-lhes vida. Logo abaixo estava a luzinha fraca.

– É uma vela? – Mike perguntou.

– Acho que é – respondi, pensando em como ela se mantinha acesa em meio tempo. Andei em direção àquela luz e meu pé afundou bastante no que parecia ser uma cova recém-cavada.

– Cuidado! – Luke gritou. Me pegou pelo cotovelo e puxou para trás. – Isso dá azar. *Muito* azar. Sempre ande em volta dos túmulos.

Ri nervosamente e puxei o pé do meio daquela lama que tentava engoli-lo. Luke não acreditava em nenhuma daquelas superstições comuns, como gatos pretos, espelhos quebrados e passar embaixo de escada, mas nas poucas coisas em que acreditava, o fazia com todo fervor. Considerando que meus pés estavam enfiados até os tornozelos na terra daquele cemitério tão primitivo, no qual eles provavelmente nem usavam caixões, pensei que não me faria mal se eu acreditasse nele e tomasse um cuidado extra.

– Será que dá pra gente esquecer a vela e focar no barracão? – perguntei enquanto livrava o outro pé.

Luke apertou a mão bem forte junto à minha e nos afastamos do túmulo, mirando mais uma vez em nosso destino. Os dedos dele estavam gelados, endurecidos como pedrinhas de gelo, mas me davam conforto ainda assim. Ele piscou para mim com o canto do olho e eu só pude retribuir com um sorriso. Se tinha mesmo de estar presa ali naquele inferno, pelo menos tinha a sorte de estar ao lado dele.

O barracão era velho, com as paredes carcomidas pelo tempo e o telhado cedendo no meio. Soltei um grunhido quando chegamos à porta. Meu humor já estava péssimo, e o cadeado que nos encarava fez tudo ficar pior.

– Trancado – Luke disse se virando para mim com um tom de resignação em sua voz. Seus olhos piscavam em frustração, e eu só baixei os ombros.

Estava bem preparada para dar meia-volta e esquecer a história do barracão e sua promessa de gasolina quando ouvi o primeiro estrondo de metal cortando o ar noturno. Foi ensurdecedor e eu gritei, o corpo inteiro tremendo de medo.

Luke afastou minhas mãos dos meus ouvidos com os lábios já formando um sorriso.

– Você sinceramente pensou que ele desistiria fácil assim? – perguntou, apontando para o Mike. – O cara que bebeu gasolina? Que é isso, Dee...

A fraca luz da lua refletia no objeto nas mãos de Mike. Olhei mais atentamente e reconheci a chave de roda que tínhamos trazido do carro. Até aquele momento, tinha me esquecido totalmente de que estávamos com ela.

– Mais umas duas batidas bem dadas e eu acho que quebro esse negócio – Mike disse, investindo contra o cadeado mais uma vez. O som ecoava como se fosse um milhão de cacos de vidro, e o impacto jogava fagulhas para todos os lados.

– Hã, Mike? Você acha mesmo que isso é uma boa ideia? – perguntei, olhando para os lados e procurando alguma alma viva. A última coisa que eu queria era ser pega por vandalismo. Isso sem mencionar que o Luke estava indo para a faculdade no outono seguinte. Violação de sepultura não era exatamente a melhor coisa para ter no seu currículo.

Além do mais, eu só tinha mais seis meses até ser declarada maior de idade e legalmente livre, não mais uma protegida do estado. Junte um crime do tipo vandalismo contra os mortos à minha ficha já bem diversificada e com certeza o serviço social iria dar um jeito de eu ficar de molho por mais um tempo.

– É a melhor ideia que eu tive o dia todo – Mike respondeu. – Especialmente depois que o seu namoradão aí sugeriu aquela história de "vamos sair da rodovia e pegar a estradinha de terra assustadora para lugar nenhum".

Luke mostrou o dedo e Mike riu.

Na verdade, aquela decisão tinha sido minha. Eu não queria chegar atrasada no show, então Luke fez o que sempre fazia: tentou consertar a situação e me deixar feliz ao encontrar uma rota alternativa.

Mike chegou para trás, afastou as pernas e bateu com a barra de metal mais uma vez. A fechadura quebrou e a vibração dos metais colidindo ecoou pelo chão.

– Isso! – Mike exclamou, largando a chave de roda. Jogou o cadeado para o lado e só ouvimos o ruído surdo dele caindo no chão atrás de algum arbusto.

Luke entrou primeiro, soprando e afastando teias de aranha do rosto.

– Não consigo ver droga nenhuma – disse com os braços estendidos no escuro.

– Aqui – Mike jogou para ele a lanterna que tínhamos trazido do carro. – Usa isso.

Um pequeno facho de luz iluminou o quarto escuro.

– Lata de gasolina, lata de gasolina... Tem de ter alguma coisa que a gente possa usar aqui – Luke murmurou para si mesmo.

Peguei meu celular de novo e usei a luz da tela para me orientar pelos cantos do cômodo. Ganchos pendiam das paredes, a maioria segurando ferramentas pesadas. Aparador de arbustos, cortador de grama, soprador de folhas. Picareta.

– Uma picareta? Pra que que alguém precisaria disso aqui? – perguntei.

– Sei lá. Talvez usem no inverno quando as pessoas morrem e o chão está congelado – Luke arriscou.

Me virei para ele, nem um pouco agradecida por sua valiosa observação. Mike nos ignorou e continuou procurando em meio a grandes tonéis de plástico que se juntavam ao longo da parede, soltando um palavrão quando uma caixa de papelão tombou sobre seu pé.

Papéis que estavam dentro se espalharam e Luke se abaixou para pegá-los, voltando a luz para aquela bagunça. Dezenas de nomes escritos a lápis forravam as páginas. Ao lado de cada nome havia uma data. Me abaixei e peguei a primeira folha que estava perto da mão. Era bem recente, datada de 5 de novembro... dois dias antes.

– James McDonald, seis anos. Margaret Elizabeth Cunningham, cinquenta e quatro anos. Sadie Calbert, vinte e dois anos – Luke ia lendo em voz alta. Respirou fundo e voltou a enfiar os papéis na caixa. – Isso aqui... Acho que esses são registros de óbitos.

– Eu achei coisa melhor – Mike interveio. – Olha só isso aqui.

Luke apontou a lanterna na direção de Mike, vagarosamente subindo o facho até ver um escrito no alto: *Purity Springs – população: 152 pessoas.* Chegou a placa para o lado e havia outra, quase idêntica, logo atrás.

– *Purity Springs – população: 151 pessoas* – Luke leu em voz alta antes de ir para outra placa.

– E dá uma olhadinha nesta aqui – Mike disse. – Parece que é bem mais nova, sem risco nenhum. Diz que a população é de 149. Isso é muito esquisito.

Luke balançou a cabeça, murmurando alguma coisa ininteligível só para si mesmo. Cheguei para o lado, me forçando a procurar por gasolina ao invés de prestar atenção a velhos registros de mortes espalhados no chão.

Minha cabeça voou de volta para aquele túmulo pelo qual passamos antes de chegar ali. Era bem recente, e não pude deixar de pensar que havia uma placa na beira da estrada lá atrás onde se lia *"Purity Springs – população: 148 pessoas".*

– Finalmente – Luke disse atrás de mim. Não pude ver sua figura, mas ouvi o som de seus dedos tamborilando no plástico grosso do que rezei para ser um galão de gasolina.

Usei a luz de meu telefone para olhar em volta do barracão e encontrei Luke num canto do fundo. Ele balançou o recipiente e o conteúdo mal fez barulho.

– Ah, merda... – ele reclamou.

– Que foi? – perguntei. – É gasolina, não é?

– É, com certeza é – Luke suspirou ao tirar a tampa e cheirar o bocal só para se certificar. – Só que, pelo peso, eu acho que está quase vazio. Duvido que a gente tenha o suficiente aqui para dar partida até num soprador de folhas, quanto mais em um carro.

Mike pegou o galão das mãos de Luke e balançou mais forte.

– Tem razão, está vazio – disse, e então largou-o no chão junto aos pés. – Uma cidade sem gente. Um posto sem telefone. E agora um barracão de ferramentas sem gasolina. Que diabos de lugar todo errado é este?

Isso meio que me deixa apavorada, pensei comigo mesma ao cair de joelhos e rezar para que ambos estivessem errados e que houvesse gasolina não só para ligar o carro, mas também para nos levar o mais longe possível de Purity Springs.

QUATRO

Nos apressamos de volta pelo cemitério, contornando as covas e apenas sussurrando uns para os outros. Em meio a registros de óbitos, estranhas placas indicativas da população e aquela vela fantasmagórica, nenhum de nós queria ficar por ali mais tempo que o necessário.

A vizinhança pela qual tínhamos passado antes, na hora de vir, finalmente apareceu ao longe, e por isso exalei um sopro de alívio, animada com a possibilidade de conseguir ajuda. Queria voltar à estrada. Naquele ponto, nem me importava mais se continuaríamos a caminho do show ou se voltaríamos para o ensopado da Sra. Hooper. Ficaria grata por conseguir qualquer das duas coisas.

– Qual rua? Qual casa? – Mike perguntou. A luz da rua só era suficiente para que eu percebesse a indecisão em seus olhos. Eu sabia o que ele estava pensando: não importava para onde iríamos. De qualquer modo, seria um jogo de dados.

Olhei bem para a rua à minha frente. Caixas de correio pretas alinhadas à beira do meio-fio e calçadas retinhas, perfeitamente pavimentadas de tijolos, levavam às portas das casas. Tudo preto. Contei doze casas naquela rua, então me virei e contei mais doze na rua à nossa direita. Nem me preocupei em checar a terceira; meu palpite era de que haveria outras doze bizarramente iguais ladeando a rua do mesmo jeito.

Aparentemente, naquela cidade, as escolhas eram bem limitadas. Ou você pegava uma casinha padrão de três quartos e fachada branca com portas e janelas de acabamento preto, ou então era arrumar uma casinha padrão de três quartos e fachada branca com portas e janelas de acabamento preto. Até as jardineiras eram iguais, artisticamente curvadas na base das caixas de correio e todas plantadas com flores do mesmo exato tom de amarelo muito pálido e um laranja meio queimado.

Tirei minhas luvas e soprei ar quente nas mãos. Aquelas casas dos dois lados das ruas não me traziam exatamente uma sensação calorosa e acolhedora. Na verdade, me fizeram pensar em que tipo de gente reprimida e tediosa moraria ali.

Alguma coisa naquela vizinhança como um todo me dava a impressão de que algo estava errado. Bastante errado. Meus sentidos não ficavam em alerta daquele jeito havia anos. A última vez foi naquela primeira noite no abrigo, quando percebi que a menina que ocupava a cama abaixo da minha tinha uma faca improvisada em meio às molas de seu colchão. Passei as duas semanas em que fiquei lá evitando cair no sono, e tinha agora a nítida sensação de que, se não sumisse logo daquela cidade, passaria a noite fazendo exatamente a mesma coisa.

— Minha santa mãe, até o paisagismo desse pessoal é todo igual, incluindo o vaso de flor na varanda — Luke disse.

— Você acha que a gente vai dar a sorte de encontrar a chave de uma dessas casas debaixo de um vasinho desses? — Mike perguntou.

— Pelo jeito da coisa, aposto que uma mesma chave abre todas as portas — respondi.

— Provavelmente. Vamos ver aquela primeira ali. Eu já estou a meio caminho de uma hipotermia aqui — Mike sugeriu, mas parou antes de fazer qualquer outro movimento quando percebeu Luke contando as casas. — Não. Pode parar! Não começa com isso.

— Casa número três. Precisamos ir na casa número três — Luke me disse com um sorriso, sem dúvida já se preparando para encarar mais uma dura reprimenda nossa por causa de sua fascinação estúpida pelo número três. Só pra dar exemplos mais claros: ele jogava tanto futebol americano quanto lacrosse, e insistia que em ambos os times seu uniforme fosse o de número três. Tinha se inscrito em três faculdades e todas elas ficavam a no máximo três quilômetros de casa. Tinha até nascido do dia 3 de março.

— Ah, saco... — lamentei, com as mãos no rosto. — Lá vamos nós de novo.

— Não, de jeito nenhum — Mike disse. — Nós vamos é para aquela primeira bem ali — e apontou para a casa mais perto de nós. — Que se dane essa sua obsessão por número da sorte. Eu nem consigo sentir as pernas de tanto frio, e meus bagos já estão do tamanho de uma uva-passa.

Luke deu aquele seu sorriso zombeteiro, sem se deixar abalar pelas palavras do irmão.

– Não é obsessão. É só minha sorte. Semana passada, por exemplo, tirei a sorte grande!

Levantei a mão, já o interrompendo.

– Não, peraí. Aquilo foi só um ingresso para um jogo da liga dente-de-leite que você comprou do seu primo, e com isso ganhou um par de ingressos para um filme que a gente já tinha visto.

Na verdade, eu não estava falando sério quando pareci irritada. Mas o fato é que Luke sempre teve preferência pelo número três. Mais para o começo do ano, tinha tatuado o número no dedo do meio. Saiu dizendo que era seu amuleto dali em diante. Eu ri e disse que o único amuleto da sorte que ele deveria ter era eu. Ainda sorrio quando me lembro daquela tatuagem, bem ciente de que ele não tinha escolhido o dedo médio por acaso. E, por mim, não tinha problema nenhum naquela obsessãozinha dele, enquanto a gente estivesse lá em casa e isso só significasse que a gente deveria assistir ao terceiro filme na lista do Netflix ao invés do primeiro.

– Ah, vai, gente. Eu não estou pedindo demais – Luke disse. Me deu um beijo no rosto com os olhos escuros pidões me implorando por aprovação. – São só duas casas mais pra baixo. Dá até pra ver daqui. Além do mais, estou com um bom pressentimento a respeito.

– Tudo bem – murmurei. – Mas se eu acabar com uma gangrena por causa disso, você não vai conseguir nada comigo por um mês.

– É justo – Luke respondeu, chegando ao meu lado. – E eu prometo, Dee, que depois vou compensar isso tudo...

Dei um resmungo baixinho. Aquelas palavras sussurradas eram bem claras para mim e deixavam pouco para a imaginação. Normalmente, aquele tom de voz me faria ficar toda animadinha e carinhosa, louca para deixar o irmão dele na primeira esquina para ficarmos sozinhos. Mas não naquela noite. Aquela noite estava rapidamente se tornando uma bela de uma porcaria, e qualquer pensamento de ficar com Luke antes de ficar sozinha com Luke fora embora no minuto em que chegamos àquele cemitério. Nada como enfiar o pé na terra de um túmulo recém-cavado para destruir totalmente o clima.

– Bom, chegamos – Mike disse quando nos aproximamos da casa escolhida por Luke. – Será que a gente deve bater na porta?

Dei mais dois passos antes de perceber que Mike e eu estávamos sozinhos. Luke tinha ficado na calçada encarando a caixa de correio.

— Alguma coisa errada aí? – perguntei.

Ele balançou a cabeça e eu segui seu olhar em direção ao lado da caixa. Havia um número sete colado na lateral de metal lisa e sem nenhum adorno. Vi o que Luke estava pensando, mas a agonia daquele frio todo estava chegando aos meus ossos e todos os músculos do meu corpo começavam a doer.

— Ah... tá... não... Era a terceira casa. O trato foi esse. Não tô nem aí se ela for a número sete ou 333. Se não acharmos logo um telefone ou um pouco de gasolina, não vamos conseguir ver nada – eu disse, ainda me apegando a uma esperança vazia de pelo menos chegar na segunda metade do show.

— Ver o quê? – Luke perguntou.

— Nada – respondi. A chance de a gente ainda conseguir chegar ao show era virtualmente nenhuma, naquele ponto, mas eu queria pelo menos usar o quarto de hotel. – Vamos torcer para ter alguém em casa.

Mike tocou a campainha. Quando ninguém atendeu, ele encostou o ouvido na porta e tentou identificar pelo menos o som de passos lá dentro. Chegou para trás, tamborilou os dedos na madeira de novo e esperou mais um pouco.

— Não ouço nada vindo lá de dentro. Beleza de número da sorte esse seu três...

Luke resmungou alguma coisa sobre o número sete e tirou Mike do caminho. Pôs a mão na maçaneta e a girou com cuidado. Prendi a respiração, esperando ouvir o clique de uma fechadura logo em seguida, mas ele nunca veio. Na verdade, foi só empurrar e a porta se abriu com uma luz fraca vindo sobre nós lá de dentro.

— Olha só, eles estavam nos esperando – Mike brincou, sinalizando para eu entrar. – Deixaram a porta destrancada e tudo.

— Vocês tão loucos? – eu disse, indignada. – Nós não podemos só abrir e entrar assim. Isso é invasão de domicílio.

— Não tem ninguém em casa, Dee. Mesmo se tiver alguém, nós só precisamos dizer que estamos só procurando um telefone ou gasolina, e aí eles não chamam a polícia – Luke disse. – Pensa bem. Se estivéssemos correndo da casa com uma sacola cheia das coisas deles, aí tudo bem, seria crime. Mas eles não vão fazer nada com três garotos precisando de ajuda.

Olhei para Luke, estudando sua expressão e procurando em seus olhos algum sinal de dúvida, mas não vi nenhum. Percebi a intensidade em sua voz e entendi de pronto que ele jamais sugeriria aquilo se não tivesse pensado mil vezes antes. Ele era aquele tipo de pessoa que tinha um plano B até para o plano B.

– Presta atenção, Dee – Mike disse, gesticulando muito, já com dezenas de pontinhos brilhantes de gelo grudados na manga de sua camisa. – Está congelando lá fora. Além do mais, Luke tem razão. Nós vamos usar o telefone, esperar o guincho chegar e aí damos o fora. Eles nem vão saber que estivemos aqui.

– Isso é loucura – eu disse, soltando o ar bem alto. Me arriscar daquele jeito nunca tinha sido o meu forte, e só de pensar em simplesmente entrar naquela casa, tinha a impressão de que era a coisa mais errada que eu fazia em muito tempo. – Mas tudo bem, então, só porque a gente não tem opção mesmo. Se eu ouvir qualquer coisa, qualquer coisinha de nada, a gente some daqui. Tem alguma coisa de fora do normal nesse lugar todo.

Mordi o lábio, me amaldiçoando por ter nos colocado naquela situação. Em qualquer outra sexta à noite, eu estaria tranquila em casa, só esperando Luke chegar para assistirmos a um filme e tentando ignorar o cheiro estranho da lasanha vegetariana ainda não muito bem calibrada da Sra. Hooper. Naquele momento, mesmo sentir aquele cheiro seria mais agradável do que estar ali.

CINCO

Uma lufada de ar frio me atingiu no momento em que entrei pela porta. A imediata sensação gélida mais me empurrou de volta para fora do que me fez sentir acolhida nos recônditos seguros e secos da casa. Luke deve ter sentido o mesmo, porque encolheu os braços para trás e me puxou para o abrigo de suas costas. E não seria eu a reclamar. Estava mais do que feliz em deixar Luke ser o primeiro a entrar pela porta.

A brisa logo esmoreceu, e com isso as cortinas que dançavam tornaram a ficar quietas. Mike passou por mim e se colocou na frente de Luke em duas passadas.

– A porta – ele disse.

Fiquei parada em silêncio, sem ter ideia do que ele queria dizer e se eu deveria recuar ou entrar de vez e fechar a porta atrás de mim. Só quando Mike começou a andar pelo recinto é que percebi do que ele estava falando. Aquela antessala dava em uma sala de estar, e havia uma passagem por ela que levava direto à cozinha e a uma porta dos fundos. E era *aquela* porta dos fundos que estava escancarada. O baque de ar frio que tínhamos sentido foi por causa do vento encanado que criamos quando abrimos a porta da frente.

Mike levou o indicador aos lábios, sinalizando para ficarmos calados enquanto ele fechava a porta.

– Duvido que tenha alguém em casa – Luke sussurrou em meu ouvido. – Mas fica aqui e deixa que eu e o Mike olhamos em volta.

Me encolhi mais ainda para junto dele. Não tinha o menor interesse em perambular pela casa até que tivéssemos certeza de que ela estava vazia. E também não queria que Luke fizesse isso. Mas ele sorriu e me afastou gentilmente, então fez um gesto para que eu ficasse paradinha ali mesmo enquanto ele se dirigia às escadas.

Mike foi o primeiro a voltar, e seu passo despreocupado já me fez perceber que ele não tinha encontrado nada.

– Dei a volta na casa – ele foi dizendo enquanto checava mais uma vez a tranca da porta da frente. – Não tem ninguém lá fora. Meu palpite é o de que todo mundo saiu apressado quando a sirene tocou.

Por mais que eu quisesse acreditar que a sirene tinha espantado todo mundo dali, a lógica daquela suposição não aquietava a minha paranoia.

– Ou então eles fugiram quando nos ouviram chegar – eu disse.

Mike deu de ombros.

– Acho que não. Eles já foram há algum tempo. Se tivessem acabado de sair, tenho certeza de que eu teria visto algum sinal lá fora, mas não tem nada a não ser quilômetros de campo aberto. Além disso, tem neve no chão. Eu teria visto rastros se eles tivessem saído há pouco tempo, e não tem nada.

Olhei pela janela da frente, pesquisando o quanto dava pra ver do quintal do vizinho. Só havia a camada de neve imaculada, marcada apenas pelas nossas próprias pegadas.

– Cadê o Luke? – ele perguntou.

Levantei o queixo apontando para o teto. Podia ouvir Luke andando lá em cima. O ocasional rangido das tábuas do piso e o som de portas abrindo e fechando me deixavam de cabelo em pé.

– Vou lá em cima dar uma olhada com ele. Grite se você precisar da gente – Mike disse.

Fiquei lá parada sozinha, ouvindo os passos de Mike e Luke no andar de cima. Suas vozes eram abafadas pelo teto que nos separava, mas eu ainda distinguia algumas palavras. Luke deu uma risada com aquele ribombar grave na voz, demonstrando um contentamento que só Mike conseguia despertar nele, e na mesma hora fiquei mais relaxada. Se Mike estava fazendo piada e Luke estava rindo, então as coisas não deveriam estar tão ruins.

O aquecedor ligou sozinho e aquele leve sibilo do radiador finalmente começou a remover o frio do ar. Foi só então, quando meu corpo e mente até que enfim puderam se render ao calor que vinha das frestas, que me lembrei de olhar melhor em volta. O lugar onde eu estava parada em pé era uma sala de estar – uma sala muito monótona e muito sem graça. As paredes, o sofá e até as cortinas eram todos bege.

Não havia um único quadro na parede ou decoração sobre o aparador da lareira. Na verdade, com exceção das fracas brasas alaranjadas que brilhavam lá dentro, a única outra cor na sala vinha da enorme cruz dourada pendurada sobre o aparador.

Não consegui me segurar. Estiquei a mão e toquei a parte de baixo da cruz. Estava fria, apesar do fogo que ainda queimava de leve logo abaixo. Nem mesmo os Hoopers, o pessoal mais religioso que eu já tinha conhecido – um casal que ia à igreja todos os domingos e orava antes das refeições nos feriados –, nem mesmo eles tinham algo daquela magnitude pendurado na parede.

Atraída pelo fogo acolhedor, me vi apreciando um pouco mais o lugar onde estava e até tirei as luvas para aumentar o contato com o calor. Joguei para o lado também os sapatos e mexi os dedos do pé em frente às chamas até sentir o suave e doloroso formigamento da vida voltando aos pés. A partir do momento em que meu corpo não estivesse mais tão castigado pelo frio, poderia novamente voltar meu foco para o momento e para como sairíamos daquele lugar.

– Tudo tranquilo lá em cima – Luke disse. Dei um pulo ao ouvir sua voz, quase caindo no piso revestido de tijolos da lareira quando me virei para olhar para ele. Ele estendeu os braços para me confortar enquanto Mike afastava a tela de proteção e jogava outra tora para queimar lá dentro. O fogo crepitou quando as brasas se viram sufocadas sob o peso da madeira nova, mas só por um momento, antes de elas se animarem de volta.

– Acharam um telefone? – perguntei.

Luke balançou a cabeça.

– Não vi nenhum lá em cima. Vamos ver na cozinha.

Tirei as meias úmidas e as pendurei em frente à lareira para secar. De jeito nenhum eu ficaria por ali mais do que alguns minutos, mas mesmo aquilo faria toda a diferença pros meus pés não ficarem molhados e anestesiados pelo frio.

Virei em direção à cozinha logo depois da quina e logo parei. A mesa estava posta, e alguma coisa tinha sido largada sobre o fogão e se queimara totalmente. Pelo jeito, eles estavam se preparando para jantar quando seja lá o que fosse chegou e atrapalhou tudo.

– Como eu tinha dito antes, quem quer que more aqui saiu muito apressado – Mike disse, já pegando a panela queimada e a colocando dentro da pia.

Pude dar uma olhada por dentro da panela, e seu conteúdo marrom e endurecido aumentou ainda mais meus medos. O tempo lá fora até podia estar bem feio mesmo, mas não era nada que exigisse evacuação de emergência. Com toda certeza, não havia nada que justificasse largar a comida no fogão ligado daquele jeito.

Me voltei para a mesa e contei os pratos. Três. E três conjuntos de talheres. Três pratos de salada. Três copos de leite. Os guardanapos estavam jogados dentro dos pratos e a garrafinha com molho para salada estava tombada e se derramava sobre o descanso de panela ao lado.

Sem pensar, me aproximei da mesa e levantei o frasco. Usei um dos guardanapos para limpar a bagunça antes de colocá-lo de volta na geladeira. Pretendia fazer o mesmo com a manteiga e com o queijo ralado quando Luke pegou meu braço e me virou em sua direção.

– Deixa assim, Dee.

Desvencilhei-me dele em um instante e um breve laivo de pânico quase me fez empurrá-lo para longe. Eu raramente reagia ao toque de Luke daquele jeito, e quase nunca deixava minhas lembranças tomarem conta de mim e passarem por cima do que eu sabia que era verdade em dado momento. Mas ali, naquela casa, nada parecia estar certo.

Luke levantou as mãos com uma expressão no rosto claramente indicando que minha reação o tinha magoado.

– Dee, calma! Eu nunca...

Eu acenei com as mãos, tentando não deixar que meus problemas tornassem aquela noite em algo ainda pior do que ela já era. A verdade era que eu confiava em Luke totalmente. Sabia que ele nunca me machucaria. Nunca.

– Desculpa – murmurei.

Luke assentiu com a cabeça, mas manteve distância quando comecei a arrumar a mesa de novo. Era uma tarefa monótona, uma coisa chata e repetitiva que tirava um pouco minha cabeça da conclusão inevitável. Tínhamos perdido o show, estava gelado lá fora e a olhada superficial que eu tinha dado na casa já indicava que não havia telefone nenhum, e menos ainda qualquer viva alma. E nós estávamos presos ali.

– Não tem telefone – murmurei de novo ao jogar o leite fora na pia. Olhei em volta para ver se encontrava uma lavadora de pratos. Não havia. Claro que não havia. Por que haveria de ter? – Não tem lavadora. Aposto que eles também não têm televisão nem computador.

Mike concordou e confirmou meus pensamentos. Sentei ali mesmo no chão da cozinha, morta de raiva pelo fato de a noite ter sido arruinada, com raiva de mim mesma por não ter averiguado o marcador de gasolina e bem mais do que só um pouquinho assustada. Odiava me sentir daquele jeito, como se eu não tivesse controle nenhum nem pudesse opinar a respeito do que fazer em seguida.

– Não é nada de mais – Luke disse, se abaixando à minha frente e erguendo meu queixo para olhá-lo nos olhos. – Vamos tentar outra casa.

Aquela era a solução lógica, mas minha capacidade de raciocinar já tinha desaparecido bem antes, naquela hora em que eu tinha brincado de amarelinha no cemitério.

– Eu não entendo. Quem neste mundo não tem telefone?

– Hã... Nós – Mike disse, e eu levantei os olhos para ele. Não queria uma resposta. Só precisava desabafar. – Não, é sério, nós não temos – Mike continuou. – Não temos telefone fixo já há uns dois anos. Só temos celulares.

Eu sabia disso, claro, mas olhei para Luke buscando confirmação assim mesmo.

– Pois é – ele disse. – Minha mãe mandou desligar faz tempo. Disse que não tinha mais uso, já que a gente vivia pendurado no celular, mesmo.

Os Hoopers tinham telefone fixo, um daqueles aparelhos velhos que ainda ficavam presos à parede. Mas era porque eles mal conseguiam entender como acessar o correio de voz de seus celulares, quanto mais enviar mensagens. Por isso ter um telefone fixo fazia mais sentido para eles – e não necessariamente para o resto do mundo.

– Então, quais são as chances de alguma outra casa aqui ter telefone? – perguntei.

Luke deu de ombros, aquele cacoete tão familiar que significava que nossas chances eram poucas.

– Tá certo, então vamos voltar pro carro – sugeri. – Podemos fazer sinal para a próxima pessoa que passar de carro por lá.

– Eu sei que pode parecer mais seguro ficar lá, Dee, mas, sem gasolina, não dá pra ligar o aquecimento. O carro é só uma geladeira de metal no momento.

– Então vamos voltar pra cidade – eu disse. A casa onde nos refugiáramos podia estar bem quentinha e tudo, e havia inclusive comida na mesa, mas alguma coisa ali me dava um medo danado. – Podemos ficar lá no posto até que algum dos atendentes volte.

Foi Mike quem me respondeu. Caminhou até a janela e abriu as cortinas para que eu pudesse ver lá fora por mim mesma.

– Está escuro lá fora e o vento só aumenta. Meu palpite é o de que agora a neve não vai dar trégua por um bom tempo, e a última coisa que nós queremos é ficar perdidos lá fora.

Eu sabia o que ele estava pensando. Era a coisa mais certa e mais esperta a se fazer, mas isso não fazia dela a menos assustadora.

– Então o quê? Você acha que a gente deveria ficar aqui? Na casa dos outros? A noite toda?

Nenhum dos dois disse uma palavra, e aquilo já era resposta o suficiente.

– Não – eu disse, olhando para o relógio. – Mal passa das sete. Ainda temos muito tempo.

– Não, não temos – Mike disse.

– Mas e se eles voltarem? Digo, eles não vão ficar nada felizes se...

– Nós já trancamos as portas – Luke me interrompeu.

Meus olhos se desviaram para a porta da frente. Não apenas eles a tinham trancado como Luke tinha também encaixado uma cadeira contra a maçaneta.

– E pra quê é aquilo?

– Nada – Mike disse. – Nós só queremos estar bem cientes se essa cidade de repente resolver voltar à vida.

Pensei que a escolha de palavra de Mike era interessante e perguntei o que ele queria dizer exatamente com o "estar bem cientes". Mas, para ser bem honesta, nem queria saber. Anos e anos de filmes de zumbi tinham distorcido minha cabeça, me condicionado a esperar sempre hordas de corpos putrefatos gemendo e se arrastando em situações assim. E, levando em conta as condições primitivas que tínhamos visto no cemitério, os mortos não iam precisar de muito esforço para voltar à superfície.

– Então tá. Dane-se – eu disse, indo de volta em direção ao fogo. Com ou sem aquecimento, eu não queria ficar ali e não queria passar nem dez minutos mais naquele show de horrores de casa estranha, e ainda menos passar a noite inteira.

– Mas logo que o sol nascer, nós sumimos daqui.

SEIS

Estava deitada no colo de Luke, com os olhos voltados para a porta da frente e já esperando que quem quer que vivesse ali voltasse de repente. Aquele primeiro vestígio de um medo muito palpável tinha finalmente se acalmado dentro de mim como se fosse uma espécie de ruído constante de fundo.

— Me diz o que você tinha planejado para hoje à noite — Luke pediu, e nem precisei olhar para cima para perceber seu sorrisinho forçado que ficou bem perceptível pelo tom de voz. Duvido de que ele se importasse de verdade com quais teriam sido os planos. Na verdade, só estava querendo me tirar daquele silêncio.

— Era um show. Eu tinha ingressos para ver o Mindhole. Era pra ser nosso presente de aniversário de namoro — respondi. — Podia ter dado tudo errado em qualquer outra noite, menos nesta.

— Não acho que deu tão errado assim — Luke disse. — Afinal, você está aqui juntinho comigo.

Correu a mão pelas minhas costas fazendo o mesmo caminho que vinha fazendo pela última meia hora. Era pra ser um gesto relaxante, mas, com o vento castigando as janelas e a neve gelada tilintando no vidro, aquilo só me deixava mais ansiosa.

— Você sabe que eu te amo, não sabe? — ele perguntou. — E sabe também que eu nunca deixaria nada de ruim te acontecer. E nem o Mike.

— Eu sei — eu disse baixinho. Sabia mesmo. Na verdade, em alguns dias aquela era a única coisa de que eu tinha certeza, a única coisa em que podia confiar.

– Então relaxa, Dee. Prometo que você está a salvo aqui comigo.

Luke me deu um beijo no alto da cabeça, deixando os lábios por algum tempo antes de desviar para meu rosto.

– Mas... se era pra ser nosso presente de aniversário, então por que você trouxe o Mike? – ele quis saber.

Soltei um resmungo quando percebi que ele tentava mudar de assunto.

– Eu meio que precisei da ajuda dele pra falar com seus pais. Digo, mentir para a Sra. Hooper já foi ruim o suficiente, mas aí, com seus pais... Bom, na hora em que fiquei na frente deles, mal podia lembrar do que eu tinha pra dizer.

Ri comigo mesma ao me lembrar da minha primeira tentativa desastrada, antes de desistir e então chamar o Mike para dar conta da tarefa. Já tinha visto Mike mentir para professores a respeito da lição de casa que ele esquecera de fazer e também para se livrar de encontros com garotas que ele sem querer tinha chamado para sair quando estava bêbado. Mike sabia brincar com a verdade melhor do que qualquer outra pessoa que eu conhecesse, e, infelizmente para mim, naquela hora eu precisava das habilidades dele para conseguir meu objetivo.

Claro que isso também significava que eu teria de aguentá-lo por todo o fim de semana, mas, se tinha alguém que sabia tecer toda uma teia de mentiras sem levantar suspeitas, era ele.

– O preço que ele me cobrou para engabelar seus pais foi um ingresso para o show – eu disse, deixando à parte o fato de eu também ter bancado um quarto para ele, a alimentação e a maconha que ele insistira em trazer na viagem. Não fazia sentido eu ir mais fundo no assunto, considerando que Luke estava justamente tentando melhorar meu humor.

Luke deu um grunhido e resmungou alguma coisa para si mesmo. Não entendi quase nada, a não ser uma vaga promessa de fazer Mike pagar por ter cobrado aquele favor.

Me sentei ereta e soltei as mãos entre os joelhos enquanto fazia mais uma varredura visual na sala. Mike ainda estava no banheiro. Tinha passado dez minutos antes procurando nos armarinhos por alguma solução para lentes de contato. A dele tinha ficado no carro. Mesmo que ele conseguisse voltar lá, ela provavelmente estaria congelada.

– Que saco! – exclamei. Não conseguia deixar de me sentir responsável pelo modo como as coisas tinham dado errado naquela noite.

Mike originalmente sugeriu que eu esquecesse toda a história de aniversário e show e fim de semana viajando, e só desse uma festinha para os amigos de Luke. Na cabeça dele, nós deveríamos pegar o dinheiro que eu vinha economizando e usá-lo para subornar o primo mais velho deles para que ele nos comprasse um barril de cerveja. Fingi que nem ouvi a sugestão e disse a ele que não tinha interesse nenhum em gastar os poucos centavos que eu conseguira juntar em bebedeiras para os amigos do Luke. O que eu queria era ficar sozinha com meu namorado, não limpar a sujeira deixada pra trás pelos amigos dele. Além do mais, uma festinha besta na sexta à noite não era suficiente. Luke merecia coisa melhor.

Por mais que eu odiasse admitir isso, começava a achar que Mike tinha razão. Devíamos ter ficado em casa e comprado cerveja.

– Se eu tivesse seguido a sugestão do Mike, a gente não estaria perdido aqui.

– E quais eram os planos dele? Cerveja e chamar os amigos?

– Bem por aí – eu disse, deslizando a mão pela almofada do sofá. Ela era bem retinha e não tinha nenhuma mancha. Nem mesmo um fio puxado ou um pedaço esgarçado pelo uso. Meus olhos então viajaram para a mesinha adiante – que não tinha nem sombra de retratos da família – e depois para as janelas monótonas. Nenhum tecido bacana, nenhuma padronização colorida, só as velhas cortinas lisas e brancas. Para todo lugar que a gente olhasse, só veria a mesma simetria enfadonha. Se aquelas pessoas tinham algum tipo de vida, não dava para adivinhar olhando para a sala.

– Não é culpa sua, Dee.

– Mas *é* culpa minha – respondi. Só então eu começava a me dar conta do quanto estávamos enrascados. – Ninguém vai dar falta da gente até domingo à noite.

– Por que você diz domingo à noite? Foi isso que vocês inventaram pros meus pais?

– Eu não. O Mike – respondi, já com as primeiras lágrimas se formando no canto dos olhos. – Falei pra Sra. Hooper que eu ia passar o fim de semana na casa da Dawn, trabalhando com ela no projeto de Espanhol. E sua mãe acha que vocês estão em Syracuse conversando com o time de futebol americano de lá para eles te convencerem de que têm a melhor escola.

Luke passou os dedos em pente pelo cabelo, um comportamento que tipicamente demonstrava que ele estava irritado. Não necessariamente irritado comigo, mas incomodado mesmo assim.

– E ela acreditou nisso? Syracuse é minha última opção.

Dei um resmungo, tentando não olhar pela janela pela milésima vez. Não tínhamos ideia de onde estávamos. Ninguém sabia que estávamos ali. E aquela casa me dava arrepios.

Tentei ver um lado bom naquilo tudo, mas todos eles eram um saco.

SETE

Ainda estava escuro quando acordei. O fogo tinha se apagado e a casa estava um silêncio só. Mas não tinha sido nenhum barulho nem meu próprio medo que tinha me despertado, só um movimento da almofada do meu lado. De começo, fiquei confusa a respeito de onde estava, mas no fim a realidade bateu à minha porta. Levantei de pronto e o cobertor que estava sobre mim caiu no chão assim que meu corpo se pôs em postura defensiva.

– Calma, Dee. Sou eu – Luke sussurrou.

Levei um minuto até deixar a voz dele entrar na minha cabeça e eu então relaxar. Depois que isso aconteceu, passei os braços em volta dele, grata por ter sido Luke e não algum psicodoido com um cutelo de carne.

No segundo seguinte, me encolhi toda quando uma gota de água gelada passou pela minha camiseta.

– Desculpa por isso – Luke disse, se livrando de seu casaco.

– Por que você está de casaco? E por que ele está molhado? – perguntei.

Estiquei o pescoço para ver a porta da frente e fiquei aliviada ao ver a cadeira devidamente encaixada sob a maçaneta e a tranca no lugar. Olhei de volta para Luke, confusa. Havia pingos de água em seu casaco e seu rosto estava vermelho. Ele tinha ido a algum lugar. Luke tinha esperado até que Mike e eu caíssemos no sono e então meu namorado teimoso e burro tinha ido lá fora.

– Você foi lá fora, Luke? Você tá louco? Que diabos estava pensando?! – gritei.

Mike acordou, resmungando alguma coisa sobre meu barulho excessivo antes de rolar para o lado e se aninhar de novo do fogo. Me estiquei e peguei seu braço.

– Luke saiu da casa. E sozinho!

Mike olhou para ele.

– Você sinceramente esperava que ele não fosse fazer isso? Ele estava pra lá e pra cá a noite toda tentando pensar em um jeito de sair daqui. Aliás, a gente não estava fazendo progresso nenhum em ficar só sentado aqui.

Irritada pelo fato de Mike não ficar do meu lado, me virei para Luke.

– Você podia ter se perdido lá fora ou então congelado até a morte.

Luke balançou a cabeça.

– *Nah*, eu estava tranquilo. Fui até as outras casas nesta rua pra ver se tinha alguém. Não fiz nada de perigoso, juro.

Fiquei sentada, dividida entre me sentir enfurecida e orgulhosa. Sair da casa era algo muito imbecil de se fazer, mas, no fundo, eu sabia que ele tinha feito aquilo por mim. Luke entendia bem o quanto eu estava odiando aquele lugar e como eu tinha ficado nervosa e torcendo os dedos nas primeiras horas, incapaz de acalmar minha cabeça o suficiente para cair no sono. Além disso, tinha uma pequena parte minha que gostou muito de ele ter saído para procurar ajuda. Era bom ter alguém tomando conta de mim daquele jeito, de um jeito que eu não me sentisse totalmente sozinha.

– E você pelo menos encontrou gasolina ou um telefone? – perguntei.

– Não, e eu procurei pra todo lado. Digo, em todos os lugares *mesmo*. Não tem nenhum telefone fixo, nenhum celular, nem mesmo um carregador plugado na parede.

Mike esfregou os olhos para se livrar do sono e apontou para uma pilha de livros no chão.

– O que é isso aí?

Luke lançou um olhar para ele – um olhar puto da vida de quem diz "não é hora de perguntar isso" – e imediatamente me deixou sobressaltada.

– Nada, não.

Olhei para os seis volumes com encadernação de couro. Eram livros que Luke obviamente considerou importantes o suficiente para sair carregando por aí.

– Tem um bocado de "nada" aí, então – eu disse. – O que é isso?

Luke deu um suspiro e chutou os livros para longe.

— Não tenho certeza. Não li da primeira à última folha, mas acho que é algum tipo de manual. Todas as casas onde fui tinham um exemplar desse guardado sempre no mesmo lugar.

Ouvi sua voz fraquejar um pouco, um sinal de que ele estava ansioso e de que havia mais a respeito daqueles livros do que ele deixava transparecer.

— Manual pra fazer o quê? — perguntei, esticando a mão para pegar o livro no alto da pilha e me desviando das mãos que ele tentou pôr no meu caminho. Li o título alto, seguindo o contorno das letras — *Moldando crianças à imagem de Deus*.

— Dee, espera. Acho que não é uma boa ideia você... — Luke parou de falar, sua voz soando desesperada e frustrada enquanto ele implorava para que eu largasse o livro. Eu o ignorei e abri o volume em uma página aleatória, curiosa a respeito de *o quê* ele estaria tentando esconder.

O livro estava bem usado, com as páginas amassadas e manchas de sujeira. Meus olhos correram pelas palavras enquanto meu cérebro tentava vagarosamente compreender o que eu estava lendo. Pude sentir o sangue se esvaindo de meu rosto e as mãos tremendo a cada frase que eu balbuciava.

A "tábua da educação", que não parecia ser nada além de uma longa raquete de madeira, deveria ser usada para alinhar os pensamentos de uma criança aos ensinamentos das escrituras. Quebrar a vontade de uma criança seria como dar a ela um presente, os vergões vermelhos seriam uma bênção, uma forma de... "livrá-la do mal".

Continuei lendo um pouco mais, estremecendo à medida que o livro ia descrevendo em detalhes como e onde a surra deveria ser dada e o número "razoável" de golpes para cada idade. Totalmente despido, o corpo nu deveria ser exibido a toda a congregação; a punição deveria acontecer em público para que houvesse a aprovação de testemunhas. Um golpe era o bastante para uma criança acima de um ano; dez para uma menina maior de doze anos.

O livro caiu de minhas mãos quando imagens começaram a invadir minha mente. Eu sabia bem como era ser espancada com uma colher de pau, com um punho fechado ou um cinto. Eram lembranças que nunca iriam embora. Não importava quanto tempo passasse ou quanta segurança Luke e os Hoopers me oferecessem, aquelas partes do meu passado sempre estariam ali. E aquele livro estava trazendo todas de volta.

oito

– Todas as casas têm um desses? – perguntei, e Luke assentiu. – Onde eles ficam?

– Na cozinha. Na primeira gaveta à esquerda.

Voei do sofá, até tropeçando nos pés de Luke. Ele estendeu a mão para me segurar e eu me encolhi. Ficar à margem daquilo era a última coisa que eu queria naquele momento. Queria era confirmação, uma prova de que aquela cidade era tão demente quanto eu pensava que era.

Puxei com força a gaveta e saquei o livro lá de dentro. A mesma capa gasta, o mesmo título gravado me encarando. Abri, tentando cair direto na página que tinha acabado de ler. Errei a primeira tentativa, mas não por muito, e tive de fazer uma leitura rápida das doze páginas seguintes àquela em que abri para chegar ao capítulo que buscava.

Este outro volume tinha anotações. O nome "Joseph" estava escrito à mão nas margens com datas ao lado, cada ocorrência indicando uma punição específica. Três saraivadas por não abaixar a cabeça durante a oração antes das refeições. Cinco por tossir durante a missa de domingo. Oito por molhar a cama quando tinha seis anos. Chegaram inclusive a contar o número de machucados e tomar nota em uma tabela como se fossem pontos. Quanto mais machucados, quanto maiores os vergões, mas abençoada por Deus a criança tinha sido.

Fui virar a página, já murmurando sobre que outras formas de disciplina medieval eles destacariam, e Luke pegou o livro da minha mão e o jogou de volta na gaveta.

– Vai por mim, Dee, você não vai querer ler isso.
– Você leu?

Os dedos de Luke estavam firmemente agarrados ao puxador da gaveta, como se ela fosse abrir por conta própria.

– Li o bastante pra saber que não é nada bom.

– Por que você não nos acordou no minuto em que achou essas coisas? A gente poderia ter ido embora logo de pronto e talvez já estivesse a quilômetros daqui – eu disse, me perguntando ainda por que cargas-d'água ele teria gastado seu tempo lendo aquela coisa maldita.

– Está escuro lá fora, Dee. Pode dizer que eu sou doido, mas é que, pelo menos quando tem luz, eu sei o que está vindo na minha direção.

O fato de ele estar pensando que algo poderia ir na direção dele... ou na nossa... era muito perturbador e estava completamente em sintonia com meus próprios medos.

Olhei para o teto e tentei imaginar que criança viveria ali. Quem era aquela criança que teria sido espancada naquela casa. Havia três dormitórios no andar de cima, ou pelo menos era o que eles tinham me dito. Luke e Mike os tinham vasculhado na noite anterior. Insistiram em dizer que não havia nada lá a não ser camas, e que o andar todo era tão vazio quanto o térreo. Mas então, por algum motivo, precisei ir lá em cima ver por mim mesma.

Corri escada acima, pulando os degraus de dois em dois. Mike e Luke vieram logo atrás de mim, cada um com sua carga de perguntas a me fazer. Sim, era importante eu saber o que tinha lá em cima, e não, eu não ficaria mais tranquila *deixando pra lá*. Ignorando seus pedidos para parar, fui em direção ao primeiro quarto à minha esquerda.

Luke tinha razão; o quarto só tinha o absolutamente básico. Havia uma cama de casal bem no meio, coberta com uma manta branca. Uma cadeira de treliça ficava ao lado do criado-mudo e uma escrivaninha de pinho se encostava na parede mais ao fundo. Estava limpa, sem nem mesmo um abajur ou um frasco de perfume. Mesmo o ocasional espelho que deveria estar pendurado logo acima estava faltando, substituído por uma cruz dourada gigantesca. O pessoal que morava ali não era apenas religioso, era devoto pra caramba.

Luke chegou por trás de mim e pousou a mão em meu ombro.

– Se acalma um minuto. O que você está procurando?

– Nada – eu respondi, entrando no quarto.

Abri o armário meio que esperando que um cadáver caísse lá de dentro nos meus braços. Ao invés disso, o que vi foi uma fileira de roupas perfeitamente passadas, com um cheiro distante de água sanitária. Sapatos forravam o chão – quatro pares, todos pretos e de amarrar, do tipo social. Cheguei para trás para ter uma boa visão da prateleira de madeira que ficava em cima do cabideiro do armário e vi um discreto brilho de algo reluzente. Nas pontas dos pés, corri a mão em cima da prateleira na esperança de trazer para a frente o que quer que fosse. Com um palavrão, puxei rápido a mão para a frente e levei o dedo à boca, já sentindo gosto de sangue. Seja lá o que tivesse lá em cima, era afiado.

– Deixa eu ver – Luke disse, estendendo a mão para mim.

– Não, tudo bem. Só pega pra mim isso que está lá em cima.

Luke nem precisava se esticar para alcançar a parte mais alta da prateleira. Chegou pra trás para ter uma ideia de onde estavam as coisas e então só levantou a mão e pegou. Ficou olhando para os objetos por alguns segundos antes de virá-los para me mostrar. Era uma pilha de vasilhas rasas de metal e algo que parecia um bisturi. Encarei nervosamente aquela lâmina muito bem afiada e depois me detive nas vasilhas.

– O que diabos é isso? Será para pôr comida de cachorro? – perguntei, imaginando por que alguém guardaria aquilo junto com as roupas. Pelo que eu tinha visto do andar de baixo, havia muitas outras prateleiras e armarinhos onde deixar tigelas de metal. Além disso, não havia qualquer sinal de cachorro por perto. Nenhum brinquedo, nenhuma ração, nem mesmo algum pelo solto nas almofadas do sofá.

Luke deu de ombros.

– Seria o meu palpite também...

– E essa lâmina? – perguntei, curiosa para ver como ele poderia explicar aquilo.

– Parece que o quarto foi pintado bem recentemente – Mike arriscou. – Talvez eles a tenham usado para tirar a tinta das janelas.

Eu não tinha sentido qualquer cheiro de tinta – nem lá embaixo e nem em cima –, mas tudo bem. Peguei as cumbucas da mão de Luke, as coloquei na beirada da prateleira e então dei um bom empurrão para jogá-las tão perto da posição original quanto possível. Quanto à lâmina, bem, eu deixaria o Luke decidir o que fazer com ela.

– Eu quero ir olhar os outros armários.

— Nós olhamos todos os outros quartos ontem à noite, incluindo os armários — Mike disse logo que eu me virei para fechar a porta do armário. — Olhamos embaixo das camas também. Não tem nada de mais aqui em cima.

Assim que a portinha fechou, uma batida de madeira com madeira ecoou pelo quarto. Fiquei indecisa quanto a pôr a mão de volta no puxador ou correr dali. A lógica sobrepujou meu medo e eu gentilmente reabri a porta do armário. Havia três ganchos presos do lado de dentro da porta. Os dois mais de fora seguravam blusas de frio, e as mangas delas escondiam o que quer que estivesse pendurado no gancho do meio.

Chegando os casacos para o lado, vi um cordãozinho de couro cru que prendia uma espécie de tábua no gancho. Passei o dedo pelo cordame brevemente antes de apanhar o objeto. Era pesado, bem polido e lindamente esculpido, mas não havia dúvida do que eu estava segurando: era uma palmatória. Aquela mesma de que falava o livro. A mesma que teria sido usada em alguma criança muito azarada que morava ali.

Voltei com ela para o lugar e vi algo gravado na madeira. Li uma vez para mim mesma e depois em voz alta:

Contudo, Eu vos revelarei a quem deveis temer: temei Aquele que depois de matar o corpo, tem poder para lançar a alma no inferno.

— Lucas 12:5

Não foi a citação que me deu medo, e sim o nome no fim. *Lucas*. O mesmo nome de Luke.

Deixei a tábua pender em seu lugar de novo e me virei para Luke.
— E isso, você viu isso ontem também? — gritei. — Viu essa coisa quando vasculhou os armários?

Mike ficou em silêncio, com o olhar voltado para qualquer outro lugar no quarto, menos para mim. Luke só deu de ombros, mas aquela resposta já era suficiente. Eles tinham, sim, visto o objeto. Poderia apostar dez pratas que foi por causa disso mesmo que Luke saiu para olhar as outras casas. Tinha me deixado dormindo ali naquele lugar tosco para andar em volta e ver se nas outras casas também encontraria as mesmas coisas bizarras.

Saí atropelando Luke. Queria saber que outras coisas estariam escondidas por ali e ver exatamente o que mais eles tinham achado e não me contado.

Os outros dois dormitórios eram quase idênticos ao primeiro. A única diferença era que eles tinham camas de solteiro ao invés de uma de casal. A mesma cabeceira, a mesma escrivaninha de pinho e a mesma incrivelmente perturbadora cruz pendurada na parede.

Olhei dentro do armário do primeiro dos quartos e fiz questão de verificar o lado de dentro da porta. Não havia ganchos e quase que nem mesmo roupas. Eram apenas duas calças e meia-dúzia de camisas lá dentro, e nem tinha sapatos.

Mike estendeu a mão à minha frente para me impedir de chegar ao último dos três quartos.

– O armário daquele ali está praticamente vazio. Não tem nada a não ser umas roupas. Juro.

Lancei um olhar cortante que, assim eu esperava, deixaria bem claro para ele que eu não acreditava em uma palavra.

– Ah, certo, Mike. Como naquele primeiro quarto, né? "Não tem nada lá, Dee." Pois é, não tinha nada, a não ser uma faca para cirurgia e uma palmatória usada para surrar crianças. Depois disso, você vai dizer o quê? Que aquele manual insano que a gente achou na cozinha não é nada mais que um livro que esqueceram de devolver para a biblioteca?

Mike começou a aprontar uma resposta, mas Luke o cortou.

– Deixa ela, Mike. Se ela quer olhar os outros armários, deixa ela.

Me virei para Luke e um pouco da minha raiva se acalmou quando vi seu olhar de desculpas. Como sempre, tudo o que ele tentava fazer então era me proteger. Não tinha funcionado, e agora ele me deixaria assumir o controle, sabendo muito bem que eu teria de ver com meus próprios olhos com o que estávamos lidando.

Dei uma olhada superficial no quarto e minha atenção se prendeu em uma folha de papel dobrada que estava caída no chão ao lado da escrivaninha. Metade dela estava debaixo do móvel, então tive de levantar e puxar para soltá-la.

O papel estava cheio de vincos, como se tivesse sido amassado e jogado de lado. Pousei-o sobre a escrivaninha e tentei deixá-lo mais liso com as mãos. Era um papel grosso, e no alto havia um timbre. Uma cruz dourada. Apertei os olhos para decifrar a inscrição mínima no selo: *"Purity Springs. Fundada em 1852"*. Continuei lendo o resto, e os contornos esmerados deixavam as letras mais legíveis. Poucas linhas adiante, ficou claro o que era aquilo: uma certidão de óbito, completa com nome, data de nascimento, profissão e até estado civil. O que não tinha era uma data de falecimento.

Me arrepiei quando vi o nome e minha cabeça foi parar lá de volta no livro que tínhamos encontrado na gaveta da cozinha. Era como se eu ainda o estivesse segurando e pudesse sentir as páginas gastas em meus dedos e sentir o cheiro da tinta e dos anos de uso saltando das páginas. O nome "Joseph" estava escrito nas margens daquele livro. O mesmo nome estava agora naquele papel, perfeitamente datilografado em uma certidão de óbito semipronta.

Eu nunca tinha visto uma certidão de óbito na vida, mas meus instintos me diziam que a maioria das pessoas não as deixa jogadas por aí, pela casa, e muito menos no chão do quarto.

– Quem diabos é Joseph Hawkins? – perguntei.

– Isso aí é o que eu acho que é? – Mike perguntou, tomando o papel das minhas mãos. – E por que não tem data? Você acha que esse cara já morreu?

Luke chegou mais perto e olhou bem para a mórbida e perturbadora folha de papel.

– Não vi isso aqui ontem à noite, Dee. De verdade, não vi mesmo.

Não importava se ele tinha visto ou não. Estava lá.

Dei um passo para trás, já com o estômago se revirando e tudo lá dentro subindo até a garganta.

– Não podemos ficar aqui. Esse povo daqui não é certo. Não me importa se eu tiver de andar 300 quilômetros até a cidade mais próxima, aqui eu não fico.

Corri do quarto e escada abaixo, sem nem parar para ver se Luke e Mike estavam atrás de mim. Luke me alcançou no último degrau e pôs a mão no meu braço, na tentativa de silenciar meu pânico que só fazia crescer.

– Dee, espera...

– Eu não fico aqui! – disse a ele com a voz já falhando de tanto medo. – Estou indo embora daqui. E agora!

– A gente não planejava ficar – Mike disse.

Me virei para onde Mike estava. Ele tinha meus tênis e meias em uma das mãos e um velho casaco marrom que eu nunca tinha visto antes na outra. Estremeci só de pensar em vestir aquele casaco. Não podia deixar de me perguntar de quem seria aquilo e se o dono do casaco era quem dava ou recebia a lição da palmatória.

– Não vou usar nada que pertença a essas pessoas – eu disse.

– A neve pode ter parado de cair, mas está mais frio hoje do que ontem – Luke explicou, tomando o casaco do irmão e o estendendo para mim. – E a gente tem um longo caminho pela frente.

Puxei meus pertences das mãos de Mike e enfiei tudo logo nos pés. A jaqueta dele estava ao lado da porta da frente, dobrada sobre o duto de aquecimento, absorvendo o calor. Peguei-a e já fui enfiando os braços nas mangas, e aí então fui para fora da casa em meio à luz da manhã.

– Se você está tão preocupado assim com o frio, então vista você essa coisa.

NOVE

Cada palavrão que eu conhecia foi saindo espremido da minha boca enquanto eu lutava para me equilibrar em direção à calçada da casa. Luke tinha razão. Estava frio lá fora e tudo muito escorregadio. Seria uma longa e gélida caminhada para sair daquela cidade.

A porta da frente bateu atrás de mim e eu só continuei andando, me recusando a virar as costas. Não tinha intenção nenhuma de voltar a pôr os olhos naquela casa.

– Dee, espera – Luke chamou. O som dos tênis patinando na neve compactada veio chegando perto e eu diminuí o passo. Não importava o quanto eu quisesse desabafar, não ia sair jogando a culpa de nada daquilo nele.

– Que foi? – perguntei, me virando para vê-lo.

Luke veio deslizando na minha direção e teve de esticar os braços para agarrar a caixa de correio e conseguir parar.

– Pelo menos vai um pouco mais devagar – ele disse. – O carro está a quase dois quilômetros daqui, e um de nós vai acabar quebrando alguma coisa se não tomarmos cuidado.

– Eu prefiro quebrar uma perna a continuar nessa casa – disparei.

Mike se esticou todo para me parar antes que eu fosse mais longe. Puxei meu braço pra me desvencilhar e acabei patinando para todo lado até aterrissar de bunda.

– Não era pra gente estar aqui! – gritei para todos e para ninguém. – Devíamos era estar na banheira quente do hotel decidindo o que a gente ia pedir do serviço de quarto!

– A questão não é essa, Dee – Luke disse. – Nós...

— A questão é *só* essa! Se eu...

— Dá pros dois calarem a boca um minuto? — Mike interveio, acenando para que parássemos. — Luke, você entrou em *todas* as casas desta rua ontem à noite?

— Não, só uma cinco ou seis. Por quê?

Mike apontou com os olhos para as casas vizinhas e seguimos sua dica. Quando chegamos ali na noite anterior, estava escurecendo e a cidade estava mais do que vazia; estava brutalmente silenciosa. Agora, eu podia ver pegadas na neve fofa e, apesar do fato de o sol ainda estar nascendo bem devagar, todas as luzes de todas as varandas daquela rua estavam acesas.

— Por favor, me diz que você acendeu isso tudo ontem — eu disse para Luke. — Por favor, me diz que você esqueceu de apagar depois de sair das casas.

Luke balançou a cabeça e nem mesmo tentou diminuir meu medo.

— Isso quer dizer que tem alguém aqui. Que alguém provavelmente sabe que nós estamos aqui. Que alguém acendeu aquelas luzes mesmo já estando de manhã, só pra que a gente soubesse que eles estão aqui — eu falei.

— Ah, mas não é só "alguém". Pode acreditar em mim.

Nós três nos voltamos ao mesmo tempo ao ouvir aquela voz. Só pudemos ver um vulto sombrio vindo da quina da casa na qual tínhamos passado a noite. Ele continuou andando em nossa direção e chegou perto o bastante para que eu conseguisse distinguir o botão de sua calça cáqui amarrotada. Olhei para cima e tentei entender quais eram as intenções em seus olhos, mas eles eram escuros e vazios e, se eu tivesse de adivinhar, diria que não eram nem um dia mais velhos do que eu mesma.

Luke correu para a minha frente, bloqueando a visão do rapaz.

— Se você der mais um passo, eu te mato — avisou.

O rapaz levantou as mãos, demonstrando que não tinha intenção de machucar ninguém, mas eu não acreditei.

— Ele não está sozinho — sussurrei. Não tinha visto ninguém com ele, mas não precisava ver de verdade para saber que estávamos sendo observados. Podia sentir outros olhos seguindo cada movimento nosso.

Mike percebeu meu movimento de cabeça e fez o mesmo. Deu até dois passos para trás para que pudesse enxergar em todo o entorno, e depois balançou a cabeça. Tinha visto a mesma coisa que eu, ou seja, absolutamente nada.

Luke pôs a mão no ombro do irmão quando Mike fez menção de se aproximar do outro garoto. Mike o afastou sem nunca tirar os olhos do rapaz enquanto falava.

– Sério mesmo, Luke? Nós somos três e ele é só um.

Duvidei de que fosse o caso. Depois de ler aquelas passagens do livro, não conseguia acreditar que qualquer pessoa naquela cidade pudesse ser totalmente inofensiva. Talvez na noite anterior eu ainda estivesse de acordo quanto a pedir ajuda de completos estranhos, mas não mais. Cercados de casas vazias e sem telefone, com aqueles manuais arrepiantes... Se fôssemos espertos, o melhor seria diminuir nosso prejuízo e sumir dali.

Peguei a mão de Luke e sacudi com força. Tinha alguma coisa naquele garoto de que eu não gostava, alguma coisa que me fazia sentir ameaçada.

– Eu estou com uma sensação ruim a respeito dele, Luke. Por favor, será que a gente pode ir embora?

– Você tá brincando? – Mike contestou. – Ele é a primeira pessoa que a gente vê neste lugar, e eu tenho um bocado de perguntas sem resposta.

– Eu estou com a Dee, Mike – Luke disse, abaixando a voz para um tom quase inaudível. – Você não faz ideia das coisas pelas quais ela já passou. Nem ideia. Deixa que eu cuido disso.

Eu sabia que aquilo era tudo o que Luke diria a meu respeito. Tínhamos feito um trato no ano anterior quando ele implorou para que eu contasse por que eu ainda me encolhia quando ele encostava em mim. Luke precisou insistir muito, mas eu finalmente acabei contando sobre meu pai, os abrigos e as três famílias com as quais morei antes de conhecer os Hoopers. Naquela noite, Luke prometeu que guardaria segredo do meu passado e que iria me proteger de tudo aquilo.

Ele pode ter conseguido passar por cima dos meus altos muros fortificados, mas, mesmo depois daquilo tudo, ainda tinha de suportar muita besteira que eu fazia. Por exemplo, ele tinha aprendido do jeito mais difícil que nunca deveria me encurralar nos escaninhos da escola para ganhar um beijo, e percebeu que me imobilizar na cama para fazer cócegas resultava em uma joelhada no saco, e não em sexo. Mas eu já tinha melhorado bastante, ou pelo menos era o que todo mundo pensava.

Vi a expressão no rosto de Mike ficar mais sombria enquanto ele avaliava as palavras de Luke. Deve ter sido difícil para ele sempre me ver por perto sem nunca ter noção de por que eu era tão fechada e por que Luke era tão protetor comigo.

Luke deu um passo à frente com um grunhido de aviso vindo de dentro do peito.

O outro rapaz ficou em guarda e eu me peguei observando toda a extensão de seu corpo. Os ombros muito largos, a altura e o tamanho de suas mãos me deixaram apreensiva. Ele era *enorme*. Não enorme do tipo "comeu panqueca demais na lanchonete da esquina", mas do tipo "caramba, o cara tem o porte de uma parede de tijolos".

Além disso, ele tinha um bocado de bolsos no casaco. E eu tinha aprendido muito tempo antes que bolsos podiam ser usados para esconder tudo quanto era tipo de arma.

Luke olhou para o horizonte, certamente procurando os amigos do garoto, ou talvez sua família ou o resto da cidade.

O rapaz percebeu e fez um gesto com a cabeça.

– Estou sozinho.

– Quem é você? – perguntei.

Ele só meu deu uma olhada breve antes de ignorar minha pergunta.

– A Mary mandou vocês?

– Quem é Mary?

Ele balançou a cabeça e encolheu os ombros ao ouvir minhas palavras.

– Ninguém.

– Você tem nome? – Luke perguntou.

– Joseph.

Eu conhecia aquele nome. Da casa. Do livro. Da certidão de óbito.

– Mas você não está morto.

Ele estremeceu como se aquelas palavras de alguma maneira o tivessem ferroado. Tentou de todo jeito esconder sua reação, mas pude ver o pânico tomar conta de sua expressão.

– Não, não estou morto. Pelo menos ainda não.

dEZ

Me virei e apontei para a casa de que tínhamos acabado de sair.
– É você! Essa casa é sua, não é? Você é *aquele* Joseph?
Ele desviou sua atenção um segundo para a casa e depois de volta para nós. Foi muito rápido e duvido que Luke ou Mike tenham percebido, mas eu reconheci de imediato o medo e a raiva ocultos em sua expressão e o ligeiro lampejo de tristeza por causa de alguma lembrança que ele tinha e da qual nós três não sabíamos. Pude reconhecer aquilo tudo porque eu mesma tinha me tornado uma expert naquela mesma combinação de emoções anos antes.

Eu poderia pôr a mão no fogo naquele momento e jurar que aquele Joseph nas margens do livro – o tal que tinha ficado preso no armário durante seis horas por ter quebrado um prato no jantar – era o mesmo que estava na minha frente naquele momento. Ele nem precisava admitir. Seu olhar vazio o entregava. E era exatamente aquele olhar que mais me preocupava.

– É você, não é? – perguntei de novo, desesperada para provar que eu tinha razão.

Quando ele não respondeu, dei um passo à frente já com toda a intenção de berrar a pergunta mais uma vez. Mas ele levantou o dedo em frente aos lábios, fazendo um gesto como quem pede silêncio. Como não havia mais nenhum ruído ou qualquer outra pessoa que não fosse ele ou a gente, o gesto me pareceu estranho.

– Por que a gente precisa ficar quieto? – Mike perguntou, balançando a cabeça como se estivesse achando aquilo engraçado. – Caso você não tenha notado, só estamos nós aqui.

– Ah, mas eles estão aqui. Pode acreditar no que estou te dizendo, eles estão aqui – Joseph disse olhando bem nos meus olhos. Sua expressão era séria, muito séria. E amedrontada.

Ou seja, éramos dois.

– O que você quer dizer com "eles"? – perguntei.

Ele ignorou a pergunta e fixou o olhar na rua vazia.

– Olha, vocês têm provavelmente uma hora, no máximo duas, para sair daqui. Depois disso, bem...

– Depois acontece o quê? – Mike soltou em um tom cortante, deixando de lado sua postura normalmente despreocupada, que parecia ter sido substituída por genuína raiva. Luke me puxou de volta gentilmente e ficou de pé com todo o seu metro e noventa, usando sua figura altiva para instilar um medo muito bem justificado em Joseph.

Eu já tinha visto caras bem grandes ficarem intimidados ao ver Luke no campo e mesmo fisicamente saírem do caminho quando estavam na defesa e ele no ataque. Mas Joseph nem se moveu; olhou nos olhos de Luke sem a menor hesitação.

Me aproximei de Luke, ficando na ponta dos pés para cochichar algo em seu ouvido.

– Ele mora aqui, Luke. Aquele nome no livro e na certidão era o dele.

– Eu sei – Luke sussurrou de volta. Depois subiu o tom. – Olha, nós não queremos confusão nenhuma. Só estamos procurando gasolina para voltarmos à estrada.

– Isso vai ser problema – Joseph respondeu, e então se virou e começou a andar para longe. Acho que ele pensou que nós o seguiríamos. Não poderia estar mais errado.

Luke estendeu o braço para pará-lo e pôs a mão em torno do braço de Joseph.

– Onde você acha que está indo?

Joseph parou, mas não tentou se desvencilhar. Algo como um calafrio passou por todo o seu corpo. Talvez fosse frustração. Talvez ódio. Quando ele finalmente se virou, sua expressão era neutra, até pacífica.

– Meu irmão te fez uma pergunta – Mike interveio. – Não sei se dá tudo na mesma pra você, mas deixa eu te falar que eu prefiro não ficar neste lugar nem por um minuto a mais do que o necessário. Se você, então, puder por favor nos indicar o caminho certo, seria fantástico.

Joseph sorriu.

– Então é seu irmão?

– A-hã. Eu sou Luke, esse é o Mike e essa aqui é a Dee – Luke disse, apontando para nós, um a um.

– Dee... – Joseph disse como se estivesse curioso com meu nome. – Você é irmã deles?

Havia algo como um fiapo de esperança em sua voz, algo que me fez arrepiar.

– Não – eu disse, correndo a mão pela cintura de Luke e depois enfiando no bolso de trás da calça dele. Quis passar a Joseph a exata mensagem de quem eu era para Luke, de modo que ele soubesse o que teria de enfrentar para chegar a mim. – Com toda certeza, eu *não* sou irmã dele.

Joseph olhou para mim e depois para a mão que eu tinha posto no bolso de Luke.

– Eu vou ajudar vocês. Não tenho como conseguir gasolina, mas vou ajudar vocês.

– Ótimo – Luke disse. – Então começa a falar.

Joseph balançou a cabeça.

– Aqui não. Eu falo tudo o que vocês quiserem ouvir, mas não aqui. Não em um lugar aberto assim.

– Tudo bem. Lá dentro, então – Mike disse, apontando com o queixo para a casa onde tínhamos passado a noite. – Lá é mais quente. Aposto que tem até um pouco da janta de ontem à noite se você quiser comer.

– Não. De jeito nenhum. É o primeiro lugar onde ele vai procurar.

Compreendi aquela hesitação. A casa onde eu tinha crescido ficava a menos de dez minutos de carro da casa dos Hoopers, mas dinheiro nenhum no mundo me faria voltar lá. Nem àquela casa, nem àquela rua e nem mesmo ao bairro.

Eu posso ter entendido a cabeça daquele garoto, mas eu era a única. Luke já tinha chegado ao seu limite, e sua mão se fechava na tentativa fútil de controlar a raiva.

– Beleza, então você fica aqui e faz seja lá o que esse povo dessa cidade faz. Nós estamos indo embora.

– Vocês não vão conseguir sair daqui – Joseph avisou. – Eu acho inclusive que ele já deve ter achado seu carro.

Cheio. Era o único jeito de descrever Luke naquela hora. Completa e totalmente cheio de Joseph. Da cidade. Da situação toda.

– Do que diabos você está falando?! – gritou, com o corpo todo tremendo de raiva. – Eu não tenho tempo pra nada disso! Nem pra você!

Segurei o braço de Luke bem firme até que ele olhasse para mim. O fogo que ardia em seus olhos rapidamente baixou como se ele estivesse arrependido. Ele estava mesmo me dando medo e sabia disso. Se a única pessoa com a qual eu podia contar para ser meu porto seguro estava perdendo o controle, então as coisas não iam ficar bem.

Luke olhou de novo para Joseph e fez um sinal de desculpas com a cabeça.

– Nós não vamos a lugar nenhum. Só depois de conseguirmos algumas respostas.

– Tudo bem. A gente vai jogar o seu jogo, então – Joseph respondeu. – Aquela sirene que vocês ouviram ontem à noite fui eu que liguei. A casa onde vocês ficaram é a minha casa. O túmulo onde você enfiou o pé é o da minha mãe. O homem que a enterrou lá se chama Elijah Hawkins. É meu pai. E quanto ao seu carro, bom, vocês não vão a lugar nenhum com ele.

– Seu pai? – perguntei. Minhas mãos tremiam e minha voz saía como um sussurro estrangulado.

Luke reagiu instantaneamente, passando o braço em volta do meu ombro e me puxando para junto dele. Não sei o que ele falou no meu ouvido; não estava mais prestando atenção, mas percebi pelo tom que era para ser alguma coisa reconfortante. Não funcionou.

Fechei os olhos bem apertados, sentindo as batidas intensas do coração subitamente tomarem conta de tudo ao meu redor. Estávamos à mercê dele, daquele tal de Joseph que tinha aparecido do nada. Do rapaz que tinha uma expressão vazia que me assombrava como se fosse cada machucado que meu pai tinha deixado em mim. Ele podia ter a minha idade, e talvez nós dois tenhamos tido um ou outro braço quebrado, cortesia de nossos pais, mas ele não era em nada, *nada*, igual a mim.

– E o que você não está nos contando? – murmurei.

– Não é fácil de explicar – Joseph disse. Apertei a mão de Luke com um bilhão de pensamentos ruins correndo pela minha cabeça. Caipiras consanguíneos. Mutantes de radiação. Loucos segurando machados. As possibilidades eram infinitas e todas incrivelmente idiotas.

– Então tenta – Mike disse. – Porque eu quero saber exatamente o que você quis dizer com o carro não ir a lugar nenhum.

– O carro é o menor dos seus problemas agora – Joseph respondeu. – Mas se vocês puderem confiar em mim nos próximos cinco minutos, eu mostro por quê.

ONZE

Seguimos Joseph. Não que fôssemos burros ou porque sem mais nem menos decidimos confiar nele. Fizemos aquilo porque precisávamos de respostas, e então segui-lo parecia ser a única maneira de consegui-las.

Passamos pelo quintal da casa dele e fomos andando pelas bordas dos campos secos até que ele nos instruiu a entrar em meio aos talos de plantas moribundas. Acho que ele queria com isso esconder nossos movimentos em meio à vegetação seca, o que também significava que teríamos de acreditar que qualquer coisa do outro lado da plantação seria segura para nós.

Na aparência, podia até fazer sentido, mas eu não queria tomar parte de nada daquilo. Precisava sempre mantê-lo em vista, assim como a cidade lá atrás que, assim eu temia, iria simplesmente voltar à vida com um rugido. A fascinação de Luke com filmes B tinha me ensinado muita coisa. Eu preferiria me arriscar voltando à cidade silenciosa do que dançando no mato com algum maníaco do facão.

Parei de súbito, puxando Luke para junto de mim.

– Não consigo enxergar a rua com a gente andando por este campo. E eu preciso ver a rua.

– Concordo com você.

– Tem uma pequena chance de ele não saber ainda que vocês estão aqui – Joseph disse. – Se for o caso, a melhor coisa que vocês fazem é seguir por este caminho. E eu entendo que ela esteja com medo, e não tenho intenção nenhuma de machucá-la e nem de ferir nenhum de vocês. Posso ajudar, mas vocês vão precisar confiar em mim quanto a isso. Precisamos ficar bem longe da rua.

– A não ser que você consiga nos arrumar um galão de gasolina ou uma passagem expressa para fora deste lugar, acho que não tem porcaria nenhuma que você possa fazer pra nos ajudar – Mike disparou de volta.

– Não é de gasolina que vocês precisam – Joseph murmurou, e eu me perguntei o que ele queria dizer com aquilo. Fiz menção de perguntar alto, mas ele começou a falar de novo antes que eu tivesse chance. – Tudo bem, nós podemos seguir mais perto da rua. Podemos pegar um caminho só umas três ou quatro fileiras campo adentro. É o suficiente para vocês verem a rua, mas vai nos proteger o bastante também para que não...

– Não o quê? – eu queria saber o que havia lá, o que o deixava tão apavorado.

– Nada – Joseph disse, mais uma vez vestindo sua máscara vazia de que ele parecia gostar tanto. – Nós vamos ficar bem assim.

Rumamos para a outra ponta do campo. Havia apenas três fileiras miseráveis de talos secos, batendo na cintura, para nos esconder ali. Quando a parte de trás das construções começou a se delinear e eu pude distinguir a placa de "fechado" na vitrine de uma loja, me acalmei e avancei um pouco mais em meio ao campo. Havia algo naquelas vitrines escuras que me fazia querer mais do que só uns metros de plantação seca entre mim e elas.

– Você está nos levando de volta pra cidade...? – Luke perguntou. Não era bem uma pergunta; era mais como uma advertência sutil.

– Não – Joseph respondeu.

– Pra onde, então? – Mike perguntou, claramente irritado. – Porque aqui não tem nada além desse campo quilômetros pra frente. Você não vai me dizer que tem uma cabine telefônica ou um hotelzinho Holiday Inn plantado no meio desse milho seco.

– É soja, não milho, e não tem nenhum... – Joseph fez uma pausa, gesticulando como se tentasse entender o que significava "hotelzinho Holiday Inn". Acabou desistindo e voltou à pergunta original de Luke. – Não estamos indo para a cidade. Estamos indo para um abrigo de controle de irrigação que fica *nos arredores* da cidade.

– Abrigo de irrigação? – Luke questionou. – Ah, tá. Não vai rolar.

Joseph o ignorou e continuou andando, só parando abruptamente metros adiante. Sua atenção se voltou para a cidade, e levei um segundo para perceber o que deveríamos notar naquele meio.

– Imagino que aquilo ali seja familiar – ele disse.

Me desequilibrei e caí de bunda pela segunda vez naquele dia. Luke se prontificou a me ajudar a levantar, mas com o medo estampado em seus olhos. Ele tinha visto a mesma coisa que eu e não estava disfarçando seu pânico em nada. Joseph me observou detidamente com olhos tranquilos enquanto eu vislumbrava à frente o capô todo amassado de um carro que se parecia incrivelmente com o nosso.

Precisei chegar bem mais perto para ter certeza da placa, mas, considerando que todos os outros carros naquela cidade eram do mesmo modelo Ford azul de quatro portas e o nosso era um Toyota vermelho, não havia muito o que adivinhar. E ele estava bem ali no estacionamento do posto de gasolina. A cidade estava tão deserta quanto antes. As ruas, igualmente silenciosas. Mas nosso carro tinha sido movido de seu lugar, rebocado para aquele mesmo posto onde eu tinha implorado a Luke para ficarmos escondidos na noite anterior.

O lado dianteiro do motorista estava batido, quase com perda total, e daquela distância dava para ver também que o capô estava aberto. Meus olhos perambularam mais para baixo e eu notei o que parecia ser uma parte do motor no chão ao lado dos pneus dianteiros murchos. Pelo jeito, Joseph tinha razão. Encontrar gasolina era o menor dos nossos problemas.

– É o nosso carro – Mike disse com a voz transbordando de raiva. – O que você fez com ele e como ele foi parar ali?

Luke apalpou os bolsos e puxou a chave do carro, olhando para elas sem acreditar.

– Mas que diabos...?

– Eu não fiz nada com ele. Só estou tentando ficar escondido igual a vocês.

– E por que a gente deveria acreditar em você? – Mike contestou.

Joseph demorou uma eternidade pensando na pergunta. Era como se ele tivesse entendido que não havia jeito de convencer Mike, então ele nem tentaria.

– Eu não sei o que você quer que eu diga – Joseph finalmente respondeu. – Eu não fiz nada e só quero sair desta cidade tanto quanto vocês. Provavelmente mais ainda.

Eu e Mike trocamos olhares e me perguntei se ele estava acreditando na explicação. Duvido de que estivesse.

– Escuta, de maneira nenhuma nós vamos te seguir até abrigo nenhum – Luke disse. – Não tem nem uma alma nesta cidade, você destruiu nosso carro e eu nem quero pensar nas esquisitices que a gente achou na sua casa.

Ao invés de responder, Joseph inclinou a cabeça para a direita como se procurasse por um som que ninguém mais além dele conseguiria ouvir. As plantas do nosso lado esquerdo balançaram. Luke também viu aquilo e nós dois olhamos em volta rapidamente, rezando para não estarmos cercados.

À nossa frente estava a cidade e sabe-se lá o que mais. Atrás de nós havia a casa estapafúrdia na qual eu não tinha qualquer intenção de pôr os pés de novo. Seja lá quem estivesse à nossa esquerda afastando as plantas estava também se aproximando rápido pela direita. E Joseph só estava parado na nossa frente. Nenhuma opção parecia boa e não tínhamos tempo para conversar sobre o que fazer. O que quer que estivesse avançando pelo campo estaria perto de nós em segundos.

– Onde é o abrigo? – falei de atropelo. Assim como Luke, eu também não queria nem um pouco ir para lá, mas parecia o lugar mais seguro.

– Ali – Joseph apontou, já correndo na direção do lugar. A pequena estrutura retangular ficava a meio campo de distância; e a meio campo de distância também de quem nos espreitava.

doze

Considerando que o tal abrigo não era nada além de um telhadinho em cima do que parecia ser um motor gigante e um emaranhado de tubos, não dava para imaginar que aquele era o mesmo lugar a que Joseph se referia. Um punhado de postes segurava a estrutura em forma de A sobre o equipamento abaixo. Com apenas uma parede ao fundo, aquilo parecia mais uma espécie de ponto de ônibus lotado do que qualquer outra coisa. Não consegui enxergar um jeito de fazer caber ali nem mesmo uma pessoa, quanto mais quatro.

Luke se deteve na ponta do imenso motor com os lábios firmemente fechados em uma expressão de impaciência.

– O que é isso aqui?

Andei em volta dele e suspirei aliviada quando um segundo abrigo se revelou. A enorme bomba d'água e o equipamento de irrigação tinham ocultado completamente minha visão da estrutura menor que ficava atrás.

Esse outro abrigo era mais ou menos da metade do tamanho do dormitório lata-de-sardinha em que Luke teria de morar quando fosse para a faculdade no ano seguinte, e do qual já vinha reclamando. Sem ter ideia do que poderia estar nos esperando lá dentro, considerei seriamente se não seria melhor encarar o que quer que estivesse lá fora no campo.

– Acho que eu não consigo fazer isso – falei, ouvindo o pânico em minha própria voz. Dei uma olhada para trás, procurando no campo por qualquer sinal de que aquilo que estava por lá tivesse ido embora. – Mudei de ideia. Não quero ir lá pra dentro.

Luke chegou mais perto de Joseph com os olhos tomados por uma fúria protetora.

– Escuta, eu vou confiar em você só porque, no momento, nós não temos outra opção. Mas se você puser um dedo nela, se olhar estranho pra ela que seja, eu te mato com as mãos nuas. Você entendeu?

– E eu vou ficar muito feliz em ajudar – Mike complementou.

Joseph empurrou a pesada porta de madeira e disse com a voz hesitante e as mãos tremendo:

– Eu não estou procurando briga. Só quero ir lá pra dentro do abrigo.

Fiquei completamente imóvel olhando para aquelas mãos. Eram grandes, calejadas e pareciam nunca ter visto uma gota de hidratante. As unhas eram curtas, mas lascadas, e uma coleção de cicatrizes – algumas recentes e outras já curadas – forravam sua pele.

– O que tem nesse abrigo que é tão importante assim pra você? – perguntei.

– Segurança – Joseph respondeu, fazendo uma pausa antes de dar o primeiro passo. Então, desapareceu na escuridão e eu cheguei para a frente espremendo os olhos para tentar ver ou ouvir alguma coisa lá dentro, qualquer coisa.

Ouvi o riscar de um fósforo um segundo antes de ver o brilho do fogo, e meu nariz ardeu com o inconfundível cheiro de enxofre. A figura de Joseph se mostrou sob uma luz mais intensa quando ele pôs a chaminé de vidro no lampião e ajustou o pavio. Naquele breve segundo de espontaneidade, pude ver um ar derrotista se abatendo sobre ele. Não conseguia entender se ele era louco, corajoso ou burro, mas podia dizer que ele estava desesperado.

– Ninguém vai vir aqui dentro. Estamos seguros – Joseph disse, nos persuadindo a entrar. – Mas se você achar melhor, tem uma tábua firme ali no canto que você pode encaixar sob a maçaneta para ela não abrir.

Mike olhou a tábua, mas não fez menção de pegá-la. Eu sabia o que ele estava pensando. Aquele pedaço de madeira poderia nos trancar ali do mesmo jeito que manteria outra pessoa lá fora. E eu estava de acordo; queria ter um jeito de escapar rápido caso as coisas dessem errado.

Luke pegou minha mão e se aconchegou comigo mais para o fundo, longe do alcance de Joseph.

– Ei... – sussurrou enquanto tentava relaxar o aperto fortíssimo que eu dava em sua mão. – Não se preocupa. É como o Mike disse: nós somos três e ele é só um.

— Tudo bem — murmurei. Passar a noite toda numa casa totalmente estranha já tinha sido ruim o suficiente. Esperar que eu entrasse num cubículo mal iluminado com um sujeito do qual não sabíamos nada já era demais.

— Tem alguma outra luz? – perguntei.

— Não. Isso aqui é tudo o que eu consegui – Joseph disse, girando o ajuste na base do lampião e fazendo a chama brilhar um pouco mais.

Eu já conseguia ver o interior do abrigo inteiro. Mike estava de guarda na porta, Joseph estava sentado em um canto no chão e Luke estava praticamente soldado ao meu braço.

— A gente acabou de sair de uma rua cheia de casas vazias. Por que você não pegou uma lanterna ou qualquer outra coisa pra iluminar? – Luke perguntou, largando minha mão e se sentando na outra parede, de frente para Joseph.

— Não tinha jeito de eu pegar qualquer outra coisa sem ser notado. Ele toma nota de tudo. *Tudo.*

Minha mente voltou à noite anterior. Será que tínhamos comido alguma coisa? Pegado alguma coisa? Deixado algo pra trás por acidente? Eu tinha lavado os pratos e tinha quase certeza de que tínhamos deixado os seis exemplares daquele livro horroroso em algum lugar da sala junto com a chave de roda e nossa lanterna. Merda.

Instintivamente, baixei a mão antes de sentar e procurei se tinha algo no chão. A não ser por uma fina camada de poeira e alguns pregos um pouco saltados do piso de madeira, estava limpo. Não havia janelas e nenhuma outra fonte de luz que não fosse aquele lampião. Pelo que eu podia ver, o abrigo estava completamente vazio; nenhuma ferramenta, nenhum tipo de equipamento, nem uma maldita cadeira pra gente sentar.

Por menor e mais vazio que fosse, dava a sensação de ser muito grande por dentro, com cada uma de suas quinas vibrando com uma energia aterrorizante.

— Por que não tem nenhuma ferramenta aqui?

— Porque não é um barracão de ferramentas – Joseph respondeu.

— Então o que diabos é isso? – Luke perguntou, pegando o lampião e o erguendo sobre a cabeça. – Pra que que serve este lugar?

Olhei para cima e minha respiração parou na garganta quando percebi meu próprio reflexo me encarando.

— Qual é a desses espelhos todos?

Fiz um gesto para que Luke levantasse de novo o lampião e eu pudesse olhar o teto com mais cuidado. O espelho cobria toda a extensão do abrigo de uma ponta à outra, sem emendas. Não havia nada que quebrasse o reflexo.

– Cacete... – Mike disse, se afastando da porta. Olhou para cima, fazendo um giro completo com um meio-sorriso bobo no rosto. – Com um pouco mais de trabalho, este quartinho teria um belo potencial.

Joseph inclinou a cabeça como que se perguntando do que Mike estaria falando. Luke resmungou para que ele parasse de besteira e eu dei um chute. Mike disse um palavrão, mas entendeu o recado e voltou ao seu posto junto à porta.

– Meu pai chama este lugar de "o livor". É um lugar para reflexão – Joseph continuou, sua voz mudando e ficando mais suave à medida que ele ia recitando algo decorado. – "Agora, enxergamos apenas um reflexo obscuro, como um enigma em um espelho, mas então veremos tudo face a face."

Olhei bem pra ele com a cabeça já correndo pelas poucas missas dominicais que os Hoopers tinham me feito assistir. Não me lembrava exatamente do versículo a que ele fazia referência. O que eu me lembrava bem era do único ano de Latim que eu tinha cursado. Não tinha assimilado muito daquela língua morta, mas tinha certeza absoluta de que o termo "livor" não tinha absolutamente nada a ver com reflexão.

– "Livor" está ligado a punição, não a reflexão – eu disse.

Joseph deu de ombros como se não entendesse a diferença, e continuou:

– Esse espelho é para penitência. Para autoconhecimento. É para onde você vem, para onde ele o manda, quando você está perdido.

– Perdido...? – perguntei, sem entender do que ele estava falando.

– Quando você se distancia dos ensinamentos – Joseph explicou.

– Isso é... muito errado – respondi.

Luke passou o braço pelas minhas costas enquanto Mike entreabria a porta. Deu uma olhadela lá fora antes de fechar de novo e se virou para nós:

– Todo mundo quieto – disse.

Joseph se sentou ereto e chegou mais perto de onde Luke estava sentado.

– Segure o lampião no alto de novo, contra a parede.

Segui a luz com os olhos. Centenas de arranhões forravam as paredes, como se um animal selvagem tivesse ficado confinado naquele pequeno espaço. Segui o traçado de um deles com o dedo indicador, me encolhendo de súbito quando uma farpa afiada me espetou.

– Meu pai tem uma teoria – Joseph recomeçou. – Antes de você reconstruir um homem à imagem e semelhança de Deus, você deve quebrar seu espírito e purgá-lo dos pecados mundanos para que o sangue de sua alma se purifique. Ninguém sai até que tenha sido destroçado e renascido. Pode levar dias, mas, sem água nem comida, ninguém dura muito tempo.

Ele parou por um instante com os olhos vagando em volta. Eu nem quis saber para onde sua mente tinha ido ou que lembrança ele estaria revivendo ali. Com um espasmo bem visível, se recobrou e continuou a falar.

– Não há nenhum som, não há comida, nada que possa distraí-lo. Há apenas a sua própria imagem te olhando de volta. No fim, você se rende e diz a ele qualquer coisa que ele queira ouvir e se torna quem ele quiser que você seja, só para sair daqui.

Joseph pegou a lamparina da mão de Luke e a aproximou do chão.

– Ninguém nunca vem aqui por vontade própria. Acredite em mim, este é o último lugar onde ele iria nos procurar.

Voltei minha atenção àqueles arranhões feios e minha cabeça se encheu de imagens de crianças pequenas gritando para sair.

– Essas marcas foram feitas por pessoas, não foram? Foi gente literalmente tentando cavar um jeito de sair?

Joseph contorceu os dedos firmemente à sua frente.

– Eu fiquei seis dias inteiros aqui, ouvindo nada mais que o motor de irrigação e vendo mais nada que não fosse o meu próprio reflexo. Pode acreditar que eu saí falando, fazendo e acreditando em qualquer coisa que me fosse ordenada.

Mike chegou próximo à luz do lampião com uma expressão contorcida em descrença.

– Aqui, é sério isso aí? – perguntou, depois olhando bem para Luke e para mim. – Pelamordedeus, não me digam que vocês estão acreditando nesse besteirol todo, porque...

Luke levantou a mão interrompendo Mike.

– Não importa o que ele está tentando nos fazer engolir, Mike. Minha única preocupação é com um jeito de sairmos daqui.

– Espera um pouco – eu disse, intervindo com as mãos para calar os dois. – Você não pode manter crianças num lugar deste durante dias.

Tem leis contra isso. Digo, eu sei que existem... – e não concluí o pensamento para não ter de admitir como é que eu sabia daquelas coisas.

– De acordo com meu pai, não há lei que não seja a dele... ou a lei de Deus.

Pus as mãos na barriga, temendo que a náusea que se acumulava fosse me forçar a sair dali e me expor no campo. Tive de engolir duas vezes para conseguir expressar as palavras que tinha em mente.

– Mas eu não entendo. Se aqui é um tipo de solitária desgraçada, então por que é assim tão isolado de tudo, onde nenhum adulto consegue ver?

– Porque assim é mais seguro. Sabe, no caso de alguém passar pela cidade. Aqui, ninguém consegue ver nem ouvir nada. O que acontece em Purity Springs fica em Purity Springs. Além disso, as bombas de irrigação abafam os gritos e...

– Espera um pouco – Luke interrompeu. – As pessoas passam por aqui, então?

Joseph sorriu como se entretido pela simplicidade do que Luke acabara de concluir.

– Sim. As pessoas vêm aqui para abastecer o tempo todo. Enchem o tanque e compram alguma coisa para comer ou beber e depois vão embora. Nós precisamos desse dinheiro para manter a cidade funcionando, e meu pai não se importa que as pessoas estejam sempre de passagem desde que elas paguem pelo que comprarem e não fiquem por perto.

– Mas que ótimo – Mike exclamou. – E por que a gente é tão especial? Nós ficaríamos muito felizes de só pagar a gasolina e continuar em frente. Eu até dou uma gorjeta de uns cinquenta se isso ajudar.

– Ele não quer seu dinheiro e não vai deixar vocês irem embora. Ele acha que vocês estão comigo. Acha que foram vocês que tentaram ajudar minha mãe a fugir. E que estão me ajudando agora.

– Mas nós não estamos. Não temos nada com isso – eu argumentei.

Joseph apenas embaraçou os pés com os olhos voltados para o chão.

– Eu sei disso, mas acho que vocês não entendem. Como eu disse, a única verdade que interessa em Purity Springs é a verdade dele.

TREZE

Finalmente compreendi o que era aquele pequeno quarto escuro: um modo perverso de mandar uma criança malcriada para o cantinho, mas com uma tranca e privação sensorial. O que eu não entendia era por que Joseph não tinha se mandado daquele lugar anos antes.

— Por que você continua aqui? Você disse que estava se escondendo dele e que sua mãe estava tentando escapar. Por que não fugiu?

— Não é tão fácil. Eu cresci aqui. Isso é tudo o que conheço — ele respondeu.

Eu não estava engolindo aquilo. Tinha levado doze anos para me livrar do jugo de meu pai, mas um dia finalmente consegui. E também não estava nos meus planos que os Hoopers fossem minha última parada. Eu queria me distanciar do meu passado tanto quanto fosse possível. A faculdade longe de casa estava no meu futuro, um lugar para começar de novo junto com o Luke.

— Nós não temos telefones — continuou. — E até três dias atrás, eu nem fazia ideia do que existia além dos campos. Na verdade, me disseram... ou melhor, me avisaram, para nunca procurar saber.

— Não estou entendendo — eu disse. Pela cara de Luke, ele também não estava.

— Todo mundo aqui sabe listar seus antepassados até chegar a uma das dez famílias que originalmente viviam aqui. Ninguém novo se muda para cá, e ninguém jamais sai daqui. É assim que mantemos nossa cidade pura e livre de todo o mal que há lá fora.

— Ah, olha... Desculpa por interromper sua aulinha de história — Mike interveio —, mas me ajuda a entender isso aí porque eu ainda estou meio confuso com essa coisa de "o que há lá fora". O que tem lá fora somos *nós*. Nós três e em torno de seis bilhões de pessoas que não dão a mínima para a sua cidadezinha.

– Eu acredito em você. Minha mãe também acreditava. É por isso que ela estava se preparando para sair daqui. E ela queria nos levar com ela. Eu a estava ajudando. Tínhamos um plano e até lugar para ficar. Iríamos partir em dois dias, mas aí...

– Mas aí o quê? – Mike perguntou com um tom de voz que ficava mais rude a cada vez que ele falava. – Não vejo como alguém poderia te impedir. Só levanta e vai.

– Eu não conseguiria percorrer meio quilômetro antes que meu pai me encontrasse. Além disso, eu não posso.

– Você só fala isso toda hora – eu disse. – Como é que você sabe se pode ou não? Como poderia saber se nunca tentou?

– Porque eu sei o que acontece com quem tenta – Joseph respondeu. – Meu pai pegou minha mãe conversando com um casal que parou aqui na semana passada para abastecer. Eles tinham um mapa. Ele ficou desconfiado. E com raiva.

– Você está me dizendo que sua mãe não tinha permissão para ver um mapa ou para falar com alguém que viesse de fora da cidade? – Luke perguntou.

– Tecnicamente, não é de fora da cidade. É qualquer um que venha de algum lugar além do carvalho gigante que fica ao lado da caixa-d'água a 35 km a oeste daqui. Mas sim, é mais ou menos isso.

Joseph desviou o olhar, focando apenas em um prego que se desprendia do chão de tábuas. Pude ver a vergonha em seus olhos e no jeito como todo o seu corpo se envergava. Eu ainda queria saber se a mãe dele estava pedindo orientações, se planejava escapar e se tinha sido aquilo que levara à morte dela.

– Ela estava perguntando sobre que direção seguir?

Ele sorriu ao ouvir minha questão.

– É. Ela tinha uma irmã que mora fora. É para lá que estávamos indo. Ela estava tentando entender como chegar lá.

– É a Mary? – perguntei, me lembrando das primeiras palavras que ele tinha dito quando nos encontrou na rua.

– Quando vi vocês, eu... – e parou de falar por um segundo, mas deu de ombros e continuou. – Eu pensei que talvez, já que a gente não tinha ido à casa dela, então ela poderia ter pensado que havia alguma coisa errada e tinha mandado alguém... mandado vocês... para ver se tinha acontecido alguma coisa.

Eu balancei a cabeça.

– Você disse que seu pai matou sua mãe. Como? Por quê?

Aquilo não fazia sentido para mim. Por que aquela tal Mary mandaria ajuda para alguém que já estava morta? A não ser que ela não soubesse...

– Ele não estava tentando matá-la, só sangrá-la – Joseph tentou explicar, e nós três olhamos confusos para ele. – Purificá-la. Livrá-la do mal. Sabe... Fazer uma sangria.

– Você tá de brincadeira? – Mike perguntou. Ele estava mais próximo de nós agora, com os olhos bem fixos em Joseph sentado à sua frente.

Agarrei o braço de Joseph e meus dedos se afundaram em sua pele.

– Se o que você está dizendo é verdade, então por que está sentado aqui sem fazer nada? Você só precisa ir até o limite da cidade e depois continuar andando. Digo, é fácil assim.

Joseph olhou para nós, especialmente para mim, como uma intensidade que eu nem conseguiria discernir.

– Não posso.

Eu sabia que havia mais ali do que ele estava contando, mas não importava o quanto eu tentasse, não conseguia fazer todos os pedaços daquela história se encaixarem. Ninguém ficaria naquele lugar por vontade própria. Ninguém.

– Não pode ou não consegue? – Luke perguntou, e pela primeira vez eu percebi que ele tinha ficado quieto na maior parte da conversa. Mas ele estava com aquele brilho nos olhos, do tipo que se formava quando ele observava detidamente a linha ofensiva do time adversário para tentar adivinhar qual seria a próxima jogada deles só pelo modo como eles se organizavam em campo. Luke certamente estava prestando atenção, talvez até mais do que Mike ou eu mesma.

– Não consigo – Joseph respondeu.

Luke o fitou por um minuto, de um jeito tal que seu silêncio e olhar examinador até me deixaram nervosa. Então, deu um meio-sorriso e eu percebi que ele tinha chegado a alguma conclusão e pescado alguma coisa que eu tinha deixado passar.

– Qual é o nome dela? – perguntou, enfim.

Joseph não respondeu de imediato e Luke então sorriu, convencido de que o tinha pegado no pulo.

– E aí? Como ela se chama?

— Eden — Joseph falou baixinho. — Mas não é o que você está pensando.

— Você nem faz ideia do que estamos pensando — eu disse. — Mas se seu pai é esse maníaco que você está pintando pra nós, de jeito nenhum ele vai deixar você voltar lá fora e levá-la com você.

— Vocês não entendem — Joseph disse. — Eu não posso deixá-la.

— Claro que pode — Mike interveio outra vez. — Acredite em mim quando eu te digo que tem um monte de garotas lá fora. Eu podia até te apresentar pra muitas.

Luke e eu levantamos a cabeça e olhamos revoltados para Mike. Luke nunca me deixaria pra trás. *Nunca*. Só de saber que Mike deixaria alguém daquela forma me deixava furiosa.

Joseph balançou a cabeça em uma forma mais contundente de deixar claro que o problema dele era bem mais complicado do que eu estava fazendo parecer.

— Não é nada disso. Eden é minha irmã e eu não vou deixá-la para trás. Prometi para minha mãe que eu iria protegê-la e que, se o plano desse errado, eu encontraria outro jeito de tirar Eden de Purity Springs. E é isso o que eu vou fazer.

Entendi o que ele estava dizendo. Eu tinha muita sorte de ser filha única. Era uma pessoa a menos neste mundo de que meu pai iria abusar. Uma pessoa a menos para minha mãe abandonar. Mas, se eu tivesse tido uma irmã... bom, eu só conseguia pensar que nunca a deixaria pra trás também.

— E a Eden sabe o que seu pai fez? — perguntei.

Ele deu de ombros e se virou. Pude sentir a culpa o percorrendo como se fosse a eletricidade de um fio desencapado.

— Eu estava lá quando ele sangrou minha mãe. Implorei para que ele parasse e disse que ele estava indo longe demais. Quando ela morreu, ele reuniu os moradores e declarou a todos que o "sacrifício" dele tinha sido em nome de um bem maior. O sacrifício *dele*. DELE. A minha mãe lá, morta, e ele de alguma forma ainda conseguiu convencer a população toda de que a morte dela tinha sido necessária. Que não tinha como ser evitada.

— E o que você fez? — eu quis saber, me perguntando se ele talvez tinha enfrentado o pai em público e dito para todo mundo a verdade sobre o que tinha acontecido.

— Nada — Joseph respondeu. — Eu perdi o controle e só fugi.

Eu podia entender perfeitamente aquela parte de ele ter fugido. O que não entendia era por que ele tinha parado de correr. Sabia que ele queria salvar a irmã e tudo mais, mas chega um momento em que a gente tem de reconhecer as próprias limitações. Se aquele tal sujeito era mesmo o monstro que Joseph estava descrevendo, então ele não teria como ajudar a irmã sozinho.

De súbito, percebi que o próprio Joseph também entendia aquilo. Percebi que era aquela a razão pela qual estávamos ali, escondidos no abrigo, olhando para paredes unhadas e tetos espelhados. Ele queria... não, ele *precisava* da nossa ajuda.

— Eu venho observando os forasteiros que passam pela cidade desde que nasci, e nunca, em nem um momento, eles representaram alguma ameaça a nós ou nos causaram qualquer mal. Conseguiam o que queriam e então iam embora. Mas meu pai vivia dizendo para não nos deixarmos enganar, que o diabo tinha duas caras... Uma era envolvente e ele a usava para nos atrair, e a outra era cheia de orgulho pecaminoso.

Olhei de Luke para Mike, me perguntando se estávamos todos ouvindo aquela mesma baboseira. Mike parecia entretido com a história; Luke tinha uma expressão de descrença com os olhos parados.

— Percorri quase 5 km ontem antes de parar e ter de sentar um pouco, já esperando por qualquer mal que more lá fora vir me pegar — Joseph continuou.

— E...? — perguntei.

— E nada. Fiquei sentado por três horas e não vi nada, a não ser uns passarinhos. Nada de mau, nada de ruim. *Nada*.

— E ele não foi atrás te procurando? — Luke perguntou.

— Ah, foi sim. Está me procurando agora mesmo.

Me virei e olhei em volta para o quarto parcamente iluminado. Sabia que o pai dele não estava ali. Sabia que a porta estava fechada e que Mike estava de guarda na frente dela. O que quer que tivéssemos visto lá fora do abrigo já tinha ido embora e deixado para trás um silêncio fúnebre. Mas nenhuma certeza daquela era suficiente para me deixar mais tranquila.

— E então esse é o seu problema, não é? — Mike disse. — Ele sabia que você voltaria e que não deixaria sua irmã pra trás. Seu pai te pegou pelos bagos e não tem nada que você possa fazer.

— Nada que eu possa fazer sozinho. Mas com vocês, nós todos juntos, talvez sim.

Joseph lançou um olhar suplicante em minha direção, travando os olhos nos meus. De alguma forma, aquele rapaz percebeu que eu o tinha entendido, que entendia a situação pela qual ele estava passando. O fato de compartilharmos daquela compreensão me deixava apavorada.

Luke captou o olhar dele na minha direção e se colocou na minha frente.

– O caramba! – gritou. – Você trata de deixar a Dee fora disso. A Eden é problema seu, não nosso!

– Não é que eu não tenha tentado tirar ela daqui antes por minha conta. Tentei sim. Fui eu que liguei a sirene. Tentei desviar a atenção para que eu pudesse agarrá-la e sair correndo. Mas meu pai não a deixa sair de vista. Agora, ele está com a cidade inteira entocada no subsolo da igrejinha. Vai manter todo mundo lá até que consiga tomar o controle da situação, até que tenha certeza de que qualquer ameaça já foi eliminada.

Eu sabia onde ele queria chegar. Nós, e de certa forma também o Joseph, é que éramos a ameaça. E por "ameaça eliminada", eu bem sabia que ele não queria apenas insinuar que nós seríamos escorraçados da cidade. Ele queria dizer eliminada embaixo de sete palmos de terra. Me senti mal pelo rapaz, mas eu não seria louca de arriscar minha vida por um completo estranho.

– Olha, eu sinto muito – comecei a dizer, estendendo a mão para ele. – Mas nós não podemos te ajudar. Você pode vir conosco se quiser. Quando chegarmos à próxima cidade, a gente procura a polícia e conta tudo o que está acontecendo aqui. Eles vêm e tiram sua irmã da cidade.

Joseph fez que não tinha interesse nenhum na minha sugestão.

– Isso pode levar horas ou dias. Eu não tenho dias. Além do quê, ninguém na cidade mais próxima vai me ajudar. Vocês são minha única chance de salvá-la.

Nenhum de nós se abalou, então ele continuou:

– Minha mãe tinha só quatorze anos quando foi forçada a se casar com meu pai. A Eden tem doze, e o Elijah tem três seguidores do mais alto escalão que estão procurando uma esposa. Eu os escutei conversando e todos estavam defendendo seu lado, cada um tentando convencer meu pai de que era a melhor escolha para Eden.

Balancei a cabeça, horrorizada. Eu sabia muito bem o que aqueles homens queriam de Eden. Era exatamente a razão pela qual o governo tinha finalmente me afastado de meu pai para sempre. Meu pai não tinha conseguido nada... mas tinha tentado. Na única vez, estava bêbado demais e não conseguia nem ficar em pé, e isso me deu a chance de...

Não, aquilo ia parar ali mesmo, naquele instante.

– Não tem jeito nenhum de... Não é jeito de... Eu não... – eu pelejava para articular as palavras, até que finalmente consegui me expressar com um não muito simples "Não!". Luke interrompeu minha divagação. Acho que ele fez aquilo para que eu me calasse e tivesse tempo de trancar minhas lembranças de volta na cabeça mais do que qualquer outra coisa.

– Olha, cara, eu sinto muito. De verdade, sinto mesmo. E nossa oferta continua de pé. Você pode pegar carona para fora da cidade conosco, mas isso é o melhor que nós podemos fazer.

Fiz que sim com a cabeça, concordando, e fiz menção de ir até a porta, esperando que Joseph fosse nos seguir e deixasse aquela cidade para trás.

– Pelo jeito, eu não fui claro o suficiente – Joseph disse, ficando de pé. – Eu não estava dizendo quais são suas opções.

Por algum motivo, ele parecia ainda maior e mais ameaçador do que antes. Talvez fosse a clareza de sua voz e as pausas entre cada palavra enquanto ele cuidadosamente pronunciava cada sílaba. Joseph não parecia mais desesperado ou frustrado. Seu comportamento agora era deliberado. Calculado. De qualquer modo, me fez correr e ficar de costas para a parede e longe de seu alcance.

Ele não avançou na direção de Mike ou Luke; veio diretamente para mim. Mas não conseguiu dar mais do que meia passada antes que Luke apelasse de vez e perdesse o fiapo de controle que vinha mantendo ao soltar uma sequência furiosa de palavrões.

– Você não encosta nela! – gritou, já indo contra Joseph. Acertou-o bem em cheio no peito, com as mãos posicionadas para a garganta.

Não sei se era a intenção de Luke ou se foi apenas pela inércia de seu corpo, mas ele jogou Joseph contra a porta e ela se abriu com violência, deixando os dois caírem no chão lá fora.

– Luke! – gritei e corri para eles, brecando em seguida quando a luz do sol ofuscou minha vista.

Um vulto em movimento à minha esquerda chamou minha atenção e um grunhido grave de uma voz desconhecida irrompeu em meio ao caos. Eu vagamente consegui distinguir um grito de Mike me mandando correr.

Um estampido muito alto ecoou em minha mente e eu me perguntei se o zumbido em meus ouvidos teria alguma coisa a ver com a dor difusa na parte de trás da cabeça. Meu mundo inteiro girou naquela hora, e o rosto de Luke entrava e saía de foco enquanto eu sentia meu rosto se desmanchando rumo ao chão frio e úmido.

A última coisa de que me lembro é a última coisa que ouvi: a voz de Luke e meu nome, ambos abafados e embaralhados em uma confusão de palavras de estourar os tímpanos. E então ficou tudo escuro.

QUATORZE

    Girei a cabeça para a esquerda, tentando inutilmente me livrar do som que me arrastava para longe da pacífica e tranquila escuridão. O pingar ritmado da água ecoava pelo quarto onde eu estava, me deixando vagamente consciente, quando na verdade tudo o que eu queria era correr de volta para a abençoada inconsciência. Algo frio e úmido passou pela minha testa. Tentei tocar aquilo para longe, mas minhas mãos estavam pesadas demais para eu conseguir levantá-las. Por fim, desisti e deixei minha cabeça cair para a frente.
    Meu estômago se revirou com o movimento. Forcei a cabeça de volta para cima e olhei em volta no quarto tentando firmar a visão, procurando alguma coisa na qual me concentrar até que o mundo parasse de rodar ao meu redor. Achei uma pequena rachadura na parede no lado oposto ao que eu estava. Aquele pontinho se tornou minha âncora, e usei cada gota das minhas energias para mantê-lo em foco.
    Fiquei imóvel, sentindo uma névoa pesada cobrindo a mente. O canto do quarto ficava todo borrado e depois voltava a se delinear, e sombras feitas de luzes dançavam por dentro de minhas pálpebras a cada vez que elas se fechavam por acaso. Piscando longamente e com dificuldade de manter os olhos abertos, me concentrei de novo naquele ponto e comecei a me dar conta da parede de blocos de concreto à minha frente. Pisquei mais uma vez e a parede como um todo finalmente se revelou. Com isso, veio junto uma avalanche de pensamentos. Todos desconexos. Todos sem nenhuma utilidade.
    Doía pensar e o menor esforço nesse sentido me levava quase às lágrimas. Pelejando para respirar, apertei bem os olhos e senti a dor

lancinante na parte de trás da cabeça. Ela trespassava meu crânio como um ferro em brasa. A umidade penetrava por baixo dos cabelos e corria pelo meu pescoço. Juntei as poucas forças que ainda tinha e tentei levar a mão à cabeça para ver se a dor diminuía, mas não tive como. A mão não se movia.

– Mas que...? – me perguntei. Olhei em volta no escuro à procuras das mãos. Elas estavam atadas. Uma tira fina e branca de plástico juntava meus pulsos e me amarrava a uma cadeira. Fiz o que me pareceu natural naquele momento: me debati contra as amarras e ignorei a dor quando elas penetraram mais profundamente em minha pele.

Pus os pés na parede tentando conseguir alguma sustentação. *Meus pés. Não estavam amarrados!* Saber disso foi como sentir um grito de vitória correndo por mim. Afundei os calcanhares no piso frio e consegui levantar o corpo quase todo, com exceção das mãos amarradas à cadeira. Me contorci apesar da dor e puxei ainda mais forte. A despeito de meus esforços, a única coisa em que fui bem-sucedida foi derrubar a cadeira.

Alguma coisa – não, *alguém* – me apanhou do chão e gentilmente reposicionou a cadeira de pé.

– Shhh... Não puxe essas amarras. Elas só vão te machucar mais.

A voz de Joseph vinha toda confusa, como se estivesse misturada à escuridão ao meu lado. Tentei discernir sua silhueta a partir dos borrões que via à minha volta, mas não consegui. De novo, doía demais.

– Seu doente desgraçado! – gritei, puxando as braçadeiras mais uma vez e aprofundando o sulco já quase em carne viva em torno de meus pulsos. – O que você fez comigo? Cadê o Luke? Cadê o Mike?

Meus berros ecoaram nas paredes, e o quarto começou lentamente a se materializar ao meu redor. Estava vazio, a não ser por uma mesa velha, outra cadeira e uma gigantesca cruz dourada pendurada no centro exato da parede mais à frente.

Uma mão tapou minha boca e eu debati a cabeça para os lados tentando, sem sucesso, me livrar dela. Os dedos dele apertavam minha bochecha e eu lutei para não derramar as lágrimas que começavam a se formar.

– Você tem de se acalmar e ficar quieta, Dee. Se não fizer isso, ele vai te ouvir e vai vir aqui – Joseph sussurrou.

Eu não ia me acalmar coisa nenhuma, e coitado de quem pensasse que eu iria só ficar sentadinha ali em silêncio. Fiz que sim com a cabeça lentamente para que ele relaxasse o aperto, e então mordi sua mão com força o bastante para tirar sangue.

– Santa Mãe de...! – Joseph praguejou, levando a mão à boca para atenuar a dor.

– Me deixa sair daqui – implorei. Estava enjoada e podia sentir o gosto do sangue dele. Além disso, me tomava a sensação de que eu estava toda molhada e meu braço esquerdo pingava. A cabeça tombava para trás e meu pescoço parecia de borracha quando eu tentava endireitá-lo de novo.

– Fique imóvel, Dee. Você precisa se acalmar e confiar em mim.

Confiar nele? Ele estava de sacanagem??

– Por quê? O que você fez comigo? – respondi com a fala arrastada, cada palavra saindo com mais dificuldade dos lábios. Olhei para baixo e vi sangue manchando meus braços e escorrendo do cotovelo para a cadeira.

Havia três cortes, nenhum maior que uns dois centímetros, em cada braço. De todos corria sangue.

Olhei para o braço direito por um segundo e me concentrei obsessivamente no som de cada gota caindo na tigela de metal logo abaixo. Foi então que perdi o pouco controle que ainda tinha e deixei jorrar em cima de mim mesma todo o conteúdo do meu estômago.

Joseph viu meu espasmo e saiu da frente de qualquer jeito.

Havia uma faca na mesa junto a três garrafas de vidro escuras cheias do que presumi que fosse meu sangue. No fundo, de alguma forma eu sabia o que estava se passando e sabia que tinha sido daquele jeito que a mãe dele tinha morrido. Mas ter consciência de tudo aquilo, não importava o quão hediondo fosse, não era nada se comparado à exaustão que tomava conta de mim.

Minha cabeça bambeava enquanto eu me esforçava para ficar ereta.

– Preciso ficar acordada – eu murmurei, temendo que meu sono fosse justamente a oportunidade certa para a morte se aproximar. – Por favor, Joseph, não me deixa dormir.

– Pode dormir, Dee – Joseph disse, afastando com os dedos uma mecha úmida de cabelo da minha testa. – Vou ficar aqui te vigiando e prometo que não vou deixar nada de ruim acontecer com você.

Ele passou um pano úmido na minha nuca, depois dobrou outro e delicadamente deslizou-o pelo meu rosto. Estava me limpando. Tinha me amarrado, tinha me sangrado e agora estava me limpando.

— Não faz isso, Joseph. Por favor, me deixa ir – falei com um fiapo de voz tão suave que me perguntei se as palavras só tinham sido ditas em minha mente.

— Não vou te machucar – ele disse enquanto ia vagarosamente limpando minhas feridas.

O ardor do álcool me fez despertar momentaneamente e eu tentei repelir a mão dele e fazê-lo me deixar em paz. Era um esforço infrutífero; eu estava apertada mais forte que a bagagem em cima de um carro de família em férias.

Ele deixou o álcool de lado e gentilmente pousou a mão sobre a minha, me acalmando.

— Também não vou deixar meu pai te machucar, Dee. Prometo. É por isso que eu estou aqui.

— Cadê o Luke? Cadê o Mike? – perguntei de novo.

— Estão a salvo – ele respondeu.

— A salvo onde? – quis saber. Se eu tivesse uma ideia de onde eles estavam, talvez tivesse como chegar até eles.

— Não se preocupe. Eles não estão aqui. Ainda estão lá fora.

Era uma boa notícia. De algum modo, eu sabia que era uma boa notícia. Eu não queria ficar ali sozinha, mas, se Luke e Mike estavam lá fora, então ainda havia chance de que eles pudessem ir buscar ajuda. Tudo o que eu precisava fazer era continuar viva.

— Por que você fez isso, Joseph? Eu teria te ajudado. A gente teria convencido o Luke a... – parei e tive de engolir com dificuldade. As palavras estavam mais complicadas ainda, quase impossíveis de articular.

A silhueta de Joseph entrava e saía de foco e seus movimentos rodavam em minha cabeça a cada vez que meus olhos se estreitavam. Sua voz era suave e até gentil, em contraste com a horrenda trilha sonora do meu próprio sangue se juntando na bacia abaixo de mim.

— Sinto muito – ele disse.

Dei um safanão e a compressa fria que ele segurava em minha nuca foi para o chão.

— Por quê? Me diz por quê.

— Eu preciso tirar a Eden daqui. Ela ainda não entende os planos de meu pai. É muito jovem e inocente demais para se libertar por conta própria.

— Nós nunca dissemos que não íamos ajudar...

— Eu sei o que vocês disseram — ele interrompeu. — Sei que eu poderia ter ido embora com você e seus amigos. Mas eu não temo por mim, e sim pela Eden. Seus amigos deixaram bem claro que não iriam arriscar voltar à cidade para me ajudar a salvá-la. Mas aposto que eles vão voltar por você.

As lágrimas contra as quais eu vinha lutando finalmente venceram. Joseph tinha razão. Luke talvez não tivesse a mínima intenção de arriscar nossas vidas para salvar uma estranha qualquer, mas sem dúvida daria sua vida para salvar a minha.

Um eco suave de passos veio do lado de fora. Contei até cinco e então os ouvi outra vez, torcendo com todas as forças para que aquele som fosse apenas o medo pulsando em minhas veias. Mas ele ainda estava lá. E ficava mais alto. E chegava mais perto.

— Feche os olhos — Joseph sussurrou.

Balancei a cabeça. Eu queria ver o tal Elijah Hawkins, aquele homem do qual Joseph tinha tanto medo, e depois queria dizer a ele para ir pro inferno.

— Por favor, Dee. Ele não pode saber que você acordou, senão ele vai querer tomar conta da situação.

Joseph pegou a faca na mesa e se ajoelhou à minha frente. Olhou para o meu braço antes de deslizar uma das bacias de metal na minha direção. Me contraí inteira, aterrorizada com a possibilidade de ele estar imaginando qual parte do meu braço ele cortaria em seguida.

— Não... — implorei. Eu diria qualquer coisa naquele momento e faria qualquer coisa que ele quisesse ali mesmo se ele apenas me deixasse ir.

— Não vou fazer isso para te machucar. É para te ajudar a continuar a salvo.

Me machucar? Ele estava mesmo dizendo que não ia me machucar? Que tipo de imbecil ele achava que eu era? Os riscos atravessados por todo o meu braço eram obra dele. As bacias de metal cheias de sangue eram obra dele. E também a lâmina que ele agora segurava junto ao meu antebraço era totalmente obra dele.

— Fecha os olhos, Dee — disse de novo. Fiz tudo o que eu pude para mantê-los arregalados e encará-lo com toda a coragem e enfrentamento que eu conseguisse demonstrar. Se ele ia mesmo fazer aquilo, então eu não ia facilitar nada para ele. Ele teria de me olhar nos olhos se fosse me cortar.

Percebi um leve tremor em sua mão quando ele deslizou a faca por mim. A dor nem me incomodou. Ardeu, sim, mas nada além disso. Eu inclusive conseguia lidar com a visão do sangue escuro vazando do meu braço. Mas o que me tirou do sério de verdade foi o som do meu sangue pingando no metal.

Meu mundo rodou inteiro. A única coisa que me ancorava à realidade era o som estremecedor das gotas. Ainda pude ouvir Joseph falando. Era como se ele estivesse me chamando do fundo de um túnel, com a voz distorcida, indo e vindo, quando ele me disse para não resistir.

Fiz o que ele mandou. Não resisti, deixei tudo para lá e só me entreguei à escuridão que veio invadindo os cantos de minha mente.

QUINZE

Eu tinha sido trocada de lugar. A leve colcha bem colocada sobre mim e o cheiro de comida quente me permitiam concluir pelo menos isso. Uma olhada rápida pelo quarto confirmou minhas suspeitas. As paredes de blocos de concreto não estavam mais lá; agora era massa corrida bege que me confinava. Duas camas de solteiro sem cabeceira estavam uma ao lado da outra, e lá estava eu deitada em uma delas. A outra se encontrava muito bem-feita, com um cobre-leito branco e dourado sobre os lençóis. Havia um criado-mudo, duas cadeirinhas de madeira e uma estante de pinho com uma espécie de bacia de vidro grande em cima. Sobre mim, havia um relógio de parede e uma janela. Uma janela de todo tamanho. Sem grades. Só uma boa e velha janela de madeira emoldurada por cortinas rendadas.

Bem devagar, me sentei na cama e os olhos foram imediatamente seguindo a extensão do meu braço. Curativos cobriam os antebraços dos pulsos aos cotovelos. Pressionei um deles com cuidado, me encolhendo quando o machucado ferroou. A cabeça latejando tinha dado lugar a uma dor mais insistente. Também doía, mas pelo menos eu conseguia pensar direito assim mesmo. Pus a mão atrás da cabeça, afastei o cabelo e descobri outro curativo sobre uma parte extremamente sensível do couro cabeludo.

A mente correu de volta àquele porão, aos cochichos de Joseph, aos passos vindos de fora e à beliscada no braço que tinha mandado meu mundo inteiro rumo às trevas. Lutei contra a confusão mental, tentando me lembrar de como eu tinha ido parar ali, quem teria me carregado e que caminho a pessoa tinha feito. Mas era tudo um borrão na minha cabeça. Um borrão horrível, daqueles de dar enxaqueca.

Me inclinei para trás, levantando a colcha junto comigo. Uma olhadinha sob a coberta me mostrou que eu estava totalmente vestida. Não significava nada, considerando que eu estivera inconsciente por sabe Deus quanto tempo. Mas, por alguma razão, aquela camada extra de algodão me fazia sentir mais segura.

A porta se abriu de leve e Joseph entrou, verificando a cama antes de se sentar do outro lado do quarto.

– Onde eu estou? – perguntei.

– Em nossa unidade de reintegração.

Olhei bem para ele, tentando compreender a palavra. *Reintegração.*

Ele riu, fazendo um som familiar que não me ajudava em nada a relaxar.

– Não precisa fazer tanto esforço para entender. É só um nome bonito para os quartos no fundo da igreja.

Me virei para a janela, fechando a mira no pequeno colchete de metal no alto da esquadria. Era uma tranca padrão, do tipo que fecha por dentro. Olhei para a porta. Nenhuma tranca visível por ali. Nada. Absolutamente nada me impedia de dar o fora.

Por mais fácil que parecesse, eu duvidava de que seria assim tão simples.

Joseph percebeu meus olhos perambulando e adivinhou o que eu estava pensando.

– Não é com as trancas que você deve se preocupar.

Ignorei seu aviso e fiquei de pé para ver se eu ainda conseguia manter o equilíbrio, meio que esperando que fosse cair por causa da perda de sangue. Não caí, o que provavelmente queria dizer que eu tinha estado apagada por muito mais tempo do que eu gostaria de saber.

Andei em direção à porta, e Joseph se interpôs entre minha rota de fuga e eu.

– O que eu quis dizer foi que a porta não fica trancada, mas seria uma péssima ideia tentar sair. Acredite, você não vai dar mais do que uns cinco passos lá fora antes que ele te veja.

Olhei para o alto. Nenhuma câmera, nada de luzinhas vermelhas piscando, nada de um cara estranho bisbilhotando a janela. Isso significava que, fosse ele quem fosse, estaria esperando do lado de fora da porta. Bom, tudo bem; eu lidaria com ele, então.

– Mm-hmm – eu disse enquanto procurava no chão pelos meus tênis e as meias. Os pés descalços estavam gelados e, se eu tinha qualquer chance de escapar dali, precisaria das minhas coisas.

A mão de Joseph já estava no meu ombro em um instante, seus olhos muito escuros me encarando. Olhos perturbados. Ele recolheu a mão rapidamente, como quem toca uma brasa ardente.

– Estou falando sério. O único motivo pelo qual você está acordada agora é por eu ter concordado em ficar aqui e te vigiar. Ele me teria feito continuar a sangrar seu braço se dependesse dele. Minha função aqui é te impedir de sair andando pela igreja e de fazer contato com qualquer outra pessoa até que eu tenha oportunidade de te explicar as coisas. Até que ele possa ver que você compreende seu novo papel aqui – ele disse, me dirigindo de volta à cama. – Por favor, Dee, sente lá de volta.

Tentei me desvencilhar de seu toque, mas Joseph era tão forte quanto parecia. Talvez até mais.

– Então você é a razão pela qual eu estou acordada?! – gritei. – Isso é bem irônico, considerando que foi você que me cortou toda pra começar!

Falseei os passos para trás quando ele me largou e então peguei meus sapatos debaixo da cama e enfiei os pés rapidamente.

– E você vai me explicar o quê?

– Não sei... as coisas... E não queria que fosse desse jeito – Joseph sussurrou, com um olho em mim e outro na porta. – Não tinha outra opção.

– Quem você está tentando enganar? Você tinha mais uma dúzia de opções. Uma dúzia! E foi lá e escolheu a mais errada.

– Eu fiz a única opção que me permitiria salvar minha irmã.

– Que seja – eu disse, completamente desinteressada em qualquer debate a respeito da moralidade do meu sequestro. – Onde estão Luke e Mike? – perguntei. Esperava que, àquelas alturas, eles já estivessem na cidade vizinha contando à polícia tudo sobre Purity Springs e sua comunidade de loucos degenerados.

A voz de Joseph era tranquila, tão baixa que eu tinha de me esforçar para entender suas palavras.

– Eu já te disse. Eles não estão aqui.

Procurei fundo na minha cabeça por qualquer besteira inútil, qualquer coisa mesmo, que pudesse me ajudar a sumir dali e conseguir contato com Luke. Se fosse o caso, eu saberia o que fazer se o sujeito com lâminas nas mãos me atacasse em sonhos. Poderia te dizer para onde correr caso o menino esquisito resolvesse sair de dentro do lago já adulto e usando uma máscara de hóquei. Estava preparada até para sair de um maldito avião quando sete garotos aleatórios da turma de Francês resolvessem pirar, achando que ele ia cair. Mas não tinha ideia do que fazer quando me visse frente a frente com um profeta autoproclamado e sua cidade de lunáticos.

O som de uma porta abrindo e fechando fora do quarto interrompeu minhas divagações, e Joseph me empurrou para a cama.

– Tira os sapatos e corre de volta pra cama! – ordenou. – Agora!

Meio que contemplei a possibilidade de continuar ali mesmo e conhecer o pai dele, mas não tive chance de pôr em prática. Joseph me empurrou de novo, dessa vez com mais força, e eu caí na cama. Lutei com ele enquanto ele puxava a colcha por cima de mim. Por fim, ele desistiu e só me deixou lá, com os sapatos pendendo do pé e minhas pernas enroscadas na colcha.

dEZESSEIS

A porta se abriu e um sujeito de meia-idade entrou. Segurava uma bandeja de comida e um envelope pardo meio que grande demais. Com os cabelos bem esbranquiçados, óculos e grandes vincos de expressão em volta dos olhos, ele tinha a mesma aparência de metade dos pais que eu já tinha visto na escola. E parecia ser tão bonzinho quanto eles, também.

Fechou a porta rapidamente, fazendo uma pausa até que Joseph desse um passo à frente e abaixasse a cabeça.

– Pai... – Joseph disse, em tom bem baixo.

Dei uma boa olhada em Elijah Hawkins e então balancei a cabeça em descrença. Joseph vinha me advertindo tanto por causa *daquele* homem? Era esse cara que tinha abusado de crianças e assassinado a própria esposa? Não era possível. O sujeito parecia mais o tipo que empacota meia-dúzia de iscas e viaja pra pescar do que alguém que comanda um culto sinistro.

– Pegue uma cadeira para você, filho – Elijah disse, sua voz soando bem mais grave e alta do que eu esperava.

Elijah depositou a bandeja no criado-mudo e voltou seu olhar para mim. Estava me estudando, os olhos se concentrando em meu rosto para depois examinar o corpo. Parou no meu peito e então continuou em minha cintura e nas pernas. No meio do pânico, eu tinha puxado só parte da colcha sobre o corpo e deixado minha perna esquerda inteira descoberta, com os cadarços desamarrados à mostra.

– Indo a algum lugar? – ele perguntou, apontando para meu pé.

Fiquei em silêncio, me recusando a responder. Não iria deixar aquele senhor de camisa xadrez de botão me intimidar. Ele tinha metade do tamanho de Luke e três vezes a idade dele. Não tinha como ser forte nem rápido. Mesmo com todas aquelas bandagens no braço e um galo considerável na cabeça, eu mesma provavelmente conseguiria vencê-lo.

— Não senhor, ela não estava indo a lugar nenhum – Joseph respondeu por mim. – Eu a sangrei por um bom tempo, então ela ainda está um pouco tonta. Além do mais, está fraca demais para ir a qualquer parte.

Joseph estava falando rápido, *muito* rápido, e Elijah levantou a mão para que ele parasse.

— Perguntei a ela, Joseph, não a você.

Seus olhos determinados se voltaram para mim outra vez, se detendo em minhas pernas. Desejei que tivesse optado por algo menos chamativo, em vez de jeans colados. Talvez calças de esqui ou um moletom encardido.

— O que você quer de mim? – perguntei.

Elijah expirou ruidosamente.

— Você bem sabe que minha esposa faleceu – começou a dizer, e eu concordei com a cabeça. – Joseph ficou compreensivelmente abalado. Sem dúvida se sentindo tão traído quanto eu.

— Traído? – perguntei. Eu entenderia essa palavra vinda do Joseph, mas do Elijah? Era ele quem a tinha matado.

— Sim, traído. Pelo fato de minha esposa ter de morrer, eu digo. Eu venho dando minha vida por esta cidade, me assegurando de que todas as pessoas sob minha tutela permaneçam puras enquanto eu as conduzo pelos caminhos do Senhor – Elijah explicou. – Este tem sido meu trabalho, assim como foi o de meu pai e o do pai dele antes. Nós viemos mantendo esta cidade em sua inocência, a salvo das influências externas por 150 anos. Algum dia, essa responsabilidade caberá a Joseph.

Não se Joseph puder evitar, pensei. Pelo que ele tinha me dito, só estava ali por tempo suficiente para pegar sua irmã e então dar no pé.

— Venho guiando esta cidade por quase 18 anos e observando como nós, enquanto comunidade, nos aproximamos de Deus – Elijah continuou. – Nem uma única vez eu reclamei ou questionei o desígnio que Ele tinha para mim. Então, quando eu, um profeta que altruisticamente dedicou sua vida ao ofício do Senhor, fui convocado a sacrificar a vida de minha própria esposa por um bem maior, sim, admito que me senti traído.

Elijah sorriu secamente, como se rememorando algo agridoce.

— Joseph é meu filho. Meu único filho homem – ele disse, já se sentando ao meu lado na cama e estendendo a mão para tocar minha panturrilha. Fiz menção de puxar a perna para longe e ele logo pegou meu calcanhar, mantendo-me no lugar.

Fiquei sentada tão imóvel quanto pude e tentei ignorar o vômito subindo em minha garganta. O olhar do homem ia seguindo o mesmo caminho que ele fazia com os dedos pela perna, e meu coração pulsava no peito à medida que ele ia subindo. Olhei para Joseph e ele não fez qualquer movimento no sentido de me ajudar.

– Mas agora eu compreendo. O plano d'Ele era que eu perdesse minha abençoada esposa para que então pudesse ganhar você. Veja, eu preciso ter mais filhos, pôr mais crianças Hawkins no mundo para levar à frente o legado da família. E você, minha querida, é quem vai me dar tudo isso.

As palavras de Elijah atravessaram meu cérebro com a intensidade de um incêndio fora de controle. Eu não sabia se ria ou se gritava com ele. A absoluta sinceridade em sua voz não fazia qualquer sentido.

Parei a mão dele antes que chegasse à minha coxa e enterrei as unhas em sua pele.

– Filhos? Você realmente acha que Deus me trouxe de presente pra você? Você acha mesmo que eu dormiria com você? Você perdeu completamente o...?

Joseph pulou de sua cadeira de tal forma que ela tombou no chão. Seu movimento foi forçado, intencional, como se ele tivesse chutado a cadeira de propósito ao ficar de pé só para atrair a atenção do pai. Não importava se sim ou não, mas funcionou, e com isso Elijah recolheu a mão e voltou os olhos ao filho.

– O que Joseph contou a você? – Elijah perguntou.

Dei uma breve olhada em Joseph antes de mentir.

– Nada.

O sorriso de Elijah murchou, deixando em seu lugar uma expressão fria.

– Não pedi a você que falasse com ela, Joseph? – Havia um toque de reprimenda em sua voz, algo como a promessa de um castigo. – Eu esperava que ela já estivesse preparada, que soubesse pelo menos um pouco a respeito do papel dela aqui.

– Eu conversei com ela – Joseph respondeu. Vasculhei meu cérebro em busca de qualquer recordação mínima daquela tal conversa. Por mais que tentasse, não vinha nada. Joseph estava mentindo também. – Mas, como ia dizendo... – continuou, implorando com os olhos para que eu seguisse a dica. – Eu a purifiquei como o senhor pediu. Ela estava muito confusa quando se recobrou. Acho que eu a sangrei mais do que devia. Disse como ela é importante para nós, mas acho que ela não consegue se lembrar mais disso. Agora que está mais acordada, talvez o senhor mesmo possa explicar melhor para ela.

Elijah assentiu com a cabeça e, por um segundo, me convenci de que ele tinha acreditado na desculpa de Joseph.

– Sei que o que digo parece não fazer sentido para você agora, mas, quando chegar a hora certa, você verá a sabedoria das minhas palavras – Elijah disse, me entregando em seguida o envelope e torcendo as beiradas do grosso papel pardo enquanto falava comigo. – Na hora certa, você também será ungida.

– O que é isso aqui? – perguntei.

– Isto é você. É sua nova vida. Seu passado e presente – Elijah respondeu.

Se recostou na cama com um imenso sorriso no rosto. Eu estava com vontade de cuspir nele, de esbravejar na cara dele que ele era um doente e que minha vida nunca iria incluí-lo e nem a família insana dele. Mas não falei nada daquilo. Em vez disso, enfiei os dedos no envelope e puxei os papéis lá de dentro.

Rebekah Hawkins, esposa de Elijah Hawkins.
Dezessete anos de idade. Natural de Purity Springs.
Batizada na Igreja da Luz Divina.
Doutrinada pelas mãos de Elijah Hawkins
em isolamento para preservar sua pureza de espírito.

– Não estou entendendo – eu disse, confusa a respeito do que aquilo teria a ver comigo.

– Continue lendo – Elijah disse, tocando os papéis em minhas mãos.

Filiação: Samuel e Abilene Smith.
Sacrificada e martirizada em nome da Igreja.
Elevada à condição de divina esposa de Elijah Hawkins neste dia,
8 de novembro do ano de Nosso Senhor.

Parei de ler e virei o braço para ver a data em meu relógio. Era dia oito. Dia nove seria domingo, quando os Hoopers esperavam que eu estivesse de volta em casa.

– Ainda não entendo – eu disse outra vez. – Por que eu deveria me importar com essa Rebekah Hawkins?

Elijah deu uma batidinha no papel e então tocou meu queixo, levantando-o para que eu o olhasse nos olhos.

– Porque a partir de hoje, *você* é Rebekah Hawkins.

dEZESSETE

Virei o queixo abruptamente para escapar das garras de Elijah, desesperada para ficar tão longe dele quanto pudesse. Suas palavras carregavam a promessa de algo mais, algo com o qual eu certamente não queria ter nada a ver.

Os papéis caíram de minhas mãos e voaram para o chão. Aquela mesma sensação de estar encurralada e sem poder fazer nada que eu já sentira por tantos anos me tomou mais uma vez. Fiquei esperando que Joseph fizesse ou falasse alguma coisa, qualquer coisa. Mas ele não tomou nenhuma atitude. Apenas ficou sentado lá com os olhos fixos em mim naquele silêncio que parecia querer me alertar – o mesmo comportamento que me levou a ficar de boca fechada e fazer o que o pai dele mandava.

Me virei para sair da cama, mas Elijah mudou de posição junto comigo como se fosse uma sombra. Ele estava perto, bem perto de mim. Pensei comigo mesma que, se eu conseguisse livrar as pernas da colcha, poderia dar um belo chute nele.

Arranquei a colcha para longe de mim e me joguei sobre Elijah, disposta a abrir caminho por cima dele para chegar à porta. Ele me pegou no meio do movimento e suas mãos envolveram meus ombros. Sua respiração estava pesada e ele me apertava mais forte na tentativa de conter meu corpo que se contorcia.

Vi Joseph com o canto do olho e tentei murmurar um "por favor" da forma como podia. Os olhos do rapaz se dilataram e ele deixou escapar um sibilo. Mas nem se mexeu. Não iria me ajudar. Só o que ele queria era tirar a irmã dali e não se importaria com quem ele tivesse de sacanear para conseguir isso.

Elijah afrouxou as mãos e o sangue voltou aos meus braços já quase dormentes. Como eu não investi contra ele outra vez, ele me soltou de vez.

– Entendo que você esteja confusa e mesmo com certo medo do caminho que o Senhor escolheu para você. Mas tenha certeza de que você não está sozinha. Eu estarei aqui para guiá-la e ensiná-la – ele disse, se abaixando para pegar os papéis espalhados no chão. – Agora é hora de você ouvir o que eu tenho a dizer, *Rebekah*. Você vai ler cada palavra que está escrita aqui. E vai memorizar tudo, porque essa é a única maneira de você se livrar do seu passado e da vida que vinha te conspurcando até este momento. Esta aqui é a sua história agora. É seu renascimento. Esta aqui é você.

Dane-se o instinto de autopreservação. Eu precisava saber do que ele estava falando.

– E se eu não fizer isso?

Ele riu de um jeito maníaco e me fez desejar que eu tivesse ficado de boca fechada.

– Você já viu demais do mundo lá fora, minha querida. Mas não tema, porque isso só quer dizer que eu vou precisar me assegurar de que você está limpa de todo o mal no qual esteve mergulhada até hoje. No momento certo, você passará a crer na minha sabedoria, entenderá minhas responsabilidades e aceitará minha autoridade divina.

Balancei a cabeça. Ele não tinha respondido minha pergunta.

– E. Se. Eu. Não. Fizer. Isso?

Elijah jogou as mãos para o alto como que entretido com minha persistência.

– Você vai perceber que sou um homem de paz. Somos uma cidade pacífica. Mas, como Joseph poderia atestar, acredito que medo e dor funcionam tão bem quanto a razão. Em questão de poucos dias, você verá a verdade em minhas palavras e aceitará sua nova vida, sua salvação. Se não... Bem, não me agrada que comecemos nossa vida em comum sob circunstâncias ruins. E não se engane, Rebekah: você agora pertence a mim.

– Eu não vou ficar aqui – eu disse, sem ter certeza de onde vinha aquele lampejo de coragem. – Você não pode me manter aqui. Eu tenho uma família que vai vir procurar por mim! E amigos – e *Luke*, pensei comigo mesma.

Não sabia bem se os Hoopers contavam como família, mas eu tinha um lugar pra morar e havia pessoas que gostavam de me ter por perto. Eu já era quase uma pessoa completa de novo, e de maneira nenhuma deixaria aquele homem tirar tudo de mim agora.

– Ah, sim, amigos. Muito bem, podemos então jogar esse jogo. Joseph? – Elijah chamou, e Joseph deu dois passos em sua direção, como se fosse uma marionete controlada pelas mãos do pai.

– Não sei se meu filho te contou, mas ele tem uma irmã mais nova.

– Eden – sussurrei.

– Sim, Eden – Elijah continuou. – Joseph gosta muito dela. Ele se impõe mais responsabilidade sobre ela do que realmente tem. Ele se vê como protetor dela. Acredito que fará o mesmo por você.

Eu nem fazia ideia de onde Elijah queria chegar com aquilo. Só sabia que Joseph estava muito determinado a tirar a irmã dali, mas ele não tinha feito nada para me ajudar. Na verdade, tinha feito de tudo para me manter aprisionada, incluindo me cortar toda.

– Uma das maiores virtudes de Joseph, e algo que fará dele um grande líder, é que ele tem um ótimo julgamento de caráter – Elijah disse. – Presumo que ele tenha percebido que você tem um lado mais agradável, e ele estaria contando com isso para que você o ajude com Eden.

Ao lado do homem, Joseph fechou a mão com um aperto sem nem piscar, mantendo-se calmo mesmo com a revelação de que Elijah sabia de seus planos. Olhei para Joseph enquanto ele apenas permanecia lá, imóvel como uma estátua, me perguntando o que ele estaria pensando. Estaria com medo? Morrendo de raiva? Eu não fazia ideia, mas tinha de me apegar à esperança de que se tinha uma coisa que ele não estava era resignado com tudo aquilo.

Elijah sorriu e então voltou sua atenção para mim outra vez.

– Se você me criar qualquer problema, mesmo que apenas questione seu novo papel aqui em Purity Springs, eu vou surrar meu filho até que só reste nele um fiapo de vida. A dor será tão intensa que ele vai desejar morrer. Mas eu não vou agraciá-lo com a morte até que ele me diga onde escondeu os dois rapazes que estavam com você. E quanto a eles... Pretendo livrar o mundo daqueles dois para não correr o risco de contaminar ainda mais minha cidade com sua imundície. Você compreendeu?

O ar parou na minha garganta assim que percebi a verdade. Elijah não apenas tinha conhecimento do plano de Joseph para fugir com Eden; ele também sabia de Luke e Mike. Estava ciente de todos nós desde o começo.

– Devo lembrá-la mais uma vez de não testar meus limites – continuou, chegando tão perto de mim que sua respiração cruzou com a minha. – Eu te asseguro de que você não triunfará. No fim, estará sentada exatamente nessa mesma posição e lugar onde está agora, para sempre atada a mim e a esta cidade. Matarei seus dois amigos e também Joseph se isso for necessário. Mas não você. Para você, tenho outros planos.

Chegou para trás novamente e me entregou os papéis.

– Se não acredita em mim, pergunte a Joseph. Ele ficará muito satisfeito de te lembrar exatamente quem eu sou e do poder que tenho. E as cicatrizes dele são a prova disso.

Olhei para Joseph. Ele permanecia lá parado e em silêncio, com os lábios espremidos em uma fina linha reta. Não era à toa que parecíamos nos entender um ao outro. Ele estava vivendo minha vida – minha vida de antes. Se não estivesse tão assustada, eu teria rido da ironia. Ali estava eu, viajando em um fim de semana no qual deveria estar celebrando meu aniversário de namoro com Luke, e, ao invés disso, estava aprisionada em um grotão com um sujeito delirante e à mercê de seu filho igualmente perturbado.

Elijah encarou meu silêncio atordoado como um sinal de concordância e passou a mão pelo meu rosto mais uma vez, se detendo na bochecha por um segundo antes de ajeitar uma mecha de cabelo rebelde atrás da minha orelha. Eu teria tomado aquilo como um gesto paternal, até confortante, se não fosse pela insanidade toda que ele tinha despejado na minha cabeça.

– Agora que entramos em um acordo, *Rebekah*, vamos providenciar para que você se lave e se apresente à sua nova família.

Andou até a cômoda e procurou dentro da gaveta de cima, puxando algumas peças. Levantou-as para olhar, avaliou o tamanho e então as trocou por um conjunto menor que combinava.

Era coisa muito simples, nada além de uma longa saia completamente branca e uma blusa que cobria dos pulsos até o queixo. Estavam limpas e cuidadosamente dobradas, mas não havia uma única cor em nada daquilo.

Elijah as jogou na cama e puxou um frasco do bolso.

– Vai precisar tirar esse esmalte das unhas – disse, colocando o removedor sobre a cômoda. – Sua maquiagem já está bem gasta, mas seria interessante que você esfregasse bem o rosto assim mesmo. E ajeite o cabelo. Nada muito elaborado. Apenas uma trança bem no meio está ótimo.

Fiquei observando enquanto ele pegava tudo o que considerava necessário: um sabonete, uma fita preta para o cabelo, uma toalha branca áspera que não era grande o suficiente para cobrir nada e um par de tamancos bege.

— Aquela bacia ali está cheia de água — Elijah disse, apontando para a tigela de vidro na penteadeira. — Entregue tudo o que você está usando no momento, incluindo as roupas de baixo, para o Joseph. Ele vai pôr fogo nisso e em tudo o que remeter à sua vida pregressa. Este é um novo começo para você, Rebekah, sua chance de ter uma vida melhor. Garanto para você uma eternidade de paz e felicidade. Aceite seu novo eu. Aceite a mim.

Eu fiz que sim e dei um sorriso forçado. Não estava consentindo com nada daquilo e também não tinha intenção alguma de abrir mão da minha calça jeans e do meu sutiã para ninguém. Mas queria aquele homem fora do quarto, e concordar com o banho de gato e trocar de roupa parecia o jeito mais rápido de conseguir aquilo. Depois que ele já tivesse ido, eu daria um jeito de escapar — com minhas roupas, meu esmalte, minhas roupas de baixo e tudo mais.

— E depois que eu me trocar? — perguntei, tentando calcular quanto tempo eu teria.

— Vou apresentá-la à sua nova família, aos meus seguidores. Estão todos empolgados para conhecê-la.

— É, aposto que estão — murmurei baixinho.

Joseph levou o dedo aos lábios, me avisando para ficar calada. Tarde demais. Elijah tinha me ouvido e já se virava para mim de novo.

— Você disse alguma coisa? — perguntou.

Duvido que ele quisesse alguma resposta. Ele parecia me desafiar mais do que qualquer outra coisa, mas eu respondi mesmo assim.

— Não, não falei nada.

— Bom. Vou deixar isso aqui com você — ele disse, apontando para os documentos que traziam meu passado ficcional. — Acredito que você vai considerar tudo bem completo e abrangente, mas, se tiver alguma pergunta, traga-as para mim. *Apenas* para mim. Entendido?

— Entendido.

— Bom. Joseph ficará aqui enquanto você se arruma. Nós batemos um papo depois que ele te trouxe até mim hoje de manhã, não foi, filho? — Elijah se virou para Joseph, que concordou. — Tenho certeza de que ele não precisa ser lembrado mais uma vez de seus deveres para com esta comunidade.

Olhei para Joseph, tentando entender do que Elijah estava falando e por que seu uso de "bater um papo" me deixava tão enjoada.

— E bem-vinda ao lar, Rebekah.

dEZoItO

Me espreitei até a porta e encostei o ouvido, segurando a língua até ter certeza de que os passos estavam mais distantes. E então pus Joseph na parede.

Eu queria respostas. Não deixaria barato enquanto não soubesse onde ele estava mantendo Luke e Mike. Queria saber também quando é que Elijah comia, quando dormia, quando ia ao banheiro. Precisava saber de cada detalhe mínimo de sua rotina para que eu pudesse sumir dali sem ser notada.

– Onde eles estão? – já comecei quente, com o corpo todo vibrando em uma mistura letal de medo e raiva. – Me fala agora onde Luke e Mike estão, ou então eu juro por Deus que...

Fui para cima de Joseph pronta para bater nele, dar um soco, fazer qualquer coisa que eu pudesse para arrancar dele a verdade, mas ele me pegou antes, segurando meus pulsos contra o próprio peito com as duas mãos.

– Dee, não – sussurrou gentilmente. – Pode ficar com raiva de mim o tanto que quiser, mas se eu fosse você mudaria esse tom de voz antes de falar com meu pai de novo.

Joseph não estava nem um pouco em posição de me dar conselhos; aliás, era culpa dele que eu estivesse ali, antes de tudo. E eu falaria com o pai dele como diabos eu bem entendesse.

– Você está louco? – gritei. – Quem te deu autoridade para...

Ele levantou a mão pedindo que eu parasse. Instintivamente, fiquei calada e olhei para a porta. Estava fechada, nada de maçaneta rodando, nada de passos e nada de vozes abafadas do outro lado.

Respirei com mais calma e voltei a focar em meu objetivo, ao invés de deixar a raiva crescente tomar conta.

– Onde está o Luke? O que você fez com ele? – perguntei de novo.

– Por que você não consegue confiar em mim? Eu te disse, eles estão bem.

– Confiar em você? Você está de sacanagem?

Apanhei a pilha de roupas que o pai dele tinha deixado para mim e as joguei em Joseph.

– Você me sequestrou, tirou metade do meu sangue e então me rifou para ser mulher do seu pai na sua tentativa doente de salvar sua irmã. Não sei você, mas de onde eu venho, isso não inspira confiança nenhuma. Agora, onde estão Luke e Mike?

– Estão trancados no abrigo – disse rapidamente, com a cabeça obviamente em alguma outra coisa. – E o que você quer dizer com "te rifar" para o meu pai?

– No abrigo, então. Naquele mesmo onde a gente estava escondido? O livor? – perguntei, relembrando o interior do quartinho de três por três. Olhei para o relógio na parede. Era uma da tarde. Se meu cálculo estava certo, eles já estavam lá havia umas cinco, talvez seis horas no máximo. Não dava ainda pra morrer de fome ou desidratação, mas era o bastante para eles enlouquecerem. Eu não tinha prestado atenção em qual era a espessura das paredes de lá, mas Luke era bem forte e Mike tinha muita energia e raiva contida, suficientes para acompanhar o irmão.

O pouco de esperança que eu ainda tinha se dissipou no momento em que Joseph começou a falar.

– Eu liguei a bomba de irrigação quando saí de lá. Ninguém vai ouvi-los com todo aquele barulho. E pode acreditar em mim que isso é uma coisa boa. Você não gostaria que ninguém daqui os achasse lá.

Dei de ombros para as palavras dele. Luke estava acostumado a derrubar rapazes de 90 quilos no campo, e Mike também. Aquele barracãozinho velho de paredes arranhadas não seria páreo para eles.

– E de onde você tirou essa ideia de que eu te dei para o meu pai em troca da minha irmã? – Joseph perguntou, repetindo sua dúvida de antes. Parecia estar confuso, até um pouco ofendido.

Fui para longe dele, irritada. Se ele era burro demais para entender aquilo, então não seria eu quem explicaria.

– Nada. Esquece.

– Eu falei sério quando a gente conversou antes, Dee.

– Ah, mas não é "Rebekah" agora? E você disse muita coisa e a maioria era mentira – disparei.

– Eu nunca menti para você! – ele gritou.

Eu ri. Não tinha como evitar. Sua alegação de inocência era tão incrivelmente absurda que chegava a ser engraçada.

– Eu! Nunca! Menti! – ele repetiu, dando um passo na minha direção e me olhando. Engoli em seco e cheguei pra trás, e fui me afastando até meu joelho encostar no colchão, o que me forçou a sentar.

Joseph percebeu o vestígio de pânico em meu rosto e recuou.

– Prometo que não vou te machucar, *Dee* – ele disse, pondo ênfase em meu nome. – Mas, por favor, se acalme e me ouça só um minuto.

Ele desabotoou a camisa, mantendo a atenção em mim enquanto o branco de sua camiseta de baixo se revelava. Havia um vagar em seus movimentos e um quase inaudível quê de dor no fundo de sua voz. Me encolhi para mais longe dele, confusa. Não tinha ideia do que estava acontecendo, mas a expressão de dor mais do que óbvia no rosto de Joseph me dizia que uma coisa era certa: ele não planejava me machucar mesmo, ou pelo menos não do jeito que parecia ali.

– Você acha que já passou por muita coisa ruim aqui? Que meu pai te tratou mal demais? Você ainda não viu metade do que ele pode fazer – advertiu.

Ele então se virou e levantou a camiseta até a cabeça. O tecido pareceu se prender em alguns lugares, o algodão fino se agarrando na pele dos machucados mais recentes. Vergões vermelhos marcavam suas costas, todos estrategicamente situados em lugares onde atingiriam mais a carne que os ossos. Eu sabia exatamente o que eles eram, e minha mente vagou até o cinto preto de couro que meu pai adorava usar. Não tinha tido "papo" nenhum naquela manhã, nenhum lembrete pacífico de qual era o lugar de cada um. Elijah o tinha espancado com um cinto.

Meu pai só tinha me batido de cinto uma vez, e tinha sido há muito tempo. Mas eu me lembrava bem do acontecido e ainda me encolhia a cada vez que Luke tirava seu cinto. Joseph poderia estar sentindo dor naquela hora, mas, se eu me lembrava bem, aquelas marcas doeriam ainda mais no dia seguinte, quando cada pequeno movimento faria com que os cortes abrissem sozinhos.

— Ele fez isso com você...?

Nem era bem uma pergunta, mas Joseph respondeu que sim assim mesmo.

— Ele tentou te forçar a dizer onde eles estão, não foi? – perguntei, e Joseph levantou os ombros como que assentindo. – Por que você não contou a ele? Por que deixou que ele fizesse isso com você só pra proteger o Luke e o Mike?

Eu realmente não conseguia entender aquilo. Nós tínhamos nos recusado firmemente a ir até ali por vontade própria para ajudá-lo a salvar a irmã. Mas, mesmo assim, Joseph tinha levado uma surra só para protegê-los e a mim. Não fazia sentido nenhum.

— Eu fui criado assim. Já fui espancado mais vezes do que você conseguiria contar. Não se preocupe – ele disse com um sorriso discreto. – Não vou esmorecer por isso. Se ele começar a me interrogar de novo a respeito de onde eles estão, eu não vou ceder à dor. Imaginei que você cederia, então...

Não, eu não cederia. Não tinha cedido, até aquele momento. Nunca tinha me entregado durante os treze anos em que vivi com meu pai ou quando as outras meninas nos abrigos tentavam me ensinar o meu lugar. E eu, definitivamente, não tinha qualquer intenção de me entregar agora também.

Mas Joseph não tinha como saber disso.

— Sei o que você deve estar pensando de mim. Mas, por favor, tente se lembrar de que eu nunca tive escolha. Nada aqui é tão preto e branco como parece, Dee. Você não tem como simplesmente decidir que quer ir embora um dia e só levantar e sair andando. Não funciona assim.

— Não é verdade – contestei.

— Você é burra se acha que não é – Joseph respondeu. – Minha mãe e eu planejamos escapar durante um ano. Ocultamos todos os nossos passos, e ainda assim ele descobriu tudo. Se você quer sair daqui, então a gente vai ter de jogar esse jogo dele por enquanto. Deixe ele pensar que venceu enquanto eu ganho tempo para pensar no que fazer... um jeito de nos levar a todos para longe dele.

Quando ele disse "todos", não se referia apenas a nós dois e Luke e Mike. Incluía Eden também. Levaria tempo, e tempo era uma coisa que eu não tinha.

— Por quanto tempo eu vou ter de obedecer? – perguntei.

Joseph correu a mão pelo cabelo e deu um suspiro.

– Luke foi bem claro quando disse que não me ajudaria a salvar minha irmã, mas eu aposto minha vida que ele vai voltar aqui para te procurar.
– E...?
– Bom, eu estou pondo todas as minhas esperanças nisso. Não só a vida da Eden e a minha como a sua também.

Balancei a cabeça. Se o plano era aquele – esperar que Luke viesse me resgatar – então era um plano mais estúpido do que eu tinha pensado a princípio. Eu não tinha intenção nenhuma de só ficar por ali e usar uma roupinha e fingir que era a mulher do Elijah. Ia tentar fugir na primeira oportunidade, com ou sem Joseph e sua preciosa Eden.

Mas, pela primeira vez desde que eu conheci Joseph, senti que estava em vantagem e tinha um trunfo que podia forçá-lo a fazer alguma coisa: Luke.

dEZENOVE

– Vamos lá pegar eles dois agora mesmo – eu disse. Luke poderia ajudar; não, ele *iria* ajudar. – Se isso te fizer sentir melhor, prometo que nós vamos voltar para pegar Eden. Você tem a minha palavra.

– Não podemos. Ainda não. Precisamos dar um tempo para meu pai baixar a guarda.

– Quanto tempo? – perguntei de novo. Na minha cabeça, a melhor hora era aquela mesma. Não conseguia afastar a visão de Luke e Mike presos naquele abrigo, gritando e sem ter ninguém para ouvir. E congelando quando a temperatura caísse à noite, abraçados um ao outro, com fome e cansados, mas sem querer dormir. A imagem era terrível na minha mente, mas, assim como os destroços de um acidente fatal, eu não conseguia me desviar dela.

– Dee...? – Joseph disse, me balançando. Eu nem tinha percebido que ele tentava chamar minha atenção. Estava perdida demais dentro do meu pesadelo para ouvir o que ele falava.

Olhei para cima bem nos olhos dele, implorando para que ele fosse lá comigo e os libertasse.

– Eles estão sem água nem comida. Está gelado lá fora. Eles vão...

– Não, não vão – Joseph interrompeu. – Eu sobrevivi lá por muito mais tempo do que isso.

Ele pegou minha mão e me levou até a cadeira, então apanhou os papéis que descreviam minha nova vida e os colocou na penteadeira à minha frente.

Olhei para eles, mas as palavras pareciam borradas e formavam só uma grande mancha. Comecei a falar alguma coisa, ainda tentando defender minha proposta de sair naquela hora mesmo, mas ele pôs o dedo na frente dos meus lábios e me parou.

– Confie em mim, Dee, por favor. Colabore só por um tempo. Como eu disse, depois que ele baixar a guarda, nós podemos pegar a Eden e ir embora.

Em algum ponto no meio daquela conversa atrapalhada, eu tinha chegado à aterrorizante conclusão de que talvez tivesse de abrir mão do controle de tudo à minha volta. Talvez Joseph tivesse razão; talvez, às vezes, para sobreviver, fosse necessário apenas pôr fé em alguma coisa que não parece merecer isso.

– O que você quer que eu faça? – perguntei.

– Decore-o – ele disse. – Se você não o fizer, não teremos chance nenhuma.

Dei uma olhada nos papéis, procurando alguma informação que parecesse mais importante. Percebi que precisaria de quase um mês para decorar tudo o que estava ali, mas, pelo que eu podia entender, só teria algumas horas para isso.

Joseph me estendeu as roupas que Elijah tinha escolhido. Eu as peguei e apenas exalei. Podia entender bem por que ele não queria deixar sua irmã para trás – aliás, acho que entendia mais do que ele próprio podia perceber. E eu não estava dizendo que não queria ajudar. Só não tinha certeza de que eu poderia fazer alguma coisa.

– Posso perguntar umas coisas? – eu quis saber, e ele fez que sim. – Por que seu pai quer manter a Eden tão próxima dele assim? Ele disse bem claramente que é você quem vai tocar a cidade adiante algum dia, então por que ele se importa tanto com ela?

– Ela é importante para ele. Tem valor. É a única filha de nosso... – e fez uma pausa longa o bastante para se corrigir. – A única filha do profeta da cidade. A primeira menina a nascer na família Hawkins em mais de três gerações.

Balancei a cabeça, sem entender onde ele queria chegar com aquilo. Eu era a única filha de meu pai. Diabos, eu era filha única e nem isso parecia fazer qualquer diferença para ele ou seus punhos fechados.

– Meu pai a protege e a mantém à parte da disciplina que a maioria de nós recebe. Ele quer que ela conserve seus pensamentos tão puros quanto seu corpo. Eden não tem motivo nenhum para ter medo dele e nenhuma razão para partir daqui.

Senti como se eu tivesse sido golpeada no estômago. Joseph estava arriscando a vida dele e a minha por sua irmã, e ela nem mesmo queria partir.

— Então deixa eu entender isso direito. Você me arrastou até aqui, arriscou minha vida, e a de Luke e do Mike, e sua irmã *quer ficar* aqui?

Joseph ficou completamente sem ação. Ele sabia o que estava fazendo, o que estava pedindo de mim, e pelo menos por uma vez fiquei feliz de ver um pouco de vergonha em seu rosto.

— Você não entende, Dee. Ela é nova demais, acabou de fazer doze anos. Ela nem tem ideia do que ele planejou para ela ou da disciplina que um marido deve impor à esposa. Minha mãe escondeu isso dela. Meu pai vai arrumar um casamento para ela em menos de dois anos como modo de assegurar que seus seguidores mais influentes continuem ao lado dele. Ela não vai sobreviver a isso. Não teria como.

Pensei em quando eu tinha doze anos e me lembrei de como era difícil encontrar forças para me levantar e só ir embora deixando tudo pra trás. Tinha levado um ano inteiro para eu fazer isso, para finalmente admitir para um juiz o que meu pai tinha feito comigo e para pedir que eu fosse afastada dele em definitivo. Eram coisas pelas quais criança nenhuma deveria ter de passar, mas foi o que eu fiz.

Joseph me passou a saia que Elijah tinha separado e fez um movimento para que eu me levantasse.

— Você precisa se vestir e começar a ler.

Tirei os sapatos e esperei Joseph ir em direção à porta. Ele percebeu minha expectativa e virou de costas, mas não saiu.

— Será que eu posso ter um pouco de privacidade aqui? – perguntei.

— Não. Eu tenho de ficar. É mais seguro para você comigo aqui – ele respondeu. – Agora vá em frente e se troque.

Meu rosto ficou corado assim que eu desabotoei a calça e a tirei de qualquer jeito. Joguei a camiseta de lado, peguei a blusa de algodão e a enfiei na cabeça, e depois puxei para cima a saia.

— Você pode se virar agora – eu disse, enrolando o cabelo em uma trança bem desmazelada. – E eu tenho mais perguntas.

— Imaginei que teria. Pode perguntar.

— Essas pessoas que deveriam ser meus pais... Samuel e Abeline Smith... Quem são elas?

Joseph deu de ombros.

— Não tenho a menor ideia. Teve um casal que morreu em um incêndio em uma casa há uns dez anos. O sobrenome deles era Smith, mas acho que o nome do marido era Nathaniel ou algo assim. E acho que eles nunca tiveram filhos, mas também meu pai pode ter inventado a história toda. Se eu o conheço bem, essas pessoas aí nunca existiram.

— Isso não faz o menor sentido — eu murmurei. — Ele inventaria uma família inteira? Como isso é possível? Como que ninguém nunca descobriu o que ele faz?

— O que tem para descobrir? — Joseph perguntou ao me entregar o par de tamancos que eu deveria usar. Eu os peguei e enfiei nos pés.

— Ah, não sei, né? Talvez sequestro? Ou abuso infantil? Negligência? Assassinato? Dá até pra escolher.

— E quem iria denunciar? — ele perguntou sem se abalar.

Sua pergunta era tão honesta quanto inconcebível.

— Então você está me dizendo que ninguém aqui, nem uma única pessoa em Deus sabe lá quantos anos, nunca percebeu que seu pai é louco? Que o que ele vem fazendo é errado?

— Eu nunca disse isso. Mas é que você precisaria ir bem longe para encontrar uma cidade que não esteja sob o controle dele.

— E o que você quer dizer com isso? — perguntei agressivamente. O tom de voz de Joseph era bem sério, mas eu não estava com tempo nem paciência para jogar o joguinho das vinte perguntas. Pensei naquela última cidade por onde tínhamos passado, a tal com abundância de Twinkies e o posto de gasolina que nós *não* usamos. Eles pareciam ser normais, até amigáveis.

— Já me contaram que meu avô não era tão rígido como líder quanto meu pai, e que durante muitas gerações muitos dos homens de Purity Springs podiam trabalhar fora da cidade. O dinheiro deles só podia ser investido na cidade, mas eles trabalhavam em cidades vizinhas.

Fiz que sim com a cabeça; isso explicava como a cidade tinha sobrevivido por tanto tempo, ao menos do ponto de vista financeiro.

— E o que mudou? Por que as pessoas não podem mais sair?

— Meu pai apareceu. Quando ele assumiu o controle da cidade, convocou todo mundo de volta. Disse que o risco de eles se exporem aos verdadeiros males do mundo era grande demais daquele jeito e que ele precisava de todos nós próximos a ele, onde ele os podia proteger.

— E isso foi, o quê, dezessete anos atrás? Muita coisa pode acontecer em dezessete anos.

— Não nessas cidadezinhas – Joseph continuou. Sua atenção já estava para fora da janela. — Ele só deixou saírem duas pessoas, dois homens em quem ele confia. Seus irmãos. Um é xerife em uma cidade a uns 80 quilômetros daqui chamada Camden Hills. O outro faz parte da câmara em uma comunidade agrícola minúscula a leste. Fora essas duas cidades, não tem mais ninguém em volta que possa notar que estamos aqui.

Aquilo não fazia sentido nenhum. É claro que qualquer um que tivesse tido a chance de morar fora dali nunca voltaria, e menos ainda ajudaria o Elijah.

— Olha, eu entendo que eles sejam irmãos e tudo, mas, no trabalho deles, eles devem interagir com pessoas de fora da cidade o tempo todo. Eles sabem que nós, forasteiros, não somos todos maus.

— Eles cresceram aqui – Joseph disse do jeito mais natural do mundo.

Mas o que é isso? Será que ele estava querendo se iludir com sua própria história? Ninguém iria me convencer de que ser nascido e criado naquele lugar era o mesmo que ser incapaz de enxergar a verdade. Que ninguém conseguia perceber o verdadeiro Elijah. A própria mãe de Joseph tinha visto isso e, se o que ele mesmo estava me contando era verdade, então ele também tinha enxergado.

Só joguei as mãos pro alto, fazendo pouco da resposta dele.

— Desculpa, mas eu não engulo essa.

— As famílias deles moram aqui, Dee. Minhas tias, meus primos, todos vivem aqui em Purity Springs.

Tentei entender a lógica por detrás daquilo, do fato de dois homens que eram inteligentes o bastante para manter empregos decentes deixarem suas famílias naquela cidade sob a liderança de um louco. Não consegui.

— E será que *elas* não querem sair daqui? – perguntei, pensando se as tais esposas seriam parte do grupo que a mãe de Joseph tinha planejado voltar para buscar. – Digo, as famílias?

— Não.

A resposta dele não dava margem a réplica, então eu deixei quieto e mudei a linha de questionamento para uma coisa mais urgente.

— Então, por que não ir mais longe ainda, deixar pra trás essas duas cidades e só continuar em frente?

Ele não respondeu de imediato, só ficou me estudando por um minuto e julgando a pertinência da minha questão.

— Vem aqui – disse, pegando minha mão.

Eu o segui até a janela que ficava sobre a cama. Ele se inclinou e puxou as cortinas, fazendo um gesto para que eu olhasse lá fora.

– Algum deles parece ter sido abusado? Parece não ter saúde? Estar na miséria? Para quem vê de fora, não há nada a denunciar.

Espiei pela janela, apertando os olhos por causa do sol do meio do dia. A rua estava apinhada de gente, e ele tinha razão: ninguém parecia ter levado surra nenhuma nem estar arrasado. Na verdade, todos pareciam... contentes.

Do outro lado da rua havia um banco. Um senhor estava pendurando uma plaquinha de "fechado" enquanto outro estava trepado em uma escada trocando o que parecia ser uma lâmpada no poste. Uma menininha, provavelmente de uns sete anos, varria os degraus de uma lanchonete bem pequena e sorriu para Elijah quando ele andou ao lado dela. Um carro estava passando, parou no posto de gasolina e até conseguiu reabastecer.

– Quando foi? – eu quis saber, apertando o rosto contra o vidro e me perguntando quando é que a cidade tinha passado de completamente abandonada para totalmente de volta à ativa. – Quando foi que isso aconteceu? Quando foi que todo mundo voltou?

– Uns dez minutos depois que eu te trouxe para cá.

Joseph deve ter notado o olhar de confusão que eu fiz, porque me acalmou com um gesto para sentar na cama e esperou que minha respiração se normalizasse antes de continuar.

– O alarme que estava soando quando vocês chegaram à cidade, fui eu quem disparou.

Assenti com a cabeça. Ele já tinha me dito aquilo.

– É o jeito que nós temos de alertar as pessoas daqui para alguma emergência. Acho que não é diferente do que existe em outras cidades pequenas assim.

– A-hã – murmurei, sem nem me preocupar em contar a ele que pessoas normais, do tipo que podem usar coisas como telefone e televisão, têm uma coisa chamada Sistema de Alerta de Emergência e serviço de meteorologia, mas tudo bem.

– Nós temos um policial e um corpo de bombeiros voluntário. Todos vivem aqui mesmo. Todos nascidos e criados aqui. Usamos a sirene quando precisamos avisar que eles são necessários. Funciona sempre que uma tempestade muito ruim está vindo ou quando meu pai precisa reunir todos os habitantes.

– Dá pra ouvir nas cidades vizinhas? – perguntei, na esperança de que alguém que não tivesse laços de sangue com Purity Springs ficasse curioso e viesse ver o que estava havendo.

– Não, mas isso não importa. Se meu pai precisar, os irmãos dele vêm.

– E...? – fiz com a mãos para ele continuar falando mais rápido.

– Quando a sirene é disparada, todo mundo se reúne na igreja. Não demorou muito para meu pai perceber que eu não estava lá e que tinha sido eu a soar o alarme. Ele segurou todo mundo lá dentro até entender o que eu estava planejando.

– O carro... – murmurei.

– Isso, foi quando ele encontrou seu carro. Mas assim que ele decidiu que a cidade estava a salvo e não havia nada acontecendo, depois que eu te trouxe para cá, as coisas voltaram ao normal.

– E eles acreditam nele – eu disse, apontando para a janela. – Eles realmente engolem essa baboseira toda que ele empurra pra eles?

– Sim.

Era só uma palavra. Perfeita e absoluta. Sem dar margem a nenhuma dúvida.

Pensei na cidade, em seus cento e quarenta e oito moradores que idolatravam Elijah, e então dei um resmungo.

– Ah, Deus... E eu que pensei que só teríamos que passar por cima do seu pai. Mas tem uma cidade inteira lá fora. E todos eles, cada um deles acha que eu pertenço a eles, que nasci e fui criada só para estar aqui!

– E também mais duas cidades além desta – ele emendou, me lembrando da extensão do domínio de seu pai. – Mas é possível. Não sei ainda exatamente como, mas é possível escapar daqui. Já aconteceu antes e pode acontecer de novo.

VINTE

Suas palavras chamaram minha atenção e eu olhei para cima.
– Quem? Quando foi isso?
O fato de que alguém tinha conseguido escapar do jugo de Elijah Hawkins era exatamente o que eu precisava ouvir naquela hora. E então a resposta me ocorreu:
– Mary...
Joseph deu um dos primeiros sorrisos autênticos que eu via nele.
– Sim, minha tia Mary. A irmã de minha mãe.
– Onde ela está agora? Como ela fez isso?
– Não sei exatamente. Minha mãe nunca falou a respeito, e eu achava que não cabia a mim perguntar. Mas acho que alguma coisa aconteceu, alguma coisa envolvendo meu pai.

Nem me preocupei em insistir por detalhes. Tinha passado menos de uma hora na presença de Elijah Hawkins e já era mais do que o suficiente para eu preencher as lacunas com minha própria cabeça. E nenhuma das lacunas era muito boa.

– Ela se levantou no meio da noite e foi embora. Sabia que meus tios controlam as cidades vizinhas. Todo mundo sabe. Ela dirigiu por quase 500 km até que finalmente parou e contou à polícia sobre Purity Springs, sobre meu pai...

– E? – eu pressionei. Não tinha tempo para ele perder a linha de raciocínio. Eu precisava das informações. Queria saber exatamente qual caminho a tia dele tinha pegado, como ela conseguiu desaparecer sem ser detectada e se Elijah alguma vez conseguiu alcançá-la.

– A polícia pegou o depoimento dela e *realmente* veio investigar. Ela trouxe dois policiais com ela, junto com uma mulher que dizia trabalhar para uma entidade de assistência social. Ficaram aqui por dois dias. Interrogaram todo mundo, inclusive minha mãe, mas não encontraram nada de errado.

– Mas como isso é possível? – perguntei, já me lembrando dos livros que tínhamos achado. Eram como livros contábeis, catalogando cada castigo imposto e quando tinha sido. Não tinha como ter prova melhor do que aquela.

– Pensa um pouco, Dee. Meu pai parece ser um sujeito estranho para você? E Purity Springs... parece mesmo que tem alguma coisa errada com a cidade?

Apurei a pergunta dele por meio segundo e então percebi que ele tinha razão. Claro, as casas eram bem fora de moda e a cidade inteira passava uma energia estranha, mas eram pessoas que tomavam leite no jantar. Eles vendiam Pringles na loja de conveniência. Tinham iluminação pública e um banco. Para o mundo lá fora... é, eram bem normais.

– E quanto aos livros e ao abrigo com as marcas de unhas? E o quarto onde você... – e parei de falar assim que as palavras chegaram à minha garganta e as lembranças começaram a aflorar. O tilintar. O sangue escorrendo do meu braço para dentro da bacia de metal. – O quarto onde eu acordei.

– O quartinho de isolamento passa facilmente por um abrigo de irrigação. Toda comunidade agrícola tem um. Já aquele outro quarto... Bom, ele é parte de um porão que não foi terminado. O piso é de cerâmica por razões óbvias, mas, para qualquer pessoa que vir aquilo, não é nada além de um quarto de despejo.

– Mas e as crianças? Eu vi os livros, Joseph. Eu sei o que os pais fazem com elas.

– O castigo é só uma forma de guiar. De amar. Os adultos não veem nada de errado nisso. Quanto às crianças, bom, tem duas coisas. Elas têm medo de alguma retaliação do meu pai, e é esse medo que as impede de contar a verdade. Além disso, meu pai não é bobo. Ele sempre faz um terror psicológico antes. Só recorre à violência física quando não consegue se comunicar com elas de outro jeito. E, acredite, às vezes é melhor levar uma sova do que lidar com as coisas que ele fala.

Joseph parou de falar por um segundo, encarou de novo a janela e depois se voltou para mim.

– É isso e também o fato de que o pior era sempre reservado para mim.

– O que aconteceu com sua tia? – perguntei. Ele não tinha ainda respondido àquela pergunta nem dado os detalhes de que eu precisava.

– Nós temos nossa própria polícia, você sabe. Nossa própria escola. O próprio médico. O próprio legista. Pagamos nossos impostos como todo mundo e não temos virtualmente crime nenhum na cidade. Não tem nada nos registros que meu pai não queira deixar lá.

Engoli em seco quando o lampejo familiar de desespero fez um buraco em mim como se fosse uma doença. Lá estava ele ignorando minha pergunta mais uma vez e falando de coisas que não me ajudariam a escapar.

– Me responde, Joseph. O que aconteceu com sua tia Mary?

– As autoridades não encontraram nada que pudesse fundamentar as alegações. Tudo o que eles viram foram crianças felizes e bem ajustadas e famílias amorosas. No entanto, encontraram também um dossiê completo sobre minha tia, falando de anos de comportamento delirante, com registros de medicação e até uma breve passagem por uma instituição psiquiátrica particular e muito exclusiva.

Fechei as mãos, desesperadamente tentando compreender o que ele estava me dizendo.

– O quê? Você está me falando que ela era louca?

Joseph se abaixou na minha frente, deixando os olhos na altura dos meus.

– Não, Dee. Ela era uma das pessoas mais sãs que eu já conheci. Mas fez tudo errado. Não dá para acusar meu pai publicamente e ameaçar ir embora. Isso porque, como ele fez no seu caso, ele simplesmente criou uma nova identidade para ela, algo que servisse muito bem às necessidades dele e somente dele.

– Mas ela escapou! – gritei, me apegando à esperança de que poderíamos fazer o mesmo.

– Pode ser, mas ninguém lá fora jamais vai acreditar em uma palavra que ela disser a respeito dele ou da cidade. Ele se assegurou disso.

– Ele pode me tachar de louca o quanto quiser. Eu é que não vou ficar aqui.

– Nós não vamos ficar – ele corrigiu. – Mas preciso que você colabore e deixe ele pensar que está com a vantagem, pelo menos até que eu convença a Eden a ir embora.

– Então eu preciso ser Rebekah...? – falei baixinho, olhando-o bem nos olhos. Meu estômago revirou quando pensei que teria de fingir ser propriedade de Elijah. Mas era isso. Era o único jeito de fugir. O único jeito de ter de volta Luke e Mike. – E depois disso vem o quê? E se a Eden não aceitar fugir? Você pretende mesmo só ficar aqui e deixá-lo te controlar pelo resto da sua vida só porque ela não quis ir?

O rosto de Joseph se desfez ao pensar na possibilidade.

– Não. Se ela não for conosco, vou deixá-la aqui e levar vocês de volta para casa.

Peguei a papelada e comecei a ler a respeito dos detalhes do meu nascimento, minha formação, até o que eu gostava de comer. As mentiras corriam por páginas e mais páginas, e eu apenas tinha de me forçar a continuar lendo.

Rezei para que Joseph estivesse falando a verdade. Se não estivesse... Bem, eu não teria problema nenhum em deixá-lo pra trás.

VINTE E UM

As molas da cama rangeram bem alto naquela que era provavelmente a terceira vez em poucos minutos em que Joseph mudava de posição. Eu podia praticamente sentir a tensão no corpo dele a cada vez que eu virava uma página. Ele estava ficando ansioso, nervoso com o tempo que eu levava para memorizar minha nova vida.

– Dee, já faz trinta minutos. Eu sei que meu pai mandou você decorar isso, mas, desde que ele perceba que você está pelo menos tentando, fica tudo bem.

– Eu não vou me arriscar – respondi, nem eu mesma acreditando no que eu estava dizendo. Precisava ser tão convincente quanto possível, e decorar tudo o que eu pudesse tornaria isso mais fácil.

Já estava aproximadamente na página 20 da minha vida inventada quando parei de súbito e uma linha do tempo no meio da página me pegou de surpresa.

– O que é isso aqui?

Joseph se aproximou, se inclinou e deu uma olhada.

– A história de Purity Springs.

– Não, isso não – eu disse, correndo a mão para os dois parágrafos detalhados no alto da folha. – Isso aqui.

O que eu via ali era uma linha do tempo escrita à mão e cuidadosamente elaborada. Só que ela não tinha datas de nascimentos ou eventos políticos. O que ela fazia era catalogar cada doença que tinha atacado o país, incluindo localização geográfica exata e número de fatalidades.

– Você não leu as duas páginas antes dessa? As que explicam por que as dez famílias de Purity Springs se juntaram aqui no início? – Joseph perguntou.

– Hã... não.

Eu não tinha lido a coisa toda. Vinha apenas procurando as informações sobre Rebekah e outros fatos-chave que eu teria de saber para me sair bem. Não me importava nem um pouco saber a história daquela cidade insana ou do reverendo demente que a tinha fundado.

Voltei duas páginas e tentei lê-las de novo. Aquilo era pior que o meu livro de História Avançada. Como não queria perder o pouco tempo de que dispunha digerindo aquela porcariada, só me virei para Joseph e pedi:

– Me fala a versão resumida.

Ele pegou os papéis da minha mão e se virou para ficar de frente para mim.

– Tudo bem, mas preste atenção – ele disse, e eu concordei. – Em agosto de 1854, o reverendo Eli Smith Hawkins...

– Parente seu? – perguntei, interrompendo-o.

– É, era meu *tatatataravô* – ele respondeu, gesticulando com os dedos no ar a cada geração que pulava para trás. – Ele vivia no distrito de Soho em Londres. Na rua Broad, pra ser mais exato. Havia um surto de cólera naquele verão e ele assistiu a mais de 120 vizinhos morrerem em três dias. Como a maioria dos garotos daquela época, ele cresceu ouvindo histórias sobre a peste negra e a varíola e acreditava que o surto era obra da mão de Deus, que estava separando os bons dos maus.

Dei uma risada quando ele disse "daquela época". Pelo que eu podia dizer, as pessoas ali mesmo naquela cidade estavam vivendo de um jeito tão antiquado quanto seus antepassados mortos há tanto tempo. Eles ainda assinavam embaixo de toda aquela estupidez de "mão de Deus".

Joseph abaixou os olhos para mim como quem diz *"pare de rir e preste atenção"*. Foi o que eu fiz, e então me peguei rememorando as aulas de História Europeia, tentando encaixar as palavras "peste negra" no lugar certo. Finalmente consegui, mas então a melodia sombria de "Ring Around The Rosie" invadiu meu cérebro e eu lembrei que tinha conhecimento muito limitado a respeito da peste.

– Eli fez o que a maioria das pessoas era instruída a fazer: se trancou em casa e manteve as janelas fechadas, sem receber ninguém.

Quando uma das amas de sua esposa ficou doente, ele decidiu partir. Levou doze famílias de sua congregação com ele, apenas os mais fortes e mais saudáveis, que não tinham mostrado sinal nenhum de doença, e veio para cá.

– Ah, fascinante... – eu disse, virando os olhos.

– Se estabeleceram primeiro na cidade de Nova York. Seis meses depois, uma das famílias tinha sido dizimada pela febre amarela. Mais um ano e outra foi perdida para a escarlatina. Foi quando Eli Hawkins se mudou de lá com as dez famílias restantes para o interior do estado, longe das doenças da cidade e dos males que cercavam sua congregação.

Joseph folheou as páginas até encontrar a linha do tempo sobre a qual eu tinha perguntado antes.

– Desde então, a família Hawkins vem tomando nota de cada doença que atacou o mundo lá fora. Nós vemos essa derrocada dos forasteiros como uma prova de que somos os escolhidos, os mais puros.

Dei uma olhada na linha do tempo. Junto de cada doença, havia a anotação de uma localização e uma data. Ao lado, o número de vítimas; *1918, gripe espanhola, vítimas: 500.000; 1952, poliomielite, 57.628 casos relatados*. Pulei para mais perto do fim; *2009, H1N1, vítimas: 3.900*. Da escarlatina para a varicela para a gripe suína, eles tinham cada uma das doenças catalogadas ali. Aquilo era paranoia em último grau.

– O que é este número? – perguntei, apontando para a coluna de zeros que corria até o final da página.

– É o número de residentes de Purity Springs que foi infectado por cada uma dessas doenças.

– O quê? Você tá me dizendo que ninguém aqui nunca teve uma gripe ou infecção de garganta? Pelo amor de Deus...

Era ridículo. Não tinha jeito de que, em um grupo de pessoas daquele tamanho, fosse divino ou não, ninguém jamais tivesse ficado seriamente doente.

– Não, a gente adoece também. Digo, todo mundo aqui já teve uma febre ou alguma coisa assim em algum momento, mas nós todos fomos poupados *desses* surtos – ele disse, tocando o papel.

– Mas eu vi o cemitério. Com certeza as pessoas morrem aqui. Claro que seu pai deve tomar nota disso, ou não?

Ele fez que sim com um quê de frustração em seu semblante.

– Ele faz isso, sim, mas a maioria dessas pessoas já está velha e se preparando para morrer mesmo.

– Sua mãe não estava velha nem preparada – eu protestei.

– Não, não estava – ele disse, com um toque de raiva embalando as palavras. – E outros também morreram jovens, mas a maioria era de mulheres e crianças, que são seguidores de vontade mais fraca.

Pessoas como eu, pensei comigo mesma.

– E deixa eu ver se adivinho: seu pai usa isso como prova de que ele deve manter todo mundo aqui mesmo, a salvo e livre das doenças que assolam o mundo fora dos limites da cidade.

Joseph assentiu. Se eu estava entendendo bem nas entrelinhas, sua expressão de confusão indicava que ele não entendia por que eu estava com tanta dificuldade de engolir aquela história toda. Digo, por que eu deveria? Toda a prova de que ele precisava estava bem ali, preto no branco. Os puros tinham sido poupados enquanto aqueles de vontade fraca tinham perecido.

– Eu tive catapora quando tinha cinco anos – eu disse, puxando a bainha da saia para que ele visse a única cicatriz de catapora que eu tinha na panturrilha esquerda. – E tive infecção de garganta três vezes nos últimos cinco anos. Isso não faz de mim impura o suficiente para ter de ir embora?

Joseph sorriu. Era um sorriso triste e conciliatório, e eu já sabia a resposta para minha pergunta antes que ele dissesse qualquer coisa.

– Não. Na concepção dele, isso faz de você mais forte. Mostra que você tem espírito inquebrantável e força para viver. Deus poupou sua vida quando poderia facilmente tê-la levado. Meu pai não vê isso como uma maldição, e sim como uma bênção.

– Ah, que ótimo – eu disse. – Que sorte a minha.

VINTE E DOIS

Eu vinha me alternando entre descrença e horror. Todo mundo ali tinha sido manipulado ao longo do tempo e tido vidas construídas por gerações de lunáticos.

E eu era a próxima da lista.

Joseph se levantou e estendeu a mão para mim.

– Acabou de ler?

Eu poderia ler esses papéis o dia todo e mesmo assim nunca me sentiria pronta.

– Vamos – ele disse, dobrando os dedos como que me chamando. – Prometo que, se você seguir o plano, tudo vai ficar bem.

Empilhando as folhas, comecei a enfiá-las no envelope sem pensar. Eu estava uma pilha de nervos desde que o pai dele saíra do quarto, com a cabeça a toda tentando encontrar uma solução melhor do que aquela que me tinha sido proposta. Mas nada fazia sentido.

– Eu não sou burro – Joseph disse. – Sei que você pensa que eu sou esquisito e louco como meu pai, mas eu não sou. E também não sou o único aqui que quer ir embora.

Parei de me debater com os papéis e voltei minha atenção para ele. Não, eu não achava que ele era burro nem esquisito. Achava que ele estava francamente delirando.

– Você mesmo disse que todo mundo aqui aceita a pregação do seu pai. Mesmo que a gente possa convencer o Elijah a baixar a guarda, não vai ter jeito de os seguidores dele simplesmente nos deixarem ir embora – eu disse, indo para a janela. – Você acha que eles vão só deixar a gente pegar a Eden e de repente virar as costas para tudo o que seu pai representa? Tudo o que ele os ensinou a acreditar?

Joseph soltou um suspiro com uma expressão já familiar de exaustão cobrindo seus traços.

— Não. Na verdade, tenho certeza de que meu pai vai fazer tudo ao seu alcance para se assegurar da nossa permanência.

— Exato — minha voz saiu mais alta do que o esperado, sem nem sombra de abertura para negociação. — E eu também não sou burra nem inocente de acreditar que eu conseguiria dar conta dele sozinha.

— Você não está sozinha — Joseph emendou com uma expressão firme e determinada, mas eu não acreditei nele nem por um segundo. Eu estava, sim, sozinha. Sem Luke e Mike para me dar apoio, eu estava completa e definitivamente sozinha ali.

— Mesmo nós dois juntos não temos como vencer se formos contra ele. Esta cidade segue cada ordem dele e praticamente o idolatra. Dois contra uma cidade de cento e quarenta e oito? Nossas chances são bem ruins.

— Talvez. Mas não é impossível. Minha tia Mary conseguiu. Minha mãe quase conseguiu. Eu mesmo consegui, no dia em que ele a matou. Nós podemos fazer isso também, Dee. Nós temos de fazer.

— Olha, para fazer isso funcionar, para que a gente tenha pelo menos uma chance de tirar a Eden daqui, eu vou precisar do Luke e do Mike.

— Mas isso não...

Levantei a mão no ar com um gesto para ele nem continuar a falar. Eu não precisava confiar no Joseph nem decorar as bobagens do arquivo demente de Elijah Hawkins para sobreviver. A única coisa da qual eu tinha cada vez mais certeza era de que precisaria do Luke e de seu irmão impulsivo.

— Eu quero os dois aqui. Não acredito em você quando diz que eles estão bem. Preciso ver isso com meus próprios olhos — reforcei, e fiz uma pausa breve para então dar um ultimato a ele por minha conta. — Além disso, você disse que estava contando com eles voltarem aqui para me buscar, não é isso? Então eu não vou te ajudar, Joseph, a não ser que você os traga aqui.

Joseph começou a andar nervosamente pelos cantos do quarto, com o maxilar cerrado rigidamente enquanto considerava minha exigência.

– Eles ficariam em perigo, você sabe. Meu pai... Ele já sabe a respeito deles. Se encontrar os dois, vai matá-los.

– Ele não vai – eu disse, torcendo para estar certa. – Não vou deixar.

O terror que eu vinha tentando a todo custo controlar em mim estava de volta. Eu podia ver a rua principal pela janela. Nossa rota de fuga estava ali, tão perto, perto de verdade, mas virtualmente impossível de alcançar.

Joseph parou de andar para lá e para cá e fez um movimento ligeiro como que concordando.

– Tudo bem, mas eu não posso ir lá e soltá-los. Ficaria óbvio demais – explicou. – Se eu sumir de novo, meu pai vai... Bom, vamos dizer que tirar Eden daqui se tornaria o menor dos meus problemas.

– Então eu vou. Você distrai seu pai e eu vou.

– Você está subestimando meu pai – Joseph disse. – Não tem como você sair daqui sem ser notada.

Meu palpite era o de que ele sabia muito bem que eu não voltaria para ajudá-lo. Qualquer idiota podia ver isso.

– E como a gente fica, então? – perguntei, cruzando os braços. – Eu não te ajudo se Luke e Mike não estiverem por perto, e você agora está me dizendo que trazê-los pra cá não vai ser possível.

– Eu nunca disse que não os traria pra cá, só que nem eu nem você poderíamos fazer isso.

Fiquei surpresa de não me lembrar daquilo logo que acordei. As plantas balançando quando corremos para o abrigo... As vozes estranhas que ouvi quando Luke jogou Joseph no chão... E a dor lancinante na minha cabeça... Não tinha sido o Joseph que tinha batido na minha cabeça. Foi outra pessoa.

– Meu Deus... Você não estava sozinho!

Me lembrei de lampejos dos rostos dos dois outros. Eram ambos altos e magros, não tão grandes quanto Luke ou Joseph. Mas tinham conseguido me derrubar e voltar com Luke e Mike para dentro do barracão.

– Quem são eles? – perguntei, já com o medo sobrepujando meu otimismo. – Quem eram os dois garotos que estavam com você?

– São Abram e James, e eles querem sair daqui tanto quanto eu. Talvez até mais – ele disse. – Além disso, eles têm para onde ir, têm gente esperando por eles lá fora.

Aquela revelação me reavivou a raiva na mesma hora. Por que alguém com alguma opção escolheria continuar ali?

– E por que eles ainda estão aqui?

– Eles são meus primos. São três anos mais novos que eu. Quando a sirene disparou e eu não apareci, eles vieram me procurar. Não era a intenção deles te machucar, nem nenhum de vocês. Mas quando eles viram Luke em cima de mim, eles pensaram que... – e Joseph nem terminou a frase.

Os primos provavelmente pensaram que Luke estava prestes a matar Joseph, e não estavam totalmente errados de achar isso.

– Eles querem ir comigo – Joseph continuou. – Querem ir ver a mãe deles... minha tia Mary.

– Por que diabos você não me falou deles logo que eu acordei? – gritei com raiva, furiosa que ele tivesse me escondido aquilo.

Joseph fez um gesto para que eu abaixasse a voz, mas eu o ignorei e nem me importei que alguém estivesse ouvindo. Nós tínhamos quatro pessoas além daquelas paredes – quatro pessoas que poderiam nos ajudar – e ainda assim ele só ficou sentado falando aquela besteirada de colaborar com o plano e confiar nele.

– Vai lá buscar esses dois – ordenei. – Corre e fala com eles para irem lá soltar o Luke e o Mike.

VINTE E TRÊS

Depois de eu ficar sozinha durante três minutos inteiros, meu coração já estava batendo forte. Não era por medo dessa vez, mas de ansiedade. E esperança. E excitação.

De propósito, evitei pensar em logística. Era mais seguro não pensar em como dois garotos de quatorze anos conseguiriam arrastar um Luke compreensivelmente puto da vida até o quarto onde eu estava. A mecânica da coisa toda e o perigo que parecia cercar cada movimento nosso eram espantosos.

A porta se abriu e eu já estava do outro lado do quarto antes mesmo de saber quem entrava. Meu mundo inteiro caiu quando vi Joseph sozinho, gentilmente fechando a porta em seguida.

– Onde eles estão? – perguntei.

– James foi buscá-los. Ele e Abram vão trazer os dois pelos fundos das casas.

– Vai demorar? – quis saber, olhando para o relógio. Já era quase três da tarde.

– Relaxa, Dee. Vai levar um tempinho. Tem gente demais lá fora. Daqui a algumas horas, a cidade inteira vai estar na igreja para a missa do fim de tarde. É a hora mais segura para trazê-los aqui.

"Missa do fim de tarde." Seria o momento da minha equivocadíssima apresentação à sociedade.

– Mas nessa hora a gente também tem de estar na missa – eu disse, com a voz aumentando a cada vez que eu respirava. – É pra isso que eu estou vestida desse jeito, para que ele possa me apresentar aos seguidores. É o motivo pelo qual eu tive de decorar toda essa porcaria e trançar o cabelo e tirar minha maquiagem e...

Joseph me cortou pondo a mão no meu ombro.

– Passei para ver meu pai quando estava voltando pra cá. Disse a ele que você não estava se sentindo bem e que até o simples ato de trançar o cabelo estava consumindo toda a sua energia. Perguntei se poderíamos adiar sua apresentação até amanhã, para te dar tempo para descansar.

– E ele concordou? – perguntei, meio que esperando que o tal Elijah entrasse derrubando a porta, me arrastasse pelos pés e me obrigasse a aparecer na frente de todo mundo.

– Por enquanto, não. Ele quer te ver pessoalmente, então trate de deitar na cama e aparentar fraqueza.

Fiz como Joseph pediu, inclusive puxando um pouco o elástico da trança e deixando algumas voltas se soltarem. Deixei os tamancos de lado, me enfiei embaixo das cobertas e mordi o interior da bochecha até sangrar. Funcionou. O gosto de sangue descendo pela garganta me deixou enjoada. Considerei até arranhar um pouco os curativos no braço, na esperança de que saísse um pouco de sangue e isso ajudasse a tornar a mentira mais crível. Mas nem tive chance de tentar. Uma leve batida na porta me interrompeu.

– Feche os olhos – Joseph sussurrou e depositou um pano úmido em minha testa. Ele mesmo parecia cansado e abatido, mas duvido de que, no caso dele, fosse uma encenação como a minha.

Elijah entrou no quarto e senti o colchão estufar quando Joseph cedeu lugar ao pai.

– Rebekah... – Elijah falou baixinho, com os dedos alisando superficialmente meus cabelos. – Joseph me disse que você não está se sentindo bem.

Virei a cabeça para o lado de onde vinha a voz de Elijah e abri os olhos fracamente, piscando duas vezes para acrescentar um drama. Eu tinha muita prática em me fingir de doente, muito embora isso acontecesse sempre que eu tinha uma prova de Química para a qual não tinha estudado ou então, depois da aula, uma detenção à qual eu não planejava comparecer.

– Trouxe algo que acho que vai te ajudar a ver com mais clareza – Elijah disse.

Ele então puxou do bolso do casaco uma caixinha amarrada com uma fita e a pôs no criado-mudo ao lado da cama. Pelo formato e tamanho, pude julgar que se tratava de uma aliança de casamento, o que significava que eu não tinha qualquer plano de abri-la. Nunca mesmo.

Ele me pegou olhando para aquilo e deliberadamente a empurrou para longe da minha vista.

– Eu esperava apresentá-la ao meu rebanho hoje à noite. Quanto mais cedo começarmos nossa nova vida juntos, mais fácil vai ser para todos.

Soltei um gemido fazendo as vezes de resposta. Era provavelmente mais seguro assim, considerando que as únicas palavras que me ocorriam no momento eram palavrões dos mais cabeludos.

– Pai? – Joseph chamou. – Ela realmente não está bem.

– Rebekah? – Elijah sussurrou mais uma vez. A porta do quarto fez outro clique e eu me perguntei quem mais ele teria chamado para ajudar a quebrar meu espírito. – Rebekah, minha querida, você consegue olhar para mim?

Abri um pouco mais os olhos com a cabeça a mil, tentando entender de onde vinha aquela súbita afeição. Logo me dei conta de que nada tinha a ver comigo, que aquele era o mesmo maníaco que eu tinha conhecido antes. Aquilo nada mais era que uma atuação para impressionar a menina que entrava no quarto e agora estava de pé ao lado dele.

Ela inclinou a cabeça de leve ao olhar para mim, com um misto de confusão e curiosidade nos olhos. Eles eram castanhos como os de seu irmão e tão grandes quanto, mas não tinham aquela desilusão que eu já tinha aprendido a associar com o olhar de Joseph. A figura dela era graciosa, o cabelo cuidadosamente trançado, e ela ficava o tempo inteiro dirigindo olhares hesitantes a Elijah, sorrindo quando finalmente conseguiu a atenção dele.

Eu não precisava de nenhuma apresentação formal. Teria reconhecido a menina em qualquer lugar. Eden.

Joseph instintivamente posicionou o corpo à frente dela, um gesto de proteção que ele provavelmente já fizera mil vezes antes. Eu gostava daquilo. Me lembrava do Luke.

– Você compreende por que é importante que Joseph venha comigo à celebração dessa noite? – Elijah perguntou, retirando o pano úmido da minha testa e deixando-o na bacia ao lado. Então o torceu e o encostou em seu próprio braço para medir a temperatura antes de retorná-lo a mim. – Odeio deixá-la sozinha, mas é crucial que Joseph demonstre seu apoio a mim e ao presente com o qual fui abençoado.

Meus olhos correram até Joseph. Ele fez um movimento discreto com a cabeça, confirmando meu pensamento. O tal presente era eu.

– Mas acredito que não seria prudente deixá-la desamparada – Elijah continuou, chegando a mão suavemente até meu queixo e voltando meus olhos para a direção dos dele. – Considerando que você está tão fraca, pedi à minha filha Eden que lhe fizesse companhia.

Os olhos de Eden mal fizeram contato com os meus antes de voltarem ao chão, ao que ela falou bem baixinho um "Oi".

Ao contrário da indumentária sem graça que eu tinha sido forçada a usar, as roupas de Eden eram uma saia bege até o joelho e uma blusinha de um azul até bem intenso. Não poderia dizer que ela estava chique e nem mesmo bem vestida; na verdade, parecia mais a menininha superinteligente, mas tímida, que se senta no fundo da classe. Na minha sala mesmo tínhamos uma assim. Toda escola tinha uma dessas. O nome dela era Kerry ou Kaylan ou Kaitlin ou algo assim. Eu nunca tinha dado muita atenção a ela; agora, daria qualquer coisa para ter outra chance de perguntar qual era mesmo seu nome.

Fiz menção de me sentar, mas então me lembrei de que estava fingindo estar doente. Com um resmungo, voltei à mesma posição. Na tentativa de me ajudar, Elijah deslizou um braço sob as minhas costas e o outro embaixo dos joelhos. Me ergueu e me mudou de posição para que eu tivesse uma visão melhor do quarto, de Eden e dele mesmo.

– Você está doente? – ela perguntou.

– Estou – respondi, seguindo os olhos dela até o chão. Percebi o movimento de sua mão indo ao bolso da saia. Era forrado de cetim, e a parte que ela estava cutucando com os dedos estava puída, quase soltando.

Doze anos. Joseph dissera que ela tinha doze anos, mas eu, sentada ali olhando Eden enroscar as mãos na saia, achei que ela tinha mais cara de uns sete. E, se era mesmo o caso de ela ser tão protegida e inocente quanto Joseph tinha dito, então ela estava condenada.

– Eu vou ficar bem – eu disse, levantando a mão. – É um prazer finalmente te conhecer.

Eden gesticulou timidamente com toda a sua inocência manifestada ali, naquele gesto. Eu era bem mais nova do que ela quando percebi que o mundo era essencialmente terrível. Mas também posso dizer que tive base de comparação em outras crianças que conhecia. Tudo o que Eden conhecia era uma cidadezinha cheia de seguidores cegos.

— Joseph está preocupado com você — ela disse, pegando a mão do irmão. Ele tomou a mão dela e a apertou gentilmente. Eden voltou sua atenção ao pai e dedicou a ele o mesmo olhar de adoração. — Posso fazer companhia a ela aqui se o senhor quiser. Assim ela não ficaria sozinha durante a celebração da noite.

Era perfeito. Joseph e eu não poderíamos ter bolado um plano melhor, nem se tentássemos. Não precisávamos fingir que estávamos submetidos à "autoridade divina" de Elijah. Com Eden sozinha no quarto comigo e Elijah ocupado lá pregando sua "ira divina" para os fiéis, Eden e eu poderíamos sumir da cidade sem perda de tempo. Não haveria ninguém para nos deter. Ninguém nem nos veria fugir. Dei uma olhada rápida para Joseph e ele abaixou a cabeça concordando.

— Eu gostaria muito disso — eu disse. Logo, Mike, Luke e eu estaríamos com Eden a quilômetros dali. Joseph apenas teria de nos encontrar mais tarde.

— Eden sabe que deve me procurar caso você fique muito debilitada — Elijah disse. — Expliquei para ela que você está confusa e fraca. Ela também está ciente de que você foi mantida em isolamento desde pequena e que a ideia de ser apresentada à comunidade é um pouco intensa para você. Ela virá me procurar caso você fique agitada demais ou comece a falar coisas sem sentido.

Tais palavras não pediam nada além de um gesto de entendimento meu, mas nem isso eu daria a ele. Sabia muito bem que aquela gentileza falsa dele não era mais do que uma advertência disfarçada. Eden não estava ali para ser minha cuidadora; ela seria minha vigia, e qualquer movimento em falso de minha parte a faria correr direto até ele.

Elijah tomou meu silêncio como anuência e se inclinou para me dar um beijo no rosto.

— Boa menina.

Justo quando ele estava mostrando a Joseph a porta para que saíssem, alguém bateu. A maçaneta chegou a girar, mas então parou, como se alguém lá fora estivesse querendo permissão para entrar.

— Esperando alguém? — Elijah perguntou.

Meu rosto empalideceu enquanto eu vasculhava minha mente atrás de algo que pudesse fazer naquele momento, algo que pudesse dizer para evitar o inevitável. Joseph também estava com uma expressão aterrorizada e, assim como eu, pelejava para tomar algum fôlego em um ar que parecia parado.

— Responda — Elijah ordenou ao sentar de volta na cama. Esticou as pernas casualmente e deu um sorriso. — Nós temos todo o tempo do mundo até que eu seja necessário no púlpito, e eu adoraria conversar com seus convidados.

Ao se ver sem opções, Joseph se dirigiu à porta e pôs a mão tensa na maçaneta para girá-la. Meus olhos então se voltaram para os dois garotos que apareceram em seguida. Gêmeos. Totalmente idênticos, inclusive na pequena pinta que ambos tinham do lado direito da boca e o ligeiro acobreado nos cabelos. Minhas memórias deles naquela manhã eram esparsas — as mãos, a sensação de aspereza de suas camisas e a paulada atrás da cabeça.

Afastei aqueles pensamentos, mais preocupada em olhar por detrás dos garotos na esperança de ver Luke e Mike atrás deles. Segurei a respiração, esperando vê-los ali na porta, querendo mais que tudo que eles estivessem ali, mas também torcendo para que não estivessem. Rezei para que eles tivessem escapado de algum jeito e já estivessem a caminho de casa para conseguir ajuda.

— Eles não...

Foi o som de uma voz desconhecida que me forçou a voltar a respirar.

— Não! — falei alto, interrompendo-os.

Os dois se viraram para mim ao mesmo tempo e depois seguiram meu olhar para Elijah.

— Abram... James... — Elijah disse, e então se levantou. Os dois abaixaram a cabeça e rapidamente trançaram as mãos para trás. — Seu pai está esperando por vocês na igreja. Não contei a ele a respeito de seus planos ou do seu envolvimento com todo este assunto aqui. Apenas disse que acho que vocês precisam passar mais tempo em família refletindo sobre os pecados de sua mãe. Odeio pensar no que ele faria se soubesse de tudo isso.

Um arrepio passou pelos dois e o mesmo medo que os tomava se instalou também em mim. Fiz menção de dizer alguma coisa, de perguntar onde Luke e Mike estavam, como forma de disfarçar, mas Elijah viu que eu estava abrindo a boca e me cortou.

— Eden, querida, por favor acompanhe Abram e James até a igreja, sim? Eu não vou demorar a me juntar a vocês. Preciso conversar com seu irmão e com Rebekah a sós um minuto.

Eden não discutiu. Apenas se levantou e conduziu Abram e James porta afora. Percebi a olhada discreta que eles lançaram para Joseph.

– Vão – Joseph disse, tentando acalmar os primos. – Nós vamos também daqui a pouco.

O som da maçaneta fechando a porta trouxe consigo uma constatação aterrorizante. Meu plano de encontrar Luke e Mike e arrastar Eden para longe daquele lugar enquanto Elijah estivesse ocupado com o culto vespertino tinha caído aos pedaços antes mesmo de ter qualquer chance de ser posto em prática.

– Eu mudei de ideia – Elijah disse. Talvez ele estivesse olhando para Joseph, mas as palavras eram claramente direcionadas a mim. – Acho que é melhor que Rebekah seja apresentada à nossa família tão cedo quanto possível. Não há sentido em postergar. Não há por quê adiar o inevitável.

Aquela conclusão me fez tremer inteira, e eu me vi me encolhendo ainda mais junto à parede e para longe de Elijah.

– Espero que vocês dois se juntem a nós prontamente às cinco da tarde – Elijah continuou enquanto se dirigia para a porta. – E não se esqueça de seu presente. Escolhi com muito carinho o mais adequado para você. Tinha dez à minha disposição, mas foi esse que mais me atraiu a atenção.

Olhei bem para a caixinha, toda branca e casta com a fita azul em volta.

– Vá em frente – Elijah sugeriu. – Pode abrir. Quero ver sua alegria quando perceber o quanto é profundo o compromisso que proponho a você.

Hesitante, peguei a caixinha. A sensação dela em meus dedos era desconfortável, como se fosse uma bomba que eu então virei para ver do outro lado. Olhei de novo para Elijah. Ele tinha uma expressão de extrema satisfação no rosto.

– O que tem aqui dentro? – perguntei.

– Apenas um agrado para ajudar a guiar sua ações futuras – ele respondeu. – Agora abra.

Estendi a caixa para que Elijah a pegasse de volta.

– Não, obrigada.

Elijah balançou a cabeça vagarosamente, se recusando a aceitar.

– Pai... – Joseph começou a dizer, mas um olhar cáustico de Elijah rapidamente o fez se calar.

Joseph então se colocou firmemente entre seu pai e eu. Talvez eu devesse ter me sentido mais segura quando ele bloqueou qualquer movimento de Elijah na minha direção, mas não foi o caso. Eu já tinha visto as cicatrizes de Joseph e sabia muito bem que Elijah passaria por cima dele para chegar a mim se precisasse.

O clima entre nós três se tornou sufocante e eu me esforcei para continuar calma enquanto joguei a caixinha no chão.

– Não quero isso.

Toda a candura que antes estava no rosto de Elijah se desfez, deixando em seu lugar uma máscara de traços frios e rijos. Com uma rapidez espantosa, ele apanhou a caixa e a apertou de volta em minha mão. As beiradas eram cortantes, e tive de morder o lábio para não chorar quando ele a esfregou daquele jeito. A quina realmente penetrou na palma da minha mão, rasgando a pele. Uma pequena gota de sangue manchou o cartão branco. Elijah sorriu, apertando ainda mais fortemente até que eu desse um grito e tentasse puxar a mão de volta.

Ele era bem rápido, mais até que Joseph. Então, quando Joseph percebeu o que seu pai estava fazendo, Elijah já estava em cima de mim, enterrando as unhas nos meus braços na tentativa de me imobilizar.

Joseph pôs a mão no ombro do pai. Os dedos se dobraram e os tendões em seu braço se contraíram, já se preparando para entrar em ação se precisassem.

– Larga ela – ele mandou, ao que Elijah vagarosamente recuou.

– Eu não faria isso, garoto. Minha tolerância com a sua desobediência está cada vez menor e eu odiaria ter de mudar permanentemente sua posição dentro de nossa família – Elijah ameaçou.

– Eu não vou deixar o senhor machucá-la – Joseph respondeu em um tom estranhamente tranquilo, considerando a situação que ele estava criando.

– Isso eu prometo a você, Joseph: não é ela quem vai sofrer por isso. Agora, tire suas mãos de mim.

Joseph permaneceu firme sem dar qualquer sinal de que obedeceria à ordem do pai. Na verdade, ele até abriu os ombros e fechou a mão em um punho.

– Por favor, não – eu disse, implorando a Joseph que não insistisse. Estava pronta para abrir a caixa e usar qualquer joia que Elijah quisesse que eu usasse se fosse para manter a paz entre eles. Eu só precisava que Joseph voltasse atrás antes que a situação explodisse na nossa cara.

Relutantemente, Joseph recuou e Elijah então me relembrou a ordem do começo.

– Mandei abrir. *Agora.*

A voz de Elijah àquelas alturas era apenas um grunhido, e ele envolveu os dedos em volta dos meus e torceu de um jeito que eu achei que minha mão ia quebrar. Meu indicador estava torto ao lado da caixinha em um ângulo tão anormal que uma dor lancinante subiu pelo meu pulso e me forçou a dar um gemido. Foi somente naquele momento, quando Elijah teve a confirmação da minha dor, que ele afrouxou a mão e deu um passo para trás.

Me atrapalhei um pouco com o embrulho e fechei os olhos por um momento quando me preparei para ver o primeiro cintilo da aliança que ele sem dúvida me forçaria a usar. A aliança que, de uma vez por todas, faria de mim propriedade dele e de toda aquela cidade louca cheia de gente igualmente louca. Com cuidado, tirei o fino papel de presente e olhei para o que parecia ser pele humana.

VINTE E QUATRO

Minha visão saiu de foco e voltou repetidas vezes enquanto o dedo à minha frente tomava forma. Um dedo humano com sangue e tudo. A base estava rasgada com um vestígio mínimo de osso saindo de dentro da carne destruída. Sangue fresco forrava o fundo de cetim do porta-joias, vazando inclusive para o papel de seda branco que o envolvia e tingindo-o de vermelho.

Me espantei e soltei a caixa. O dedo rolou lá de dentro e correu pelo chão, deixando um rastro fino de sangue. Tapei a boca na tentativa de evitar que o conteúdo do meu estômago se espalhasse para todo lado.

— De quem é esse dedo? — perguntei, mal conseguindo falar.

Elijah deu um risada.

— Você honestamente não precisa que eu responda, certo? — ele disse com um tom de voz muito controlado, tão equilibrado, que parecia mais vir de um gerente da lanchonete do que do psicopata que eu sabia que ele era. — Você obviamente é uma moça esperta. Conseguiu até convencer meu filho a assumir a culpa por você e levar uma surra que deveria ser sua.

— Ela não fez nada — Joseph interrompeu. Mais uma vez, colocou seu corpo entre mim e seu pai. Mal havia dois centímetros entre nós agora, mas Joseph ocupou todo o pouco espaço, me apertando perto de suas costas e me protegendo. — Ela não tem nada a ver com o fato de eu querer ir embora. Nada a ver com minha mãe ou com a tia Mary. Deixa ela fora disso.

— Não seja condescendente comigo, Joseph. Eu sei exatamente o que vocês andam fazendo, vocês dois.

Olhei por cima do ombro de Joseph e me forcei a olhar para aquele dedo. O que ele queria dizer com "Você não precisa que eu responda"? Apertei os olhos para ver melhor e subitamente percebi que havia uma marca no dedo que eu não tinha visto antes, na caixa. Uma marquinha muito pequena e escura. Uma tatuagem.

Inspirei profundamente olhando para aquilo. A marca de tinta muito leve tomou forma, e os contornos escuros tinham três pontas para baixo. Cheguei mais perto já com as lágrimas correndo por meu rosto quando os pequenos algarismos romanos se delinearam.

– Ah meu Deus! Ah meu Deus! – gritei.

Revirei minha cabeça, tentando freneticamente me lembrar se a tinta da tatuagem de Luke era escura daquele jeito e se as linhas eram tão finas. Podia enxergar na minha frente as mãos dele tão nítidas como o dia – as palmas calejadas e os nós com a pele rachada de tanto jogar futebol no tempo frio. Conseguia seguir os contornos de cada um de seus dedos e até sabia que a ponta do mindinho esquerdo era meio curvada, cortesia de um jogador de linha que o tinha quebrado duas temporadas atrás. E o dedo médio esquerdo... era o que tinha a tatuagem.

– Isso... Isso é do Luke? – eu mal conseguia fazer as palavras saírem. A visão ficou turva com pontos brilhantes enquanto eu tentava respirar.

Elijah deu então um sorriso enviesado. Estava feliz, saboreando cada segundo da minha agonia. Aquele tempo todo, eu achei que Luke e Mike estivessem escondidos e a salvo naquele barracão, mas agora eu sabia a verdade. Ele os tinha encontrado e torturado, e saber disso me fazia em mil pedacinhos de uma vez só.

– O que você fez? – gritei, saindo de trás de Joseph e me jogando sobre Elijah, golpeando como se estivesse possuída.

Elijah cambaleou para trás, espantado, e eu investi contra ele mais uma vez, disposta a enterrar as unhas em qualquer ponto macio de seu pescoço e em sua jugular. Queria mesmo matá-lo. Que se danasse a história de salvar Eden. Eu mataria Elijah Hawkins ali mesmo e naquele momento, e então sairia dali a pé de qualquer forma.

– Eu te avisei! – Elijah gritou, pegando um chumaço do meu cabelo e me puxando para longe dele. Segurou minha cabeça de um jeito que eu ainda olhava para ele. Sua respiração ofegante estava quente quando ele chegou com o rosto bem perto do meu, a boca encostando em minha orelha. – Eu te disse para fazer *exatamente* o que eu mandei. Se desobedecer, haverá consequências.

Sua voz foi abaixando à medida que seu bafo nojento e azedo se derramava em meu ouvido. Ele chutou o dedo de Luke para mais perto de mim e me forçou a olhar.

— Nós não profanamos nossos corpos aqui nesta cidade. Eles são nossos templos. Essa mácula, essa *desfiguração*, era um sinal do pecado. Isso tinha de ser removido ou então ele não tinha qualquer chance de ser salvo. Acredite: ele vai me agradecer por isso um dia. Vocês dois vão.

Minha mente logo correu para as iniciais de Luke gravadas na minha lombar. Eu tinha feito aquela tatuagem quatro meses antes quando estávamos bêbados e nos sentindo invencíveis. Tínhamos dirigido por duas horas para o Canadá e parado em um estúdio tosco de tatuagem que nem cogitou pedir nossas identidades falsas. Luke segurou minha mão enquanto a agulha perfurava minha pele repetidas vezes, nos marcando para sempre como pertencentes um ao outro. Como exatamente Elijah planejava se livrar daquilo em mim?

Avancei sobre ele com as duas mãos em garras, tentando ficar longe dele apesar de sua mão segurando meus cabelos. Em um movimento muito ágil, ele simplesmente me soltou e ao mesmo tempo me deu um safanão forte que me jogou para longe. Caí no chão sobre os cotovelos.

Joseph correu até mim dizendo baixinho meu nome — meu verdadeiro nome. Elijah se aproximou de súbito e lhe deu um tapa, mandando-o para trás e para longe de mim.

— Fique fora disso, Joseph — ordenou, e então se abaixou ao meu lado com os lábios a centímetros dos meus, agarrando meu queixo e levantando-o, me forçando a ouvir e a digerir cada palavra que dizia. — Você ouça muito bem, porque eu não vou dizer isso de novo. Você não me desafie. Você não vai me desobedecer nem me rejeitar. Se fizer isso, eu juro que alguém que você ama vai sofrer por isso. No fim, você vai continuar segura e acolhida sob meus cuidados. Será guiada por mim. Sua salvação só vai acontecer por intermédio meu. É aquele rapaz que vai penar na minha mão. Fui claro o suficiente?

Ao não ouvir minha resposta, ele me sacudiu com violência.

— Eu te fiz uma pergunta, Rebekah. Quero ouvir uma resposta.

Joseph engatinhou para perto de mim e pôs a mão no meu rosto.

— Pare com isso!

— Ou então o quê, Joseph? — Elijah perguntou, com as veias em sua testa pulsando enquanto ele desafiava o filho a tomar alguma atitude que não fosse só a de se manter afastado. – Quer tentar fazer alguma coisa? Vá em frente. Tente. Mas pode ter certeza de que eu conheço todas as suas fraquezas. Sei exatamente como conseguir que você faça o que eu quero.

Eu estava ali havia menos de um dia, mas mesmo eu conseguia ler nas entrelinhas tortas do que ele estava dizendo. Ele tinha adivinhado que Joseph tinha retornado e por que ele tinha me levado até ali. Eden.

– Talvez eu precise usar um pouco mais de persuasão com você, meu caro – Elijah disse, se levantando. – Sua irmã é bem jovem, Joseph. Tem a vida inteira pela frente, uma vida que poderia ser perfeitamente confortável aqui. Mas essa decisão cabe a você.

– Não encoste nela! – Joseph grunhiu, já com o pânico que vinha guardando tão bem ardendo em seus olhos. Agora, parecia desesperado, e eu então me perguntei quantas surras ele já teria levado no lugar de Eden, quantas vezes ele teria tido sua própria carne castigada apenas para poupá-la de qualquer coisa.

– Sua tia, sua mãe e mesmo essa menina aqui já pagaram o preço das suas indiscrições. Será que deveríamos fazer Eden pagar também? Porque o sangue dela estará em suas mãos e é a sua alma que estará condenada por isso, não a minha. Eu não mato meus seguidores. Eles escolhem seu próprio destino e, em troca, sua própria punição.

Não tinha nada que eu quisesse mais no mundo, naquele momento, do que ver Joseph acertar Elijah, jogá-lo no chão e esmurrá-lo. Mas eu sabia que ele não faria isso. Ele tinha pelo menos vinte quilos a mais do que o pai e era ao menos uns oito centímetros mais alto, para não dizer que era também mais jovem e mais forte. Nada o impedia de sobrepujar Elijah ali mesmo naquela hora, a não ser a ameaça de ele machucar Eden.

Elijah apenas ajeitou as dobras da camisa e deu um olhar de reprovação na direção de Joseph.

– Você tem sorte, filho. Esta cidade está nas mãos de nossa família há muitas gerações e, se você não fosse o próximo na linha de sucessão...

Ele fez uma pausa e olhou para mim com os olhos cheios de uma promessa que fez minha pele se arrepiar inteira.

– Você tome muito cuidado, Joseph, porque depois que essa mocinha aqui me der outro filho que eu possa moldar segundo minha vontade, você não vai ter mais serventia nenhuma para mim – disse com um sorriso cheio de si. – Não é de espantar que seu namorado esteja tão preocupado com você. Você é uma menina muito, muito burra.

Limpei as lágrimas que corriam pelo meu rosto, com imagens horríveis pipocando na minha cabeça. Luke amarrado. Luke sem um dedo. Luke sangrando e preocupado comigo. Mike gritando por ajuda. Joseph lutando para ficar de pé enquanto seu pai descia o cinto em suas costas. E eu presa ali para sempre.

– Cala a boca! – gritei.

Elijah riu mais uma vez ao pousar a mão sobre a maçaneta.

– Desta vez eu só arranquei um dedo com esse estigma. Da próxima, vai ser a mão dele inteira. Continue me desobedecendo, *Rebekah*, e eu logo vou tirar a vida dele.

VINTE E CINCO

Fiquei lá imóvel, só olhando para a cruz dourada que refletia a luz do fim do dia. Ela brilhava às vezes como um farol dentro da escuridão. Esfreguei meus braços vigorosamente, na tentativa de afastar a friagem que pouco a pouco abria seu caminho através da fina blusa de algodão. Não adiantou nada; o frio impiedoso tinha se assentado em meus ossos no segundo em que vi o dedo de Luke.

Minha cabeça latejava e minha mente era então apenas um fluxo insistente de pensamentos incoerentes. Eu não conseguia lembrar uma coisa sequer das últimas horas. Lembrava do porta-joias, de Elijah rindo, do dedo de Luke, mas de mais nada. Estava anestesiada. Pus um pé na frente do outro e só andei na direção da porta da frente da igreja, vislumbrando um futuro que ficava mais desolador a cada minuto.

Agarrei o corrimão na pequena escada do lado de fora e o metal gelado me trouxe de volta ao presente. Elijah estava de pé no alto da escada sorrindo e dando tapinhas nas costas de um senhor mais velho. Não pude ouvir o que ele estava dizendo, mas eles se olhavam com cordialidade e sorriam ao conversar.

– Vai ficar tudo bem, Dee – Joseph sussurrou.

A mão dele tocou a minha e eu me desviei rápido.

– Me deixa em paz.

Eu culpava Joseph por tudo aquilo. Se ele não tivesse fugido... Se não tivesse soado a sirene... Se não tivesse se aproximado de nós naquela manhã... Se não estivesse tão compelido a salvar a irmã... Todos esses "ses" me levavam de volta a onde eu estava naquele momento: presa.

– Isso tudo é culpa sua, sabe? Seu plano burro, idiota e egoísta arruinou nossas vidas.

Um carro encostou ao lado da igreja e Joseph estremeceu ao meu lado. Ignorei o homem que saiu do lado do motorista e apenas segui o olhar de Joseph para o lado do passageiro. Comecei vendo as botas brilhantes do outro homem, depois as calças bem passadas e então a arma alojada no coldre ao seu lado. Continuei correndo os olhos e, com o coração na boca, vi seu distintivo prateado e brilhante.

Um fiapo de esperança aflorou quando finalmente me dei conta de seu uniforme marrom. Os Hoopers podem ter pressentido que alguma coisa estava errada quando eu não liguei para casa na noite anterior e aí chamaram a polícia. Ou então alguém que passava por lá ouviu a sirene ou viu nosso carro destruído e avisou as autoridades. Talvez até Mike tenha conseguido fugir. Guiada por meu estúpido otimismo, dei um passo à frente. Se eu pelo menos pudesse atrair a atenção deles...

Joseph segurou meu braço com firmeza. Eu já estava prestes a me desvencilhar dele quando sua expressão me fez parar por completo.

– O quê? – perguntei.

Um movimento contido de sua cabeça me informou que aquilo não era exatamente o que eu achava que era.

– Meus tios – ele disse.

– Jared... Jacob... Fico feliz que vocês tenham vindo – Elijah disse alto, sua voz propositalmente chamativa como se fosse sua intenção que eu ouvisse bem claro. – Como vocês bem sabem, hoje é um dia muito importante para mim e para minha família.

Joseph soltou meu braço e chegou para o lado para que eu tivesse uma boa visão de seus tios.

– Eles não estão aqui para te ajudar, Dee. Não estão aqui para ajudar nenhum de nós.

Os dois homens fizeram uma mesura.

– Não perderíamos isso por nada deste mundo, Elijah – o policial disse, puxando um envelope grande de dentro de seu casaco. O segundo homem fez o mesmo e retirou um menor de sua maleta. Estava vestido de maneira impecável com um terno e uma camisa azul-clara. Parecia mais um banqueiro do que um vereador de alguma cidadezinha.

– Vocês nunca se atrasam com sua parte, não é, irmãos?

Elijah deu abraços em ambos e fez um gesto para duas mulheres e meia-dúzia de crianças que estavam no jardim em frente à igreja. Os pequenos vieram correndo, entoando a palavra "papai", e cada um se agarrou a alguma parte de um dos homens. As esposas seguiram logo atrás discretamente. Fiquei observando quando os dois homens estenderam as mãos para cumprimentá-las. A expressão de completa adoração e suprema felicidade no rosto das mulheres me deu enjoo.

– Ah, *irmãos...* – resmunguei. Não eram minha esperança. Eram só mais um beco sem saída.

Elijah se virou para nos ver, e os olhos do xerife passaram por ele e se puseram em mim. Cada músculo do meu corpo se retesou quando o homem abriu um sorriso. Pelo jeito, ele aprovava o gosto de Elijah para mulheres. Bom, ele que se danasse.

– Rebekah, chegou a hora – Elijah disse, me empurrando para a frente.

Engoli seco para não falar nada que pudesse levar Luke a ficar ainda mais machucado do que já estava.

Elijah então escancarou as portas e toda a congregação se virou para me ver. Fiz as contas muito rapidamente de cabeça enquanto ia andando pelo corredor central, meio impressionada que eu ainda tivesse alguma presença de espírito para fazer cálculos simples. Havia vinte bancos, dez de cada lado. Contei as cabeças das pessoas na fileira à minha esquerda: eram oito, ou nove se eu contasse também a criança nos braços de uma mãe.

Minha mente logo fugiu para as placas que tínhamos visto no barracão do cemitério. Cento e cinquenta? Não, cento e quarenta e nove. Menos a mãe de Joseph, seriam então cento e quarenta e oito. Elijah conseguia enfiar a porcaria da cidade inteira naquela capela e, a julgar pelo aperto que estava aquilo, era justamente o que ele tinha feito naquela ocasião.

– Seu lugar é aqui, minha querida – Elijah disse e foi me guiando pelo banco de madeira. – Vou apresentá-la a todos daqui a pouco, então tenha em mente tudo o que discutimos antes. Agora seria uma péssima hora para você resolver se rebelar. Péssima para você e pior ainda para seus amigos. Entendido?

Fiz que sim mecanicamente com a cabeça enquanto ele ia para longe, e depois olhei bem para os dois lados do aposento para achar uma saída. Exceto pela porta que tínhamos usado para entrar, não vi mais nada. Não que eu tivesse qualquer chance de escapar dali mesmo.

Não com cento e quarenta e oito seguidores fervorosos esquisitos no meu caminho.

No altar do santuário havia uma grande mesa. Espalhados em cima estavam alguns livros com capas de couro, três velas grossas e uma caixinha de fósforos. Mais ao lado, havia uma coluna com uma placa afixada na frente. Tive de apertar bem os olhos para conseguir ler as palavras "passado", "presente" e "futuro".

O irmão de Elijah, o vereador, se aproximou da mesa e acendeu as velas uma de cada vez. Tinha trocado de roupa. Não estava mais usando o belo terno e a gravata; em seu lugar agora havia a mesma calça preta e camiseta branca que todos os outros usavam. Dei uma olhada em volta procurando pelo xerife em meio à congregação. Ele estava mais perto do corredor central. Sem arma, sem farda, só aquele mesmo uniforme feio de prisão *à la* Purity Springs.

Joseph se enfiou na fileira do outro lado do corredor, olhando para sua irmã que estava depois de mim. Seu rosto estava tenso e os olhos mais escuros do que nunca quando ele disse sem fazer som um "sinto muito" para mim. Olhei para o outro lado. Ele não sentia muito. Estava era se sentindo culpado, e eu não estava ali para ajudá-lo a aliviar sua consciência.

Elijah deu tapinhas no altar. Aquele som mínimo fez com que a sala inteira caísse em profundo silêncio, e ele então abaixou a cabeça para rezar. Fiquei vendo todos fazerem o mesmo, as cabeças uma a uma se abaixando e os lábios sussurrando orações em uníssono. Arrepios subiram pelos meus braços quando as vozes pareceram me rodear inteira e me encurralar. Mantive os olhos fixos em Eden, tentando a todo custo identificar o que ela estava entoando.

Joseph tossiu, e eu então olhei para Elijah, que estava me encarando. Eu sorri, fazendo um teatrinho, e ele voltou sua atenção para os fiéis.

– Você parece estar com medo. Está mesmo? – Eden sussurrou e eu me voltei para ela. Seus grandes olhos tinham certa preocupação e os dedos contornavam o mesmo bolso forrado de cetim de antes.

Olhei para ver se Elijah estava bem imerso em seus deveres proféticos antes de sussurrar de volta:

– Um pouco. E você?

Sentada ali e olhando para ela acariciar aquele retalho de tecido como uma criancinha, comecei a entender por que seu irmão arriscaria a vida por ela. Eden não tinha chance nenhuma daquele jeito e, com a mãe morta, Joseph era sua única esperança.

Eden manteve os olhos focados adiante ao fazer que *não* discretamente com a cabeça.

– Não, com medo não. A maior parte do tempo, eu só me sinto muito sozinha.

Seus dedos sumiram dentro do bolso da saia e voltaram lá de dentro com o que parecia ser um pedaço de palha de milho seca.

– O que é isso aí? – cochichei para ela.

– Joseph fez para mim – ela respondeu timidamente. Seus olhos pareceram se iluminar. Tinha apenas um breve lampejo de adoração que durou um segundo, mas foi o suficiente para eu entender que ela idolatrava o irmão. – Eu sei que a gente não deveria ter brinquedos, mas o Joseph disse que toda menina tinha de ter uma boneca.

Ela aproximou o objeto de mim, estendendo-o como se desse permissão para que eu o olhasse de perto. Virei a cabeça de leve e vi Joseph olhando para nós. Ele abaixou a cabeça me indicando a fazer o mesmo. Não tinha ideia do que a irmã e eu estávamos conversando, e isso tornou seu gesto ainda mais gentil.

– Posso ver? – perguntei.

Eden pôs a boneca no banco entre nós, esticando a saia para ocultá-la. Corri os dedos pelo que parecia ser uma bola no alto. Estava bem seca, com as palhas muito velhas e começando a descascar. Joseph tinha feito os olhos a caneta. Tinha uma boca também, mas já estava bem apagada pelo uso. Em volta da boneca, havia um retalho de tecido branco. Não era nada além de um retângulo com um buraco para a cabeça e um pedaço de barbante fazendo as vezes de cinto no que deveria ser uma cintura, mas era o bastante para cumprir seu propósito.

– Eu tenho mais – ela disse, puxando do bolso mais dois pedaços de tecido, um azul-claro e um preto. Não pude evitar de sorrir. Joseph tinha feito uma boneca para ela, com roupinhas para trocar e tudo.

Eden viu minha expressão e empurrou sua boneca para perto de mim.

– Ela te deixa feliz.

Não era tanto a boneca, mas sim Joseph. Apesar de ter o pai que tinha e de tudo o que ele teve de aguentar em sua vida, ainda conseguia ser agradável e gentil quando se tratava da irmã.

– Deixa sim. Ela é muito linda.

– Então você pode ficar com ela – Eden disse.

– Eu não posso... – respondi, pensando que eu preferiria morrer a ficar com o único brinquedo que aquela menina tinha. – Joseph a fez para você. Ela é sua.

– Ele pode me fazer outra depois.

Eden pegou a boneca e correu a mão pela minha saia até encontrar meu bolso. Ela mexeu os dedinhos muito rapidamente e, antes que eu pudesse discutir, já tinha guardado a boneca muito bem lá dentro.

Eu não sabia o que dizer. "Obrigada" não parecia suficiente. Aquela era uma menininha sem mãe e com um psicótico como pai. A única coisa que ela tinha na vida era Joseph, e ele tinha arriscado sua própria integridade para fazer uma bonequinha para ela. Nunca imaginei que um dia eu pensaria assim, mas o meu próprio passado empalidecia em comparação com aquilo.

Apertei bem os olhos e senti todo o meu juízo indo e voltando. Não estava preparada para aquilo, não tinha planejado salvar mais ninguém, a não ser eu mesma e Luke e Mike. Mas agora eu sabia que não a deixaria para trás. Não poderia fazer isso.

VINTE E SEIS

– Rebekah.

O nome pairou no ar por um instante, mas meu cérebro não o registrou como sendo o meu. Joseph se levantou e se afastou de seu banco, gesticulando na minha direção para que eu também ficasse de pé.

– Dee, anda – sussurrou.

A mão de Elijah estava estendida à frente em um gesto de gentileza, mas seus olhos carregavam a promessa de castigo caso eu resolvesse fazer algo fora do papel que me era cabido. Meus pés pareciam chumbo quando eu subi os degraus, e em nenhum momento olhei aquele homem nos olhos. Ele me pegou pelos ombros quando cheguei no alto e então me virou para que eu encarasse os fiéis.

Olhei para o fundo do recinto, onde havia três cruzes imensas de madeira penduradas sobre a entrada. Três bacias prateadas, não muito diferentes daquela que eu tinha visto antes transbordando com meu próprio sangue, estavam sobre a mesa perto da porta.

Pisquei os olhos ao ler as palavras gravadas no pedestal de Elijah: *"Passado, presente e futuro"*. Eu não era particularmente uma pessoa das mais religiosas. No meu entender, Deus tinha desistido de cuidar de mim no dia em que nasci. Mas depois de aturar umas missas ao lado dos Hoopers, até eu sabia que aquelas palavras significavam muito mais do que apenas tempos verbais. Se referiam às três divisões do tempo e, com isso, às vezes também a profecias.

Profecias.

Fechei os olhos e depois abri de novo, esperando que as coisas fossem ficar diferentes de repente, que eu não estaria ali olhando para um salão inteiro lotado com o número três.

Me virei para ver as velas que bruxuleavam atrás de mim. Eram três chamas distintas que dançavam entrelaçando seus caminhos umas nas outras. Enrijeci o corpo todo quando uma última conclusão me pegou de surpresa. Havia três de nós presos ali; três que deveriam ter ido em uma viagem de três dias.

E o dia seguinte seria... o terceiro dia.

Eu estava enlouquecendo. Tinha de estar, porque os pensamentos que corriam pela minha cabeça eram completamente sem lógica. Impossíveis. A obsessão de Luke com o número três não tinha nada a ver com o que estava acontecendo. *Nada.*

Elijah ainda estava falando e seu aperto não muito gentil na minha mão me lembrava o tempo inteiro de participar do teatro.

A maior parte da congregação estava de pé e aplaudindo. Eu nem tinha ouvido a introdução feita por Elijah, mas, a julgar pela reação dos fiéis, eles obviamente aprovavam minha escolha. Claro que aprovavam. Ele poderia mandá-los beber solução de bateria e eles ainda assim obedeceriam cegamente.

Os aplausos diminuíram e Joseph se sentou de novo, gesticulando com a boca para mim um "tudo bem" enquanto tentava também fazer uma expressão de conforto. E eu nem precisava de conforto, mas o fato de ele pensar aquilo me fez dar outra olhada para Elijah.

Então, o irmão de Elijah – o xerife, desta vez – se levantou e andou até o fundo da igreja. Pegou as três bacias e um pano branco longo que parecia um cachecol antes de voltar na minha direção.

Tudo parecia estar acontecendo em câmera lenta, cada movimento deliberado e metódico. As três vasilhas foram deixadas no altar, e então Elijah cuidadosamente desabotoou o punho de sua camisa com os olhos sempre fixos em mim enquanto ele enrolava a manga direita.

– Sorria, meu amor. Hoje é o dia mais importante de sua vida – Elijah disse, agarrando meu braço e levantando minha manga até o cotovelo.

O dia mais importante da minha vida?

Observei bem os rostos olhando para mim. Todos pareciam cheios de expectativa, alegria e esperança.

– Mas... eu não estou entendendo – murmurei.

A mão de Elijah subiu até a junta do meu braço com os dedos procurando as veias que desciam até meu pulso. Com um aceno de cabeça para seu irmão, ele segurou minha mão e a virou com a palma para cima, voltada para a palma dele.

– Jared, por obséquio...?

O irmão então pôs o cachecol branco sobre meu braço e o enrolou duas vezes, amarrando a outra ponta em Elijah do mesmo jeito.

Elijah deu um largo passo para trás na direção do altar e o fato de nossos braços estarem amarrados me fez andar junto com ele. Ele se inclinou para mim e pôs a mão livre na minha bochecha.

– Hoje, você se une a mim de todas as formas imagináveis.

Balancei a cabeça quando o horror do que ele estava dizendo ficou mais claro.

– Você disse que hoje eu iria conhecer sua família, que iria me apresentar aos seus fiéis – eu disse, engasgando.

– Mas eu *estou* justamente te apresentando... como minha esposa.

Comecei a puxar a mão para livrá-la.

– Não – Elijah disse. – Lembre-se de que não vai ser você a sofrer, e sim seus amigos.

Ele chegou para o lado onde o outro irmão estava arrumando as bacias, alinhando-as perfeitamente sob nossos punhos atados. Foi só quando vi a lâmina que tudo finalmente se encaixou.

Não haveria ali nenhum voto de casamento no sentido tradicional. Isso teria sido fácil demais. Normal demais. Nada disso: Elijah iria precisar de um juramento de sangue; iria lanhar ambas as nossas palmas e misturar nosso sangue de um modo que nossas almas e nossas essências se combinassem para sempre.

O terror tomou conta de mim enquanto eu lutava contra o desejo de gritar bem alto. Elijah pousou a mão sobre meu ombro, acariciando-o com certa gentileza como se eu fosse um bichinho amedrontado. Estava totalmente imerso em seu papel naquele momento – o de líder envolvente, agradável e de espírito forte daquela comunidade.

– Fique calma, Rebekah – ele sussurrou.

O tom suave de sua voz me fez tremer de medo e eu finalmente perdi o controle. Puxei meu braço com tal força que o tecido se rasgou no meio e eu saí cambaleando para trás. Um dos irmãos me pegou e me colocou de pé, e então gentilmente me empurrou de volta na direção de Elijah.

Os olhos dele tinham contornos de fúria como eu nunca vira antes. O rosto estava distorcido e dividido entre o ódio e a vontade de continuar representando o papel. Ele levou um segundo para se recompor, mas por fim conseguiu, e a fachada simpática tomou lugar mais uma vez.

– Sei que você está assustada – ele disse alto para que todos ouvissem. – Mas você está entre familiares agora. Não há nada a temer.

Ele então envolveu minha nuca com a mão e se aproximou, sussurrando palavras no meu ouvido.

– Vamos tentar outra vez, agora sem todo esse drama, Rebekah?

Senti o dedo dele acariciando meu pescoço. Era um gesto sugestivo, algo que Luke já tinha feito mil vezes antes. Algo que sempre terminava do mesmo jeito: eu deitada de costas com Luke sorrindo em cima de mim.

Eu sorri e então percebi naquele instante que Elijah pensava que tinha me vencido. Azar o dele.

– Eu preferiria dormir com o diabo a deixar você algum dia, alguma vez, encostar a mão em mim.

Elijah riu e enterrou os dedos de vez atrás do meu pescoço, me puxando para junto de seus lábios.

– Continue assim, mocinha, e vai ser exatamente com ele que você vai acabar dormindo.

VINTE E SETE

Há algumas coisas que você não precisa ver para acreditar que são verdade, porque lá no fundo, bem lá no seu âmago, você sabe que são mesmo. E eu sabia, sem sombra de dúvida, que Elijah não era só capaz de me mandar para o diabo... Ele era o diabo em pessoa.

Relaxou um pouco seu aperto em meu pescoço, e sua mão foi então para minha cintura. Gotículas de suor começavam a brilhar em sua testa, um sinal de que eu ao menos estava tornando tudo bem mais difícil para ele. Ótimo. Não era muita coisa, mas já era algo.

– Outra vez – Elijah disse ao irmão, que veio amarrando novamente o cachecol no meu pulso. Ele estava bem mais curto agora, com quase metade do comprimento, de modo que a amarra estava bem mais justa.

– Fique parada – ele disse.

A qualidade aveludada de sua voz já não estava mais lá e suas palavras agora eram breves e cheias de ameaça. O brilho afiado da lâmina fez correrem arrepios de pavor por todo o meu corpo, e eu então procurei Joseph em meio à multidão. Talvez eu o tivesse culpado por tudo o que tinha acontecido... ou ainda estava acontecendo. Mas, no fundo, ele era o mais próximo de um aliado que eu tinha por ali, e eu precisava muito dele naquele momento.

– Rebekah? – o olhar de Elijah se interpôs entre mim e Joseph. Ele tinha visto meu pedido silencioso de ajuda. – Você não pode ser assim tão ingênua, pode? Você acha que eu não percebo o modo como você olha para ele? E como ele olha para você? Eu sei por que ele sumiu aquele dia. Sei exatamente por que ele te trouxe para cá com ele. Ele não pode salvar nem a você nem a Eden. Ele não tem poder para isso. Só eu tenho.

Se virando para seus seguidores, Elijah então limpou a garganta e anunciou:

– Este rito de casamento é reservado apenas àqueles do mais alto escalão, ou seja, meus irmãos e eu. Este ritual vem garantindo a pureza de nossa linhagem, não apenas por unir a esposa ao marido como também por unir o casal à comunidade.

Mas nem no inferno, pensei comigo. Elijah não tinha interesse nenhum em unir marido e esposa. A única coisa na qual estava interessado era em submeter todos naquela cidade a ele.

– Hoje, vamos quebrar essa tradição – continuou, ao que eu mudei de posição, curiosa para saber que novidade era aquela que ele tinha inventado agora. – Hoje, meu filho Joseph, o futuro de nossa profecia, o futuro de Purity Springs, terá a honra de celebrar este mais sagrado dos rituais.

Toda a cor no rosto de Joseph se esvaneceu quando ele se levantou vagarosamente de seu banco e andou em nossa direção.

– Por favor... – eu balbuciei. – Deixe um de seus irmãos fazer isso.

Elijah pôs o dedo na frente dos meus lábios, me calando.

– Você acha mesmo que ele não vai machucar você? Que é *você* quem controla a vontade dele? – perguntou. – Joseph é meu filho. *Meu filho*. Ele ainda pode ter esses lampejos da vontade fraca que herdou da mãe, mas fui eu quem o criou. Fui eu que o moldei. Seria sábio da sua parte se lembrar disso sempre.

Meu coração quase parou enquanto eu ouvia aquelas palavras. Se eu não pudesse confiar em Joseph, então eu estava perdida. Literalmente perdida.

– Por outro lado... – Elijah continuou, tirando com os dedos as lágrimas que já rolavam no meu rosto. – Não sou o monstro que você está imaginando. Se você cooperar, vou lhe dar uma hora com seu amigo. Uma hora para se despedir do rapaz com quem chegou aqui. Talvez essa gentileza de minha parte possa te ajudar a deixar seu passado para trás de uma vez por todas.

Um fio de esperança correu por mim. Não me importava que Elijah só oferecesse aquilo para me fazer cooperar com ele ou porque seus preciosos seguidores acreditavam que eu era a noiva virginal que ele me tinha feito parecer. Tudo o que importava era que eu veria Luke.

— Você compreende o que estou te propondo, Rebekah? — ele perguntou.

Eu engoli todo o sufoco que estava em minha garganta e assenti com a cabeça. Levei apenas dois segundos para esticar o braço e aceitar sua oferta horrenda. Uma colher do meu sangue por uma hora com Luke e a possibilidade de escapar... Sim, eu faria isso.

Elijah pegou minha mão e apertou nossos pulsos bem juntos.

— Estamos prontos?

— Estou pronta — eu disse, e toda a congregação se levantou e pôs os olhos nele. E em mim.

— Não tenha medo, Rebekah. Com o auxílio do Senhor, minhas mãos fortes e capazes vão nos guiar a ambos nesta união.

Um sorriso confiante se formou no rosto de Elijah quando ele tomou a faca da mão do irmão e a passou a Joseph. O filho hesitou, com as mãos tremendo ao tocá-la.

— Nada profundo, Joseph — Elijah disse. — Não é nossa intenção a purificação, e sim os laços.

Joseph desceu a lâmina na palma da mão de seu pai e eu desejei que ele apertasse fundo, que derramasse cada gota do sangue imundo de Elijah. Mas ele apenas deslizou a faca com cuidado, e um rastro vermelho muito fino se formou na pele de seu pai.

Elijah sorriu em aprovação e fechou o punho em um movimento que levou um filete de sangue a escorrer por sua mão bem perto de onde estávamos amarrados juntos. O sangue era tão escuro que parecia tinta, como a escuridão violácea do céu noturno logo antes de uma tempestade. Fiquei com os olhos fixos nele enquanto ele corria, com seu calor horripilante e enojante.

Segurei um gemido quando a lâmina tocou minha pele. Pude ver o sangue de Elijah manchando a bacia de metal, quente e pegajoso também na palma de minha mão.

— Sinto muito — Joseph sussurrou, mas eu não respondi. "Sinto muito" não adiantaria nada para nenhum de nós dois naquela hora.

Piscando para lutar contra as lágrimas, olhei para Joseph e, sem uma palavra, dei a ele permissão. Ele precisava fazer aquilo de qualquer jeito. Por Luke. Por Mike. Por Eden, ele precisava fazer aquilo.

VINTE E OITO

Me forcei a ficar em silêncio e continuar sem expressão nenhuma no rosto enquanto Joseph corria a faca por minha mão. Podia sentir que ele estava me observando e que seu desespero aumentava conforme ele tentava fazer contato visual, mas meus olhos estavam fixos no chão, incapazes de suportar a culpa.

O líquido escarlate veio à tona e começou a escorrer, se juntando ao sangue de Elijah antes de pingar no chão. O corte que Joseph fizera era bem pequeno, não mais do que dois centímetros, mas doía feito o inferno.

– Consegue sentir, Rebekah? É a união. A união de nosso sangue e de nossos espíritos se tornando um só.

Elijah apertou a mão mais uma vez, fazendo escorrer mais um rastilho de sangue pelo meu pulso.

– A bacia, por favor – ele disse, levantando o braço. O movimento me fez levantar a mão também junto com a dele. Joseph se mobilizou no mesmo segundo, apanhando a bacia mais larga e colocando-a sob nossos punhos atados. Gotas de sangue se juntaram no fundo brilhante, e o som quase inaudível explodia em meus ouvidos.

Elijah começou a desenrolar nossos braços bem devagar. Deixou o cachecol manchado de vermelho dentro de uma segunda bacia, mais ornamentada, e um pensamento fugaz me passou pela cabeça. Será que ele guardaria aquela lembrancinha do nosso casamento? Seria seu plano tirar aquilo da gaveta nas nossas primeiras bodas, como as pessoas às vezes fazem com a cobertura do bolo de noiva?

– A água benta...? – Elijah disse.

Joseph passou a ele a garrafa cristalina e Elijah a derramou dentro da terceira bacia prateada. Pegou uma toalha limpa com Jared e a embebeu antes de passá-la em meu braço. Me encolhi com a ferroada da dor e ele fez movimentos mais suaves com um breve sorriso.

– Você se portou muito bem – ele disse baixo, pressionando minha mão ensanguentada. Se virou para Joseph e, por um segundo, pude jurar que vi orgulho nos olhos de Elijah. – Excelente trabalho, meu filho. Se quiser agora fazer o anúncio oficial, nós encerramos por aqui. É hora de Rebekah conhecer meus seguidores.

– O quê? – perguntei, já com a raiva corando meu rosto. – Mas você prometeu que logo em seguida eu...

– Sou um homem de palavra, Rebekah. Eu disse que a deixaria ver seu amigo e é o que eu vou fazer, mas sua nova família vem primeiro.

Balancei a cabeça atordoada. Elijah estava mentindo. Se eu não fizesse alguma coisa bem rápido, ele nunca me deixaria ver Luke.

– Não! – a palavra escapou de minha boca antes que eu pudesse impedir, e Joseph fez um gesto na minha direção, me implorando que eu não fizesse uma cena. – Eu não vou conhecer seguidor nenhum nem brincar de ser sua esposa até que você me deixe vê-lo.

Vozes sussurraram em meio à multidão. Ótimo. Que todos testemunhassem um pouco da minha raiva. Talvez isso os sacudisse um pouco e os fizesse sair do transe induzido por Elijah.

– Muito bem – ele disse antes de se dirigir à multidão. – Minha esposa e eu precisamos de um momento a sós. Como podem imaginar, a experiência toda está sendo um tanto intensa para Rebekah, e ela precisa de um tempo para se recompor.

O anúncio foi recebido com uma profusão de "Mas é claro" e rostos sorrindo em concordância. Meu Deus, ele tinha *mesmo* todos na mão.

– Se todos por favor puderem fazer um breve intervalo no centro comunitário, minha esposa e eu retornaremos em um minuto.

Fiquei parada ao lado dele, com seus dedos firmemente entrelaçados nos meus até que a última pessoa saísse, e então dei meu ultimato:

– Eu quero ver ele agora!

Toda a gentileza de fachada de Elijah se desfez, e seus olhos emanavam puro ódio. Ele então bateu forte do lado esquerdo do meu rosto e eu cambaleei para trás, enquanto o ardor me levava às lágrimas.

Joseph me amparou e passou a mão em meu rosto vermelho, suavemente retirando as lágrimas e me posicionando atrás de sua figura. Olhou bem para seu pai:

– *Nunca mais* bata nela.

– Ela é *minha* esposa, Joseph. Faço com ela o que eu bem entender, e não será você a interferir.

– Por favor, me desculpe – eu disse, tentando acalmar ambos no temor de que Elijah pudesse mudar de ideia sobre eu ver Luke. – Eu faço o que você quiser, sempre, mas quero vê-lo antes e dizer adeus.

Foquei toda a energia que ainda tinha em meu tom de voz, esperando que Elijah fosse engolir minhas desculpas esfarrapadas. Não falei sério nem por um segundo, mas Elijah era um louco, e então, até o momento em que eu aprendesse a dançar conforme sua música, não tinha mais nada que eu pudesse fazer.

VINTE E NOVE

Acabei indo parar naquele mesmo porão frio onde antes tinha acordado. A mesa e as cadeiras continuavam lá, mas as bacias e as amarras não. E já estava escuro lá fora. Não havia estrelas. Nem mesmo havia uma lua para projetar um ligeiro brilho pela janela.

Eu meio que esperava encontrar Luke amarrado e amordaçado, sangrando devido a alguma costura malfeita nos ferimentos. Mas ele não estava lá, e por isso senti um peso no coração.

– Onde está ele? – perguntei, já desconfiando de que pudesse ter sido enganada.

– Paciência, Rebekah. Ele logo estará aqui.

Me sentei na cama e deslizei até chegar na parede. O colchão cedeu embaixo de mim. Olhei para cima e vi Joseph chegando mais perto. Seus olhos estavam fixos no meu rosto inchado e suas mãos tremiam de raiva.

Estava um silêncio fúnebre e nenhum de nós dois falou nem uma palavra. O rangido das molas do colchão sob Joseph, o lamento da calefação acima de nós ligando e desligando e a leve marcação do pé de Elijah no chão eram os únicos sons, e eles me deixavam tensa.

A porta finalmente se abriu e dois rostos idênticos se revelaram – James e Abram –, ambos lutando para controlar a pessoa que conduziam. Vendada e amarrada, a pessoa lutava para se desvencilhar, girando o corpo e chutando e resmungando xingamentos incoerentes por baixo da mordaça.

Percebi só pela voz que não se tratava de Luke. Aquele era Mike.

– Ah, meu Deus! – exclamei, ficando de pé e o inspecionando de imediato em busca de possíveis ferimentos. Ele parecia cansado e um pouco machucado, e havia uma mancha de sangue seco no canto de sua boca. Mas ele ainda resistia bravamente, o que significava que ainda tinha forças.

O contentamento de ver Mike logo se dissipou, deixando em seu lugar mais raiva.

– Você me prometeu que eu veria o Luke!

Elijah se levantou de seu assento e fez um gesto para que seus sobrinhos deixassem Mike no chão.

– Prometi que você veria seu amigo. Nunca disse qual seria.

Eu poderia ter matado Elijah ali mesmo – e pro inferno com a minha vida, e a de Luke e a de Mike – se Joseph não tivesse me impedido. As mãos dele logo correram pela minha cintura, e meus pés saíram do chão quando ele me carregou e me girou para o outro lado, apertando meu corpo contra seu peito.

– Não – Joseph sussurrou no meu ouvido, com os braços ainda me apertando enquanto eu tentava me livrar. – Pare de lutar contra mim, pare de lutar contra ele e se acalme.

Por detrás daquelas palavras havia um lembrete para mim de que eu precisava colaborar para conseguir que Elijah saísse do quarto. Tudo bem, eu tentaria. Por Mike e por Luke... e por Eden, eu tentaria.

– Ok – eu disse, ao que Joseph me pôs de volta no chão, mantendo o braço em torno de mim caso eu perdesse o controle mais uma vez.

Elijah nos ignorou. Estava ocupado demais examinando Mike como se estivesse decidindo que parte do corpo dele deveria ser decepada. Parou logo atrás dele, removeu a venda e então correu a mão em torno do pescoço de Mike, puxando a cabeça dele para trás.

– Claro que, se ela não quiser te ver, fico muito feliz em jogá-lo de volta junto com seu irmão.

O pânico tomou conta de Mike e seu corpo inteiro começou a tremer. Onde quer que Elijah estivesse escondendo os dois, não era um bom lugar.

Devagar, para não alarmar Joseph, dei um passo à frente.

– Não. Eu quero falar com ele mesmo – eu disse. – Imaginei que você fosse trazer Luke. Foi erro meu, não seu.

– Eu não cometo erros – Elijah disse.

Largou a cabeça de Mike, que gemeu quando seu queixo ficou livre para cair de volta para a frente. Dei uma olhada superficial em suas mãos, contei os dez dedos e depois passei para os braços e pernas. Não dava para notar nenhum machucado mais óbvio, mas, depois de ter sido cortada três vezes em nome de Deus, eu já sabia que Mike poderia ter todo tipo de ferimento sob as roupas.

– Para sua sorte, minha nova esposa não é muito exigente.

Os olhos de Mike se escancararam ante a declaração de Elijah. Pelo jeito, ele não tinha sido ainda informado de meu novo *status* na comunidade.

– Tire a mordaça. Eu quero falar com ele. Por favor – eu pedi. Precisei me esforçar bastante para incluir aquelas últimas palavras. Implorar a Elijah por qualquer coisa fazia eu me sentir doente, como se eu estivesse me entregando. Mas, àquelas alturas, eu teria implorado, suplicado e sacrificado minha própria vida se isso significasse salvar Luke e Mike.

– Vou fazer melhor. Considerando que hoje é nossa noite de núpcias e que sua tradição egocêntrica dita que eu devo lhe dar um presente, então vou fazer *dele* o seu presente. Vou te dar uma hora com ele. Joseph vai ficar aqui com vocês. Considere-o como uma espécie de vigia.

Não havia a menor possibilidade de que Elijah confiasse em nós daquela maneira. O homem que eu conhecera até então não tinha nada de generoso nem tranquilo, e nem nenhuma empatia. Era um sujeito calculista e manipulador. Mortífero. O que significava que aquele tempo com que ele nos presenteava viria com um preço.

– E qual é a pegadinha?

– Não há "pegadinha" nenhuma. Na verdade, é uma garantia para mim – Elijah disse, indo em direção aos sobrinhos e se metendo entre eles. – Eu poderia ter trazido seu namorado Luke, mas ele tem mais utilidade para mim vivo do que morto. Você sabe... com aquele trato que nós fizemos de "um dedo a cada indiscrição".

Ele fez uma pausa, olhou para James e Abram e depois de novo para mim. A satisfação óbvia em sua voz me fez procurar por Joseph, acreditando desesperadamente que ele pudesse me dar alguma dica silenciosa de que maquinação sombria e pervertida estaria passando pela cabeça de seu pai naquela hora.

Elijah percebeu minha olhada em volta.

– Nem mesmo meu filho pode te salvar desta vez.

– Do que você está falando? – gritei. Estava cheia daquelas mensagens cifradas dele. Não tinha mais energia nenhuma para ficar desvendando sua mente insana e planejar minha própria fuga ao mesmo tempo.

Elijah abriu os braços, cada um em torno de James e Abram.

– Do modo como eu vejo, esses dois aqui são perfeitamente dispensáveis para mim. Eles têm o costume de se considerar superiores, e por isso acredito que nenhum dos dois tem muito futuro em Purity Springs. É apenas uma questão de tempo até que eles sucumbam aos males do mundo exterior, me forçando a fazer o que for necessário para não colocar em risco minha comunidade. Para mim, não importa qual dos dois vá primeiro. Fica à sua escolha.

– Escolha? – perguntei, olhando para os gêmeos sem conseguir entender o que Elijah estava dizendo. – Escolher o quê?

– Vou te conceder uma hora com seu amigo e então vou voltar aqui. Se você não estiver aqui e se esse rapaz não estiver exatamente onde está agora, no mesmo lugar onde o deixei, um dos dois morre. Qual deles será escolha sua.

Será que ele estava de brincadeira? Como eu poderia escolher? Os dois tinham apenas quatorze anos e eu não sabia nada a respeito deles. E ainda por cima eram gêmeos idênticos. Eu nem saberia distingui-los. Será que ele honestamente queria que eu escolhesse qual deveria morrer?

– O tempo está passando – Elijah disse, mostrando o relógio e girando o braço de modo perigosamente próximo ao pescoço de um dos garotos. – Decido que seus sessenta minutos começam... agora mesmo.

Me virei para Joseph rezando para que ele tivesse algum tipo de plano de contingência. Ele apenas balançou a cabeça e disse:

– Escolha um.

Cacete, ele estava falando sério. Os dois falavam sério. Ergui os olhos, mas evitei fazer contato visual com qualquer um dos garotos. As expressões em seus rostos estavam vazias e eles apenas se punham de pé ali, parados e eretos, mas eu podia sentir o medo transbordando deles e deixando um cheiro amargo no ar à nossa volta.

Meu olhar deve ter parado em um deles por alguma fração de segundo a mais, e assim a decisão foi tomada.

– Então será James – Elijah disse, indo para a porta. – Nada temam, rapazes. Presumindo que minha esposa tome a decisão correta, nenhum de vocês será penalizado. *Por enquanto.*

A última parte foi dita em tom mais baixo em uma forma discreta de assegurar que eles não estariam seguros para sempre.

– E Joseph...? – Elijah disse, nem se preocupando em se virar enquanto abria a porta. – Eu sei muito bem que você estava planejando fugir com sua mãe. Considere isso um teste, sua última chance de provar a quem você é leal. Não deveria ser uma escolha difícil, filho, mas considere seu primo James como um incentivo extra para se assegurar de que você tomará a decisão mais sábia.

Saíram todos do quarto. James ainda se virou uma vez, lançando um olhar desesperado bem na minha direção. Eu queria falar com ele, consolá-lo e dizer que ele ficaria bem, mas não conseguia me mover. Mal conseguia pensar.

– Ele vai... Ele vai...? – eu tentei dizer, mas não conseguia fazer as palavras saírem e nem me conformar com a ideia de que Elijah realmente mataria seu próprio sobrinho como forma de me punir.

– Meu pai quer saber se eu escolheria você em vez deles... da minha própria família – Joseph disse. – Ele está testando a mim, Dee, não a você. Não vai desistir de você não importa o que aconteça.

Balancei a cabeça sem entender exatamente o que ele estava dizendo.

– Lembre-se de que ele disse que precisaria ter um filho que levasse adiante a profecia? – Joseph disse, ao que eu fiz que sim e ele continuou. – Eu sou esse filho. Pelo menos até que...

O peso de suas palavras apertou meu pescoço. Se eu fugisse, se eu pegasse Mike e corresse dali, James morreria. E se Joseph não fizesse nada para me impedir, então ele estaria condenado também.

TRINTA

Uma hora é tempo demais se você estiver presa em uma aula de Física ou na detenção depois da escola. Mas ali, trancafiada em um mundo controlado por Elijah Hawkins, sessenta minutos não chegavam nem perto de ser o bastante para nada.

Tirei a mordaça da boca de Mike e me pus furiosamente a arrancar as amarras que mantinham suas mãos para trás. Joseph chegou perto para ajudar, lutando contra os punhos fechados de Mike.

No minuto em que se libertou, Mike fez questão de despejar um murro bem no queixo de Joseph. E eu nem tentei impedi-lo. Diabos, eu mesma vinha querendo fazer aquilo desde a hora em que acordei. Só tinha me segurado porque Joseph era tudo o que eu tinha para o momento.

Mike parou por apenas um segundo – tempo o bastante para perceber o sangue em meus curativos – antes de investir contra Joseph mais uma vez. Levantou-o do chão e o prensou contra a parede.

– Primeiro você vai me dizer exatamente onde aquele homem escondeu meu irmão, e depois eu vou acabar com a sua raça!

A mão de Mike estava em volta do pescoço de Joseph fazendo tal pressão que falar era impossível.

– Mike! Mike, PARA! – gritei. O rosto de Joseph estava completamente vermelho e seus olhos escorriam enquanto ele lutava para respirar. – Você está matando ele!

Mike relaxou um pouco o aperto e me dirigiu um olhar tomado de fúria.

– Pode ter certeza de que estou! – ele gritou, e então deu outro safanão em Joseph, jogando-o contra o muro de cimento. – Me dá só um motivo para eu deixar esse cara vivo!

De alguma forma, Joseph conseguiu enfiar a mão entre Mike e ele. Empurrou Mike para longe e tossiu com força na tentativa de retornar o ar aos pulmões.

– O motivo é que sou eu que estou tentando salvar vocês três, só isso.

– Ah, mas que lindo! *Você* está tentando nos salvar?! O sujeito que usou os colegas para nos raptar agora de repente está do nosso lado? – Mike disparou.

– Não foi isso o que eu quis fa...

– E você acha que eu estou me lixando para o que você quer? – Mike interrompeu, extravasando toda a raiva. – O que eu sei é que você deixou nós dois para morrer lá e saiu levando a Dee. Não me importa nem um pouco salvar sua irmã e não me importa nem um pouco se ele resolver matar aquele tal de James. O que eu vou fazer agora é pegar a Dee, achar o Luke e sumir deste lugar!

Mike olhou para mim com uma expressão fechada e completamente determinada, estendendo a mão.

– Vamos embora.

Eu peguei a mão dele e me encolhi toda ao tocar sangue seco. Não sabia se aquilo era por causa de uma daquelas tentativas de "purificação" ou um machucado que ele tinha arrumado enquanto tentava se livrar das braçadeiras em seus pulsos, mas sabia que, quando conseguíssemos sair dali, se conseguíssemos, eu ia querer saber exatamente tudo o que Elijah tinha feito com eles.

– Nós precisamos da ajuda dele – eu disse baixinho, rezando para que minha intuição estivesse correta. Joseph estava do nosso lado. Na verdade, Joseph era a única pessoa em quem podíamos confiar no lado do inimigo. – Nós nunca vamos conseguir sair daqui sem a ajuda dele.

Mike suspirou e apertou minha mão com força quase insuportável.

– Ajuda dele, Dee? *Ajuda?!* Você ficou louca? Como foi que ele nos ajudou até agora?

Eu não sabia como responder. Não era fácil de explicar, mas havia uma sensação muito intensa de que, se não fosse por Joseph, estaríamos todos mortos àquelas alturas. Além disso, eu sabia que Joseph também queria sair dali tanto quanto eu mesma. Pude identificar o desespero irradiando dele no segundo em que o vi pela primeira vez. Conhecia bem aquela expressão – um olhar que dizia que ele daria um jeito de sobreviver, não importava o que isso custasse a ele – porque eu mesma já tinha feito aquela expressão muitas vezes na vida. Não era em Joseph que eu confiava, era naquela expressão em seu rosto.

– Você já olhou pra si mesma, Dee? Você está pálida e seus braços estão cobertos de sangue.

Mike se abaixou à minha frente, me examinando como se à procura de alguma espécie de revelação. Meu palpite era o de que ele queria saber se eu também estava começando a acreditar naquela porcaria que infestava a cidade.

– Você percebe que está defendendo o mesmo cara que te entregou, certo? – Mike perguntou. – O mesmo sujeito que te arrastou pra cá e deixou Luke e eu pra morrer.

Eu sabia bem que eu estava defendendo, e não, não estava engolindo nada do que Elijah estava me empurrando. E quanto ao Luke, eu tinha certeza de que tudo o que tivesse acontecido com ele era culpa somente do Elijah.

– Olha pra mim – Mike disse, me pegando pelo queixo. – A última coisa que eu vi, e a última coisa que Luke viu, foi esse cara te arrastando pra longe. Como que você pode acreditar em alguma coisa que ele está te falando agora?

Abaixei os olhos. Eu entendia que Joseph tinha me ferido também. Ele tinha me levado até aquele buraco na ridícula esperança de que eu fosse forte o suficiente para salvar sua irmã. Mas, ao olhar para ele agora, eu sentia algo diferente. Não era só uma questão de enxergar de fato as centenas de cicatrizes e a dor em seus olhos, mas sim de *entender* tudo aquilo. Não tinha como eu voltar atrás, não tinha como apagar algo que eu já sabia que tinha sido marcado com brasa na minha alma e nos meus braços.

– Eu sei – falei baixo de novo. – Mas você nem tem ideia do que vai acontecer com eles. Eu não posso deixar o Joseph aqui. Não vou deixar o Elijah machucar aqueles dois meninos nem a Eden. Não se eu tiver alguma chance de levar todo mundo pra longe.

Mike inclinou a cabeça como se estivesse falando com uma completa estranha.

– Do que diabos você está falando, Dee? Esse cara é louco de todo jeito que eu posso pensar, agora você vai querer salvar *ele*? Quer que ele fique por perto?

Eu tinha total consciência de que Mike estava pensando que eu tinha perdido o juízo. Talvez tivesse mesmo.

– Estou dizendo que eu quero achar o Luke e sumir daqui. Mas quero levar esse pessoal todo conosco.

Mike deu um grunhido de desgosto e deixou de tentar discutir comigo. Virou-se para Joseph.

– O que você fez com ela? O que é isso que vocês fizeram, é algum tipo de lavagem cerebral, droga ou o quê?

– Você não... – comecei a explicar, mas Mike me cortou.

– Esquece. Não me importa o que ele tenha feito ou falado pra te fazer acreditar que você precisa tanto salvar ele. Não faz diferença mesmo, porque eu não vou te dar escolha. Estou saindo daqui e vou levar você comigo.

Mike se dobrou para me pegar, para literalmente me carregar do lugar onde eu estava, mas Joseph o empurrou para longe.

– Você tá de sacanagem comigo?! Você acha mesmo que precisa proteger a Dee de mim? Não sei se é novidade pra você, rapaz, mas você é que é o problema aqui! Se estiver procurando briga, vai encontrar!

Mike então se posicionou e deu um sorriso, provocando Joseph a dar seu melhor golpe.

E foi exatamente o que Joseph tentou fazer. Ficou ereto e fechou o punho para trás. Agarrei seu braço antes que ele pudesse continuar. Joseph podia ser grande, mas Mike estava furioso. De qualquer forma, aquilo não iria acabar bem.

– Deixa isso quieto, Joseph. Isso é...

Tentei acalmá-lo, mas Joseph se desvencilhou de mim.

– Eu não fiz nada para ela. Venho fazendo tudo o que eu posso para mantê-la a salvo e para protegê-la do meu pai desde que ela chegou aqui. Em nenhum momento eu encostei nela. Nunca fiz nada!

Mike lançou um olhar questionador em minha direção e eu fiz que sim. Era verdade. A cabeça de Joseph era toda errada e funcionava de um jeito muito diferente das nossas, mas ele tinha mantido sua palavra. Tinha até levado uma surra para nos proteger. Do seu próprio jeito delirante, Joseph tinha mesmo me mantido a salvo.

Eu fui até a porta. Por mim, Mike e Joseph podiam ficar ali a noite toda no seu embate raivoso. O que eu iria fazer era encontrar Luke.

– Você tem alguma ideia de onde Luke está? – perguntei a Mike.

– Não. Nós ficamos trancados naquele maldito *barracão dos pecadores* por umas horas, e então aquele homem...

– Elijah... – interrompi.

– Esse aí, que seja – Mike disse, obviamente irritado que eu tratasse o sujeito pelo primeiro nome. – O pai dele veio e nos separou hoje de manhã e me pôs num quarto diferente do de Luke. Eu estava vendado o tempo todo e nem tenho ideia de em qual prédio eu estava, mas foi uma caminhada de pelo menos dez minutos até aqui.

Baixei a cabeça entre as mãos, frustrada e aterrorizada pelo pensamento de que nunca encontraríamos Luke.

– Mas às vezes eu conseguia ouvi-lo – Mike logo continuou. – Vez ou outra eu escutei a voz dele, então sei que ele estava perto de mim. Nós provavelmente estávamos em quartos um ao lado do outro.

– Você conseguia ouvir o Luke? – perguntei. – Tipo, falando com o Elijah?

Mike desviou o olhar para o chão para que eu não pudesse ver sua expressão.

– Não era o tempo todo, não, e acho que ele não conseguia me ouvir. Mas eu sei que teve... – e ele então desconversou, deixando as mãos caírem soltas dos lados.

– Que teve o quê? – eu quis saber.

– Gritos.

A palavra saiu engasgada. A voz de Mike fraquejou como se dizer aquela palavra fosse extremamente doloroso.

Respirei profundamente, desejando mais do que tudo que pudesse apagar da memória o que tinha ouvido ali. Luke estava encarcerado em alguma câmara de tortura e eu estava ali sentada, perdendo meu tempo enquanto Mike brigava com Joseph.

Agarrei a camisa de Joseph com as duas mãos e o sacudi tão forte quanto pude.

– Onde ele está? Onde seu pai está escondendo ele?

Joseph deu de ombros, virando os olhos como se procurasse mentalmente por alguma pista escondida que indicasse onde Luke estaria. Eu o larguei e fiz o possível para amenizar o tom.

– Joseph, onde o Luke está? Pensa bem, Joseph. Onde?

Joseph deu um passo em direção a Mike.

– O lugar onde você estava... Você consegue se lembrar de qualquer coisa sobre ele?

Mike balançou a cabeça.

– Quase nada. Como eu estava dizendo, graças ao infeliz do seu pai, eu estava vendado e amarrado o tempo todo.

– Tinha uma cadeira ou era no chão? – Joseph perguntou.

– Nenhum dos dois – Mike respondeu sem titubear. – Tinha uma cama.

Sem fazer nem uma pausa, Joseph disparou a pergunta seguinte:

– De solteiro ou de casal?

– Pequena. Acho que de solteiro – Mike respondeu. – Por quê?

Joseph ignorou a pergunta e continuou seu interrogatório. Era como se ele já soubesse onde seu pai estava escondendo Luke e cada pergunta e resposta confirmassem suas suspeitas.

– Você se lembra de como era o cheiro em volta?

– Sei lá, de terra? Talvez mais adocicado. Talvez uma mistura de papel queimado e maconha.

Virei a cabeça para Joseph, duvidando que qualquer pessoa naquela cidade tivesse alguma ideia do que era maconha ou menos ainda que alguma vez tivesse fumado. Joseph percebeu meu olhar confuso e não se abalou. Apenas foi para a porta.

– Eu sei exatamente onde ele está. Vamos.

TRINTA E UM

Me vi então mais uma vez encarando a casa onde tínhamos ido parar vinte e quatro horas antes. Elijah tinha levado Luke para casa. Aquele desgraçado degenerado estava prendendo meu namorado em sua própria casa.

– Tem certeza? – Mike perguntou, seu olhar nervosamente perscrutando pela escura janela da frente.

– Absoluta. Tem um quarto no porão. Meu pai sempre me prendia lá – Joseph disse, fazendo parecer que um arrepio percorreu todo o seu corpo. – Ele dizia que a única maneira de livrar minha mente das fantasias infantis era me rodear por total e completa imobilidade.

Eu nem podia imaginar que tipo de fantasias infantis exigiam tal tipo de castigo. Talvez fingir que um bloco de madeira fosse um caminhãozinho ou sonhar que era um pirata. Ou, melhor ainda, fazer uma boneca para Eden.

– É pequeno, escuro e completamente à prova de som – Joseph continuou. – Você não ouviria quem está lá dentro, a não ser que meu pai abrisse a porta.

Mike abriu a porta da frente da casa e o cheiro veio lá de dentro com força. Quando entramos por nossa conta na noite anterior, tudo o que eu tinha percebido era cheiro de macarrão e alho. Mas Mike tinha tido uma impressão melhor; era um fedor de papel queimado e alguma erva.

– O que é esse cheiro? – perguntei.

– Sálvia – Joseph respondeu. – Meu pai queima a planta para espantar o mal da casa. Ele é o único que pode fazer isso, a única pessoa pura o bastante para executar o ritual. Quando meus tios vêm visitar, ele faz o mesmo nas casas deles, limpa as pessoas e as casas para que nada do que eles tiverem trazido com eles lá de fora infecte o restante de nós.

Mike passou pela soleira com os punhos ensanguentados já se fechando. Estava tudo silencioso. Nos viramos uns para os outros com os ouvidos pelejando para identificar qualquer mínimo ruído. Não havia nada mesmo, o que levou Mike a perguntar:

– Cadê ele?

– Tem uma estante velha no porão. Ao lado tem uma porta – Joseph disse. – Está trancada. Sempre fica trancada. Mas meu palpite é o de que Luke está lá dentro.

Mike estendeu a mão.

– A chave?

– Na prateleira de cima, debaixo da Bíblia – Joseph explicou. Rezei para que a tal chave ainda estivesse lá no mesmo lugar, que Elijah não a tivesse enfiado no bolso quando saiu dali para levar pra mim o dedo de Luke.

A escadinha do porão ficava do lado oposto à entrada da cozinha. Era disfarçada dentro de uma despensa cheia de esfregões e com uma pá de lixo pendurada na parede. Eu me lembrava do guincho agudo que a porta fez quando nós a abrimos na noite anterior, quando Luke e Mike foram investigar se a família que morava ali não estaria escondida em algum abrigo contra tempestades. Eu já tinha achado aquele som arrepiante. Agora, então, ele era muito pior.

Encontrei o interruptor e a luz encheu o quarto. No dia anterior, caixas cheias de coisas guardadas forravam as paredes de cimento do porão. Agora, quem estava sendo "guardado" lá era Luke.

– Ali – Joseph disse, apontando para a esquerda.

Corri até a estante. Era alta demais e eu tive de subir no degrau de baixo e me esticar para alcançar o topo. Ainda assim, não consegui ver a chave. Sem enxergar, a Bíblia para o lado, tateando em volta. Meus dedos mal tocaram a beirada fria de metal e eu já desci a mão rapidamente, me agarrando àquela coisinha como se dela dependesse minha vida. De certa forma, dependia mesmo.

A porta estava justo lá onde Joseph disse que estaria.

– Você lembra de ter visto essa porta ontem à noite? – perguntei a Mike, torcendo para que eu não estivesse ficando louca.

– Lembro. Luke tentou abrir, mas estava trancada. Nós imaginamos que fosse um depósito de madeira ou que tivesse coisas de valor lá dentro.

Pus a chave na fechadura com a mão tremendo e congelada de medo. Luke era a pessoa mais forte que eu já tinha conhecido, o único com o qual eu podia sempre contar para fazer tudo ficar melhor. Se ele estivesse ferido e se a sobrevivência de todos nós dependesse somente de mim, então seria meu fim. O nosso fim.

– Deixa – Mike disse já com a mão sobre a minha.

Olhei para ele e ele fez que sim com a cabeça, sem palavras. Não conseguia dizer nada. Provavelmente estava lutando contra os mesmos medos que eu.

Cheguei para trás e deixei Mike livre para chegar à porta, à fechadura e ao seu irmão do outro lado. Ele girou a chave, e o *clique* da fechadura ecoou nas paredes.

Eu esperava que Mike fosse escancarar a porta de uma vez e entrar de frente no quarto. Ele não o fez. Ficou congelado como eu.

– Vamos esclarecer uma coisa – ele disse. – Não me interessa quem é aquele tal de James ou se esse Elijah vai ou não matar o garoto. Eu não volto mais à cidade e a Dee também não. Custe o que custar, ou *quem* custar, para a gente sair daqui, eu estou disposto a tudo. Se você entrar no meu caminho, Joseph, eu te mato com as minhas próprias mãos.

TRINTA E DOIS

Mike abriu vagarosamente a porta, temeroso do que iria encontrar do outro lado. Eu compartilhava do mesmo sentimento. Com a sorte que eu tinha, Elijah estaria sentado lá esperando por nós com uma serra de ossos na mão. Afastei o pensamento e atropelei o Mike. Àquela altura, não me interessava quem ou o quê estivesse espreitando atrás da porta. Eu só queria o Luke.

O cheiro foi a primeira coisa que me atingiu, estagnado e rançoso. O silêncio era fúnebre – o som de meus passos no cimento era o único barulho em volta – e estava escuro como a noite. Pus a mão nas paredes em busca de um interruptor.

– Luke?

Esperei por uma resposta ou por qualquer sinal que indicasse que tínhamos vindo ao lugar certo. Não tinha nenhum som mesmo, nem um ruído sequer que mostrasse para onde eu deveria me virar.

Propositalmente, fechei minha mente aos cheiros, ao silêncio e a tudo mais que meu cérebro estava tentando me forçar a pensar. Luke estava bem. Tinha ficado preso ali sem janelas, sem ventilação, sem banheiro. Claro que estaria tudo fedendo muito, mas... ele... estava... bem.

– Preciso de luz – gritei.

– Não tem – Joseph respondeu, entrando no quarto e ajustando a chama de um lampião. – Este lugar foi feito para ser completamente isolado e escuro de tal forma que você não tenha nada além de seus próprios pensamentos para te distrair.

O lampião se acendeu de vez, banhando as paredes com um brilho laranja. Segui a luz conforme Joseph o balançava perto de cada parede, esperando que algum facho pousasse sobre Luke.

A luz revelou alguma coisa sólida no meio do quarto. Peguei o lampião da mão de Joseph e corri para lá. Meu pé escorregou e eu caí de joelhos no chão molhado. As duas mãos se espalmaram ao mesmo tempo e eu deixei cair a luz. Ela rodou e tremeluziu duas vezes antes de se estabilizar de novo. Eu podia sentir algo quente junto à saia, e uma mancha escura se espalhava pelo tecido branco enquanto um cheiro metálico enchia minhas narinas.

Meu corpo enrijeceu ao reconhecer aquilo. Eu sabia bem o que era aquele líquido denso e escuro que agora lambuzava toda a parte inferior de meu corpo. Pus a mão no chão assim mesmo, bem aberta e apertando contra a umidade. Quando olhei de novo para a palma da mão, ela estava toda vermelha. Era um vermelho vivo que pingava. E estava bem úmido, não viscoso nem seco. Me agarrei àquele pensamento e me forcei a levantar a cabeça. E só então gritei:

– Mike!

Ele apareceu em um instante, me tirando do caminho e já arrancando as cordas que amarravam Luke ao pé da cadeira.

– Preciso de mais luz! – ele gritou. Segurei a lamparina bem perto, com meu braço roçando a perna de Luke. Ela estava fria e imóvel. Apertei sua panturrilha e esperei para ver o músculo se contrair. Nada. Enterrei as unhas na coxa dele, imaginando que a dor pudesse trazê-lo de volta, fazê-lo acordar de qualquer sono em que estivesse imerso.

– Ele não está se mexendo – eu balbuciei. – Mike, faz alguma coisa! Ele não está se mexendo!

– Eu sei. Me ajuda a desamarrar.

Mike já tinha soltado os pés de Luke e agora se ocupava freneticamente dos braços. Estavam esticados para trás e amarrados com tanta força que eu me perguntei se ele teria deslocado os ombros ou distendido os músculos.

Me ajoelhei ao lado de Mike para ajudar, mas minha mãos tremiam tanto que eu não conseguia segurar a corda. As lágrimas desciam pelo meu rosto, e o corpo inteiro convulsionava de pavor, raiva e remorso.

– Dee, deixa eu tentar – Joseph disse, pegando minha mão. Pôs meus dedos em volta da alça de um segundo lampião e, com cuidado, me afastou para o lado para tomar meu lugar e lidar com os nós.

– Luke? – sussurrei. Em meio às sombras, pude perceber que seus olhos estavam abertos. Sua cabeça estava voltada para trás e a boca aberta. Eu o chamei de novo. – Luke?

O pânico foi tomando conta de mim devagar, e então estendi a mão para tocar seu rosto. Meus dedos se moldaram ao contorno de seu rosto, o começo de barba por fazer de exatamente um dia roçando em minha mão. Nem mesmo aquilo evitava que eu sentisse a frieza de sua pele.

Dizem que os mortos sempre parecem em paz e relaxados por terem ido para um lugar melhor. Mas não era isso o que eu via olhando para Luke. O que eu via era agonia, pura e inconfundível agonia.

As cordas finalmente cederam e Luke caiu para a frente, com seu corpo inteiro indo parar no meu colo. Lutei contra seu peso, mas fui parar em uma poça de sangue estagnado com Luke em meus braços.

Ele estava sem camisa e, por um breve segundo, tentei me convencer de que era por isso que ele estava tão frio. O quarto era úmido e sem calefação. Se eu conseguisse aquecê-lo, se pudesse fazer seu corpo aceitar o calor do meu, ele ficaria bem.

– Está tudo bem agora, baby – eu disse, chorando e segurando-o perto de mim, embalando-o e envolvendo-o com toda a minha força, com minha própria essência. – Vou te levar pra casa. Vai ficar tudo bem.

Passei o braço por sua cintura, prendendo-o bem junto a mim enquanto minha mão livre procurava seu pulso. Em silêncio, implorei e pensei que, de todo coração, eu daria minha própria vida para sentir qualquer mínimo movimento de seu peito ou uma pequena pulsação. Mesmo um engasgo de dor seria bem-vindo.

Mas só o que havia era sangue, muito sangue. Eu mal conseguia encontrar o ponto que estava procurando em seu pescoço. Enfim, pus os dedos no lugar e segurei a respiração esperando sentir um leve batimento que indicasse vida.

– Ah, Deus...

Tentei de novo, deslizando os dedos para o outro lado esperando sem qualquer razão encontrar alguma coisa que eu sabia que não estaria lá.

Desisti de tentar encontrar sua pulsação no pescoço e fui para o pulso. Já tinha visto Luke sentir o próprio pulso centenas de vezes, sempre no mesmo lugar.

Uma mão no meu ombro tentou me parar e eu me contorci, tocando para longe quem quer que fosse. Eu conseguia fazer sozinha. Conseguia provar que Luke não tinha morrido. A mão voltou e me segurou tão forte que eu não tive escolha e precisei me virar para ver o que era.

– Dee... – Mike disse. – Me deixa ver ele.

– Não! – gritei. Não iria deixar ninguém encostar nele. *Ninguém*.

– Dee, por favor. Me deixa ver, pelo amor de Deus.

A voz de Mike faltou, então olhei para cima e vi o brilho das lágrimas que ameaçavam tomar conta dele. Balancei a cabeça e o abracei mais forte ainda. Luke não estava morto. Não havia razão para Mike se descontrolar. Não havia razão para derramar lágrimas. Luke não tinha ido embora. Não tinha. Eu não iria deixar.

– Deixa eu ver! – Mike gritou, arrancando Luke de meus braços. Avancei nele disposta a pegar Luke de volta. Eu precisava de Luke! Precisava senti-lo junto de mim. Luke era meu. Pertencia a mim.

Joseph me segurou pela cintura e me puxou para seu peito. Despejei todo o meu ódio nele, esbravejando todas as palavras imundas que eu conhecia, mas ele apenas me segurou mais forte e murmurou alguma coisa para que eu me acalmasse.

Mike se sentou e puxou Luke para junto dele, então encostou o ouvido em seus lábios em busca de sinais de respiração. Ficou parado em cima dele pelo que pareceu uma eternidade. Devagar, sua mão deslizou pelo peito de Luke, procurando em vão o som abafado de uma batida de coração ou os pulmões se expandindo... alguma coisa, qualquer coisa que pudesse indicar que ainda tínhamos tempo.

Por fim, Mike apenas balançou a cabeça com o rosto pálido e as lágrimas brotando de seus olhos. Como eu tinha feito, envolveu Luke nos braços e o embalou, silenciosamente jurando contra tudo o que fosse mais sagrado que mataria quem quer que tivesse feito aquilo.

– Não... NÃO!

Me debati nos braços de Joseph e chutei suas pernas quando a conclusão inevitável finalmente se abateu sobre mim. Luke tinha morrido. Meu namorado. Minha vida. Meu tudo. Morto.

Com um bom murro no queixo, Joseph me largou. Caí no chão e me arrastei para junto de Luke. Queria pôr as mãos nele, pegá-lo em meus braços, mas Mike não o largava. Me empurrou para longe com o calcanhar e abraçou Luke mais forte, enfiando a cabeça junto ao pescoço do irmão e chorando com vontade.

Bati os punhos fechados no chão e gritei. A dor que tomou minhas mãos e juntas mal era suficiente para me manter acordada ou evitar que o resto de sanidade que eu ainda tinha se esvaísse completamente. Me pus de pé e cobri os ouvidos para abafar os gritos de Mike. Não funcionou. Seus lamentos guturais rebatiam nas paredes frias e atravessavam minha alma. Não era para ser daquele jeito. Não. Era. Para. Ser. Daquele. Jeito.

Agarrei a primeira coisa ao meu alcance – o lampião – e o arremessei na parede. Pequenos cacos de vidro choveram no chão, mas isso não ajudou em nada. O ódio dentro de mim estava crescendo descontrolado e me sufocando, então parti para a cadeira. Ela estava parafusada no chão, mas eu a puxei mesmo assim, dedicando toda a energia que me restava a arrancá-la. Gritei e tentei de novo com tanta força que me desequilibrei para a frente e caí direto nos braços de Joseph. O empurrei para longe e o teria jogado através da parede se pudesse.

– Dee, para. Por favor, para – Joseph disse, me segurando junto do peito mais uma vez e me envolvendo na segurança de seus braços. – Prometo que vai ficar tudo bem.

Continuou entoando aquelas palavras como se seu conforto fosse tudo de que eu precisasse. Não era; a única coisa de que eu algum dia tinha precisado estava ali caída e morta.

– Não está nada bem! – eu lamentei e virei a cabeça para o lado, olhando para Luke. – Nunca mais vai ficar bem de novo!

O corpo de Luke jazia flácido nos braços de Mike. Toda a sua luta para viver estava visível nos machucados que cobriam sua pele. Eu sabia exatamente o que eram os cortes de mais ou menos oito centímetros. Elijah tinha sangrado Luke sem qualquer comedimento ou cuidado. Eu tinha seis cortes em meus braços – três no esquerdo e três no direito. Mas Luke estava todo coberto deles. Seus braços eram um emaranhado de linhas atravessadas, o peito todo mutilado e coberto de sangue. Seu cabelo tinha sido cortado tão rente que partes do couro cabeludo eram visíveis. Os sapatos tinham sido tirados; a pele estava muito irritada e ferida nos pontos onde ele tinha lutado contra as amarras.

Me foquei nas linhas finas e rubras em volta de seus pulsos. Decorei-as sem precisar olhar para suas mãos e confirmar o que eu sabia que era verdade. Respirando fundo, olhei para baixo e tomei um susto. Seu dedo médio tinha sido arrancado e uma bandagem limpa cobria o ferimento. O resto da mão estava intocado sem qualquer marca nem sujeira.

Estiquei os braços e desfiz a atadura, desenrolando muitos centímetros de gaze no chão. Corri o dedo pela palma de sua mão. Era exatamente como eu me lembrava, macia e calejada ao mesmo tempo. Brinquei com cada um dos dedos intactos antes de me deter de novo e olhar para o que estava faltando.

Não podia acreditar no que eu estava vendo. O desgraçado tinha arrancado o dedo de Luke e depois teve a decência insana de costurar a ferida. Pra quê se importar com aquilo? Por que diabos ele se importaria em suturá-lo se tinha a intenção de matá-lo?

Ele era insano. Elijah Hawkins não era um fanático religioso. Era completamente demente. E não dava mais para ser razoável com um demente.

TRINTA E TRÊS

O silêncio era agoniante. Cada respiração doía mais que a anterior, fazendo arder meus pulmões enquanto eu lutava para deixar a realidade entrar. Nada, nem os anos de abuso de meu pai e nem mesmo a vaga compreensão de que eu estaria amarrada a Elijah Hawkins para sempre, se comparava à dor torturante que eu estava sentindo.

Tentei ficar de pé, mas a tontura se apoderou de mim e o chão parecia deslizar e balançar sob meus pés. Não tentei me agarrar a Joseph ou Mike para me endireitar. Com meu mundo ruindo à minha volta, honestamente não me importava se eu caísse. Nem me importava se eu morresse. Na verdade, a morte seria bem-vinda naquele momento.

– Isso não pode estar acontecendo... Não pode estar acontecendo... – eu dizia sem parar, minha voz ficando cada vez mais vazia e distante de mim.

Joseph se ajoelhou no chão ao meu lado. Sua mão tremia quando ele a colocou em minhas costas e eu a afastei. Não queria ninguém me tocando nem me tirando dali. Queria ficar exatamente onde eu estava, com as mãos firmemente em volta dos joelhos enquanto eu encarava os olhos inertes de Luke. Se eu saísse, se me movesse um centímetro que fosse, deixaria cair todos os meus pedaços.

Não, eu precisava ficar daquele jeito mesmo, fisicamente – literalmente – segurando todas as partes de mim.

Mike começou a chorar de novo, seus soluços alquebrados preenchendo o quarto com um som horrível e vazio. Estremeci e me apertei contra mim mesma ainda mais ao vê-lo através do véu de minhas próprias lágrimas, totalmente incapaz de dizer ou fazer qualquer coisa para melhorar a situação.

– Nós precisamos ir – Joseph disse.

Mike levantou Luke de seu colo e o recostou junto à parede. Mesmo no escuro, eu conseguia ver a dor nos olhos de Mike e o desespero o tomando completamente. Ele esfregou a manga no rosto antes de se abaixar outra vez e cochichar no ouvido do irmão:

– Ele vai pagar por isso. Mesmo que seja a última coisa que eu faça na minha vida, pode ter certeza de que ele vai pagar.

– Prontos para ir? – Joseph perguntou.

– Ir? Ir pra onde? Luke está morto!

– Eu sei, Dee, e eu sinto muito. De verdade. Nunca esperei que meu pai fosse... – e parou de falar ao olhar o relógio. – Já faz quase uma hora que meu pai nos deixou no quarto sozinhos. Temos de voltar. Agora.

– Eu não vou pra lugar nenhum. Não sem o Luke – eu disse.

Joseph deu um suspiro de frustração e se virou para Mike. Os dois podiam se juntar contra mim que eu não estava nem aí. Estivesse Luke morto ou não, eu não iria deixá-lo ali sozinho.

– Escuta, Dee – Mike disse, fazendo uma pausa para limpar o choro que enchia sua garganta. – Joseph tem razão. Nós precisamos ir.

– Não – era só uma palavra, mas carregava mais convicção do que qualquer outra coisa que eu já dissera.

Mike passou pela pequena distância que nos separava e pôs as duas mãos no meu rosto. Rastros de lágrimas escorriam pela face dele, e suas mãos tremiam contra minha pele quando ele tomou novo fôlego. Por alguma razão, eu tinha esquecido que Luke não era só a minha fortaleza; era também a de Mike.

– Nós já não podemos fazer mais nada pelo Luke – ele disse. – Mas eu ainda posso salvar você. Ele me fez prometer que eu te tiraria daqui. Jurei pra ele que, se tivesse chance, eu não me preocuparia com salvá-lo e só me concentraria em achar você.

Eu não estava nem aí para a promessa besta de Mike. Não deixaria o Luke pra trás.

– Não, eu não vou.

Olhei em volta para o quarto insalubre, me detendo nos detalhes que eu não tinha notado quando entramos. Poças de vômito. Uma pilha de trapos ensanguentados no canto. Um pé de tênis de Luke manchado de vermelho e jogado em meio às sombras. Era assim que Luke tinha morrido: sozinho no porão de um louco narcisista, com nada além de escuridão e imundície como companhia. Ele não merecia aquilo. Ninguém merecia.

E eu achei que o estava ajudando. Acreditei que, se me submetesse às insanidades de Elijah, isso iria proteger Luke. Que completa idiota eu tinha sido.

– Você não faz ideia do que aquele homem vai fazer com ele, Mike – eu disse. Elijah provavelmente encontraria algum jeito pervertido de oferecer o corpo de Luke em sacrifício para o Deus dele, como um sacrifício para ele mesmo. – Nós não podemos deixá-lo aqui. Não podemos.

No segundo em que Mike olhou de novo para Luke, percebi que ele tinha me dado razão.

– Tudo bem. Vamos levá-lo conosco. Vamos levá-lo pra casa.

– Nós não vamos conseguir andar meio quilômetro para fora da cidade carregando ele – Joseph disse.

– Meio quilômetro? Você não vai andar nem meio metro por aquela escada ali sem ele – Mike respondeu, gesticulando em minha direção. – Pode acreditar em mim. Eu conheço a Dee muito melhor do que você, e ela não vai sair daqui sem ele. E eu não vou sair sem ela – e deu um passo para o meu lado, me estendendo a mão. – Eu vou carregá-lo, Dee.

Peguei a mão de Mike. O calor das lágrimas tomou meu rosto outra vez e Mike então me aconchegou contra o peito, me abraçando tão forte que pude sentir seu coração batendo contra meu rosto. Seus ombros tremiam enquanto toda a força que ele tentava reunir dentro de si desmoronava e caía aos pedaços.

Um farfalhar vindo de trás de mim me chamou a atenção, e só então eu percebi que Luke não estava mais ali. Joseph o tinha posto no ombro e estava caminhando em direção à escada.

Mike seguiu meu olhar e seu corpo todo estremeceu de raiva.

– Tira as mãos dele – disse, arrancando Luke dos braços de Joseph. – Não preciso da sua ajuda pra carregar meu irmão.

– Eu nunca teria trazido a Dee pra cá, nem nenhum de vocês, se soubesse que isso poderia acontecer – Joseph disse.

As lágrimas ainda desciam pelo rosto de Mike e por isso eu desviei o olhar, desesperada para dar a ele pelo menos aquele último fiapo de dignidade enquanto ele gentilmente acomodava seu único irmão nos ombros. Ele estava levando Luke pra casa; nós dois precisávamos que Luke fosse pra casa.

TRINTA E QUATRO

Abri a porta da frente e uma momentânea sensação de paz me tomou quando eu respirei o ar da noite. Até que enfim eu tinha como livrar meus sentidos daquele fedor horrível do porão.

As luzes da rua se projetavam de maneira estranha e iridescente no jardim, pouco fazendo para manter a escuridão afastada. Se alguém tivesse me perguntado antes de tudo aquilo, eu poderia ter confessado que tinha medo do escuro e, com muita vergonha, falaria inclusive da luz do corredor que a Sra. Hooper deixava acesa toda noite no alto da escada. Mas não mais. Agora, era a escuridão que nos mantinha escondidos e nos dava uma chance de escapar sem sermos notados.

Decidimos deixar Joseph nos guiar, imaginando que ele conheceria o caminho mais rápido para nos levar à segurança. Nosso objetivo não era chegar em casa em uma única noite, mas apenas sair do alcance das garras de Elijah.

Então, eu mais pressenti do que vi quando Elijah surgiu das sombras. Com uma só inspiração bem funda, me virei para encará-lo.

– Indo a algum lugar, Rebekah?

Joseph e Mike se viraram devagar ao ouvir a voz dele. Mike fechou o punho de imediato, com a raiva que ele vinha sufocando então subindo de uma vez só para a superfície.

Pensei em simplesmente correr tão rápido quando conseguisse na direção contrária. Se não fosse pelo que Elijah estava segurando à sua frente, talvez eu tivesse feito isso mesmo. Ele tinha James nas mãos, levando-o pela garganta e chutando os pés do garoto para fazê-lo andar. James estava pálido e suava, mas não se debatia nem tentava se desvencilhar. Só quando vi o brilho da faca junto ao pescoço do menino é que percebi o porquê.

James silenciosamente me implorou para ajudá-lo, com um apelo envolto em lágrimas que quase me fez ficar de joelhos. Eu não tinha como ajudá-lo. Estava desarmada, Mike estava com as mãos ocupadas carregando Luke e Joseph parecia tão apavorado quanto seu primo. Aquele velho louco nos tinha pego sem saber o que fazer ou para onde correr.

– James... – eu murmurei, esperando que ele pudesse perceber o tom de desculpas na minha voz.

Elijah apertou ainda mais a mão no pescoço de James com a faca apontando para a pele do garoto como que fazendo uma promessa.

– Vejo que você encontrou seu irmão – ele disse a Mike, voltando os olhos para o corpo de Luke. – Você sabe, eu bem que tentei. Implorei para que ele deixasse de lado seus modos desprezíveis. Mas, ao contrário de você, ele se recusava a admitir minha divindade. Ficava o tempo inteiro me amaldiçoando e me mandando para o inferno, e tudo em nome *dela*.

As palavras de Elijah entraram na minha cabeça e me deixaram plantada ali com apenas uma terrível verdade tilintando em meus ouvidos: Luke lutara por mim e tinha passado suas últimas horas xingando Elijah até o ponto de acabar morto por isso.

– Não há sentido algum em levá-lo para casa – Elijah continuou. – Nem mesmo um funeral cristão pode salvar sua alma.

Elijah reposicionou a faca, torcendo-a levemente apenas para conseguir um engasgo de James.

– Na verdade, é melhor que tenha sido assim. Alguém tão maculado como Luke precisava mesmo ser libertado dos grilhões deste mundo e devolvido ao seu criador.

Eu dei um guincho tão intenso e carregado de raiva que, por um instante, perdi a capacidade de pensar. Queria rasgar cada retalho de pele do corpo de Elijah e pisar em cima dele quando ele respirasse pela última vez.

– Não – Joseph falou baixo, antecipando o que eu faria em seguida. – Se você partir para cima dele, ele mata o James. Por favor, Dee, não dê motivo. Pai... – ele disse, se virando para Elijah com súplica em sua voz, uma súplica que eu já sabia que não seria atendida. – Deixa eles irem. Eu fico. Eu me submeto a qualquer coisa que o senhor considerar necessária, mas, por favor, deixe eles irem.

– Mas a possibilidade de você ir embora nunca nem mesmo passou pela minha cabeça, meu filho. Você nasceu e foi criado aqui, e educado à nossa maneira. E é aqui que você morrerá.

Talvez fosse aquele o objetivo de Elijah. Talvez ele realmente nos quisesse ver todos mortos, incluindo o próprio filho.

– O que você quer de nós? – Mike exclamou de trás de mim. Me virei e me peguei olhando para as coxas de Luke. Estavam ensopadas de sangue e de algum outro líquido horrível e enojante que começava a exalar de seu corpo.

– Essa é a pergunta errada – Elijah respondeu, se aproximando e carregando James com ele. – Você confiou a mim sua alma, rapaz, e concordou em passar pelo ritual de purificação e se juntar à nossa humilde comunidade. Espero que você mantenha sua palavra.

– Eu não te devo merda nenhuma – Mike disparou de volta. – Como você mesmo disse, eu é que sou o mais esperto aqui. Disse tudo o que você queria que eu dissesse. E adivinha? Aqui estou eu, são e salvo.

– Por enquanto – Elijah disse sorrindo. Girou James na minha direção para que eu ficasse frente a frente com ele, empurrando-o de modo que nossos pés se tocassem e nossa respiração quase se encontrasse. – E com relação à sua pequena indiscrição, Rebekah...

Eu via somente uma coisa: a faca brilhante e afiada.

– Acredito que eu fui bastante claro quando os vi pela última vez, não fui? – Elijah perguntou.

Abri a boca e tive de fechá-la de novo e engolir com vontade, duas vezes, antes que conseguisse articular um *"Por favor"*. Não foi um *"Eu faço tudo o que você quiser"* ou *"Me pegue no lugar dele"*. Só o que consegui deixar sair foi aquele fraco e frágil *"por favor"*.

– Perdão é algo que posso assegurar que você terá, porque entendo de que mundo você vem. E sei que precisarei de muita coragem e força para mantê-la pura – Elijah disse. – Mas o perdão não significa de forma alguma que você não tem culpa, e por ela você deve pagar um preço à parte para conseguir sua redenção.

– Eu! – gritei, finalmente encontrando coragem para me oferecer no lugar do garoto. – Não ele. Fui eu que saí para procurar o Luke. Fui eu que fugi de você. Não o James.

– Acredite – Elijah continuou. – Este é um castigo do qual você não se esquecerá.

Se virou para James e deu o beijo mais carinhoso que podia na têmpora do rapaz.

– Por tudo o que há de mais sagrado, eu o livro das amarras deste mundo.

TRINTA E CINCO

A lâmina atravessou a pele branca de James. Seu corpo ficou rijo de medo, ao que Elijah parou e então enfiou a faca ainda mais fundo até que o aço brilhante desaparecesse totalmente e o primeiro traço de sangue saísse.

James engasgou quando Elijah a puxou de volta para fora, pausando tempo o suficiente para dar um sorriso e correr a borda afiada de vez para dentro da garganta do rapaz. Com apenas um movimento rápido, Elijah atravessou a faca, deixando para trás um rasgo como um sorriso rubro no pescoço de James.

Com as mãos em volta da garganta, James caiu de joelhos. Seus lábios se abriram em um grito silencioso e seu olhar atônito se encontrou com o meu, com o medo sobrepujando sua dor. O sangue pulsava para fora em intervalos ritmados, cada jorro permanecendo no ar pelo que parecia uma eternidade antes de cair como chuva no chão e deixar um rastro vermelho tenebroso.

A poça escarlate aumentou de alguns centímetros para quase um metro, se espalhando até que meus tamancos estivessem tomados por ela. Contei cinco golfadas até que ele finalmente se sentisse sufocado, engasgando com o próprio sangue.

James me estendeu a mão, tentando pegar a barra de minha saia. Pulei para trás e trombei com Mike. Meu impulso nos fez cambalear os dois, com Mike suportando o peso de Luke e eu pelejando para sair do olhar tomado de pânico de James tanto quanto eu pudesse.

Caí sentada mais uma vez, enquanto Mike e Luke se esparramaram ao meu lado na rua. Joseph me pegou pelos ombros e me pôs de pé, suas mãos tremendo quando ele me segurou sob o ombro. Mike deu um pulo e ficou de pé à nossa frente, e então se abaixou como se estivesse se preparando para atacar. Aquilo me lembrou muito de Luke, o olhar determinado, a posição rija dos ombros não muito diferente da pose que Luke fazia na linha de defesa. Exceto pelo fato de que, agora, não era contra um *guard* de mais de noventa quilos de Long Island. Era um desequilibrado com complexo de messias segurando uma faca.

– Mike, não!

Ele me ignorou, abaixou a cabeça e investiu, atingindo o corpo de Elijah com tal força que a faca voou no ar. Ela bateu no asfalto e o som do metal na rua reverberou em meio à escuridão.

Corri para o entorno deles procurando pela faca e rezando para que a lua aparecesse logo e me ajudasse a encontrá-la. O som de socos atingindo ossos ecoava pelo ar límpido. Tudo o que eu conseguia distinguir eram dois vultos escuros engalfinhados em uma batalha, e me perguntava se era o rosto de Elijah ou os dedos de Mike que estariam levando a pior.

As nuvens mudaram de lugar e com isso eu finalmente consegui ver Elijah. Sua cabeça estava inclinada contra o asfalto enquanto ele levava mais um murro de Mike. Mal acreditei quando vi Elijah estendendo a mão para a esquerda, onde estava a faca que eu vinha procurando, logo ali, ao alcance dos dedos dele.

– Joseph! – gritei.

Corri quando Joseph nem se moveu, morrendo de raiva que ele estivesse apenas assistindo a tudo aquilo ao invés de me ajudar. De ajudar Mike.

Elijah deixou escapar um começo de risada quando envolveu os dedos no cabo da faca. Mike puxou a mão dele para longe, com o corpo inteiro tremendo de ódio. Levantou a mão para dar outro soco, e foi então que Elijah atacou, levantando a faca e enterrando-a até o cabo no ombro de Mike. Mike nem soube o que o atingiu; estava obcecado demais em manter Elijah preso no chão para perceber o perigo que corria.

Aparei o corpo de Mike quando ele caiu. Seus dedos já estavam no cabo da faca que se projetava de seu ombro. Ele sentiu, largou a faca e então a pegou de novo. Percebi o que ele se preparava para fazer e sabia que ia doer mais quando ela saísse do que quando tinha entrado.

Tentei arrastar Mike para longe de Elijah, mas ele firmou os pés no chão e me fez parar. Trincou os dentes e começou a puxar, gemendo quando a faca começou a emergir de sua pele, toda vermelha e com um brilho afiado. Resfolegando, Mike se curvou e lutou para respirar sem nunca largar a faca que agora estava firme em sua mão.

Ouvi um sussurro frenético vindo de trás de mim e me virei para ver o que tinha deixado Joseph tão paralisado. Eden estava na beirada do campo ao lado com o rosto completamente lívido. Ao seu lado, Abram estava parado pondo a mão no próprio pescoço sem tirar os olhos do corpo do irmão gêmeo jogado na rua à frente. Abram estava em choque, totalmente mudo em meio ao caos que se desenrolava à nossa volta.

– Joseph, me ajuda! – gritei. Eu não tinha tempo para lidar com o pavor de Eden ou a dor de Abram. Precisava tirar Mike dali. Precisava tirar a nós todos dali.

Joseph de repente começou a se mover de novo, correndo na direção em que estávamos Mike e eu.

– Faça pressão aqui – ele disse sem rodeios, me empurrando para o lado e rasgando a camiseta de Mike.

Eu assenti quase sem reação, dividida entre ajudar Mike ou ficar de olho em Elijah, que se virava para tentar ficar de pé. Talvez Elijah estivesse bastante machucado, mas eu não era ingênua o suficiente para achar que nós estávamos seguros. Parte de mim podia jurar que o mal que corria pelas veias daquele homem tinha origem sobre-humana, algo que não vinha de Deus, mas do próprio demônio. E eu sabia que Elijah conseguiria se levantar. Não importava o quanto estivesse ferido nem o quanto aquilo parecesse ilógico, Elijah Hawkins ficaria de pé.

– Pega isso aqui – eu disse, já rasgando uma tira do tecido na barra da minha saia e entregando a Joseph. Estava coberta de terra e de sangue – tanto o de Luke quanto o de James – mas era tudo o que eu tinha.

Joseph amarrou a tira em volta do ombro de Mike, levantando-o de leve para conseguir um nó mais firme, e então puxou com tanta força que o tecido rompeu. Ele voltou a enrolar e amarrar.

Mike gemeu ante a pressão que sentia e fechou bem os olhos enquanto amaldiçoava Elijah.

– Eu vou te matar! Eu juro por Deus que eu vou te matar!

Passos ecoaram pela rua. O ritmo era constante, vagaroso e metódico. Contei as passadas do mesmo modo como tinha contado os jorros de sangue de James, esperando o inevitável e sem poder fazer nada.

Abram continuou avançando com os movimentos como os de um sonâmbulo. Parou a centímetros de nós, esticou o braço e então arrancou a faca da mão de Mike. Sua própria mão tremia enquanto ele a girava, agora com o sangue do irmão e o de Mike descendo por seus dedos.

Fui tomada pelo pânico quando Abram seguiu em direção a Elijah.

– Abram, não! – eu disse. Já tinha visto gente demais morrer naquele dia. – Não, por favor! Ele não vale a pena. Só deixa ele aí e vem com a gente.

Abram nem tomou conhecimento do meu apelo. Apenas continuou andando. Me deixou para trás. Deixou Mike. Deixou o corpo de seu irmão até se erguer por sobre o corpo castigado de Elijah.

Elijah titubeou. Foi um movimento muito sutil, não mais que um breve espasmo no maxilar e uma hesitação no modo como ele tentava se levantar do chão. Pela primeira vez desde que tínhamos posto os pés em Purity Springs, agora éramos uma ameaça real. Sua preciosa Eden o tinha visto pelo que ele de fato era. Seu único filho, o futuro de sua sagrada profecia, tinha se virado contra ele. E Abram o estava encarando com a clara intenção de eviscerar o próprio tio.

O olhar de Elijah correu de mim para Joseph até chegar em Eden. Ela ainda estava na beirada do campo, olhando para a poça de sangue que se espalhava em volta do corpo de James.

– Eden, vá! – ele gritou, ordenando que ela corresse. – Vá até o centro comunitário. Conte a todos sobre o mal que esses quatro trouxeram até nós e traga seus tios com você.

Eden hesitou, deu apenas um passo adiante, mas então parou com uma expressão de horror e descrença. Toda a inocência que ela tinha conseguido manter até aquele momento tinha ido embora, destruída no segundo em que viu as mãos de seu pai embebidas em sangue.

– Eden? – Joseph disse, caminhando devagar em direção a ela com as mãos estendidas como que implorando para que ela não se assustasse. – Venha conosco. Você não precisa ficar aqui.

Elijah deu um meio-sorriso.

– E quem vai tomar conta de você lá fora, Eden? Quem vai te manter a salvo? Quem vai se assegurar de que suas ações atendem aos desígnios de Deus?

– *Eu* vou fazer isso. *Eu* vou te manter a salvo, Eden.

A sinceridade na voz de Joseph era tão forte e tão honesta que cortava o coração. Eu sabia que ele estava dizendo a verdade. Ele andaria pelo fogo do inferno pela irmã e, naquele momento, estava arriscando a própria vida pela chance de um dia poder fazê-lo.

– Lembre-se dos seus ensinamentos, Eden. Não há nada lá fora a não ser vaidade, ganância e o mal à sua espreita. Eles são a prova disso – Elijah disse, gesticulando em minha direção.

Joseph empalideceu. Não pude evitar de me perguntar se ele acreditava no que seu pai estava dizendo e se, por algum motivo, mesmo que por um segundo, ele me considerava responsável pela morte do primo.

– Não ouça... – eu comecei a dizer, mas Joseph me interrompeu.

– Ele está mentindo, Eden – disse. – Ele matou nossa mãe. Ele expulsou a tia Mary e a impediu de ver Abram e James. Ele matou um rapaz da minha idade, um completo estranho que nunca fez nada para machucá-lo ou causar mal à cidade. O único pecado do rapaz... deles todos... – e fez um gesto indicando Mike e eu – foi ficar sem gasolina, e ainda assim ele matou um dos três.

Eden não respondeu. Sua atenção estava toda em Joseph, mas sua cabeça parecia estar a mil quilômetros dali.

– Você o viu matar o James. O próprio sobrinho – Joseph continuou. – E por quê, Eden? Porque ele estava tentando manter a cidade pura? Deus não é mau assim, Eden. Deus não é assim!

– Joseph? – ela disse com a voz fraquejando e uma menção de dar um passo à frente.

Joseph deu um suspiro, relaxando os ombros ao tomar a mão dela.

– Diga, Eden.

– Eu amo você – ela disse, e então se virou e correu.

TRINTA E SEIS

Joseph caiu de joelhos, deixando as lágrimas rolarem dos olhos enquanto ele assistia à irmã correr de volta à cidade, de volta a uma vida da qual ela jamais escaparia.

Elijah pelejava para ficar de pé, tossindo uma névoa vermelha. A borda de seu lábio estava aberta e o sangue descia livre de seu nariz, se misturando ao sorriso perverso em seu rosto.

– Eden vai trazer todos aqui – ele entoou. – Vocês não escaparão ao julgamento. Perecerão todos porque se recusaram (se recusaram!) a enxergar a verdade e a ser salvos. O que os aguarda não é a vida eterna, e sim a danação!

Joseph analisou a figura do pai, agora sem nenhum vestígio de derrota em sua postura e nenhum traço de ódio no olhar. Eu não fazia ideia do que ele estaria pensando nem do que estaria se preparando para fazer.

– Você... – ele finalmente disse. – Você não é profeta nenhum. Não é santo. Não é nada.

Joseph partiu na direção de Elijah com movimentos vagarosos, porém firmes. Olhou para Abram que ainda segurava a faca e gesticulou para que ele se afastasse. Abram hesitou, mas chegou para o lado com uma expressão envolta em confusão.

– Você matou minha mãe. Matou o James. Matou o namorado da Dee. No fim, vai acabar me matando também.

Elijah balançou a cabeça.

– Eu não matei ninguém, Joseph. Eu dei a eles uma escolha, e todos escolheram errado.

Eu podia praticamente ver sua determinação se cristalizando cada vez mais. Tinha passado meses planejando sua fuga e tentando desesperadamente preservar a inocência de Eden e sua própria sanidade. Naquele momento, ele se banharia no sangue do próprio pai se aquilo se fizesse necessário.

– Joseph, por favor, não faça isso – eu implorei. Podia sentir o desejo de vingança pulsando também pelo meu corpo, e almejava pela ponta de satisfação que eu teria em ver Elijah morrer friamente pelas minhas próprias mãos. Mas, se ficássemos ali por mais um minuto, estávamos perdidos. Eu não tinha nenhuma dúvida de que Eden traria a cidade inteira junto com ela, e eu queria estar bem longe quando isso acontecesse. – Deixa ele aí e vamos embora.

– A vontade do seu Deus não é páreo para a minha! – Joseph gritou, ignorando meu apelo. Investiu contra o pai, agarrando e torcendo o braço de Elijah contra as costas dele. – Eu assisti a você infligir dor a todos os que se desviavam do caminho. Decorei cada castigo sádico que você usou contra mim. E agora eu devo dizer, *meu pai*, que você me ensinou muito bem.

Me contorci quando Joseph fez um movimento para o alto e então um estalo alto se fez ouvir em meio ao denso ar da noite. Elijah gritou e seu rosto se retorceu em uma mistura de choque e dor.

Joseph o soltou e o empurrou para o chão, se posicionando sobre o pai enquanto decidia o que fazer em seguida. Pareceu então tomar uma decisão, ao que uma firme serenidade se apoderou dele. Elijah tinha tomado sua infância, sua mãe e sua irmã. Agora, Joseph tomaria a vida dele.

Tentei abafar o som dos golpes de Joseph. Os grunhidos de Elijah já tinham se tornado apenas um fluxo constante de lamentos engasgados. Osso contra corpo. Pele contra pele. Os golpes se seguiam um após o outro. Parei de contar quando cheguei a dois dígitos e comecei a murmurar para mim mesma, tentando deixar aquilo fora da minha cabeça.

– Pare... – a palavra fluiu de meus lábios, e Mike levantou os olhos na minha direção, tão confuso com meu pedido quanto eu mesma. Mas eu não conseguia, não podia apenas ficar parada ali e assistir Joseph destruindo seu pai no chão daquela maneira. Não importava o quanto eu odiasse aquela cidade, não importava o quanto eu quisesse ver aquele homem depravado pagar pela morte de Luke, eu não me tornaria alguém como ele. E com toda certeza não deixaria Joseph se tornar também.

– Joseph, por favor, pare.

Até que enfim, só ouvi o silêncio. As juras de morte de Joseph cessaram e deram lugar a uma calma aterrorizante. Engoli em seco e olhei para o corpo caído de Elijah. Sua respiração era curta e seu peito só se erguia em movimentos descoordenados. Estava vivo – muito mal, porém ainda vivo.

– Precisamos ir – eu disse, embargada. Era apenas uma questão de tempo até que Eden voltasse com seus tios e os leais apóstolos de Elijah em seu encalço. Se tivéssemos sorte, se partíssemos naquele momento, talvez tivéssemos uma vantagem de uns dez minutos.

Manchas de sangue brilhavam no rosto de Joseph, e seus olhos estavam tomados pela escuridão, mas sem qualquer sombra de arrependimento. Ele tinha anos de abuso emocional com os quais lidar, e se tinha alguém que entendia o quanto aquele percurso seria perturbador para ele, esse alguém era eu. Mas aquela não era a hora certa.

– Você consegue andar? – perguntei ao Mike. Era bem óbvio que ele estava sentindo muita dor. Estava tremendo e seus dentes estavam cerrados de tal maneira que eu me perguntei como ele estaria respirando.

– Eu estou bem, Dee. Só me dá um minuto – ele disse, mal abrindo a boca, e se ergueu devagar. – Vai buscar ele ali.

Segui a dica de Mike, que olhava para o outro lado da rua, e vi Abram sentado no chão ao lado do corpo de James, murmurando alguma coisa sem sentido. Parecia irrecuperável, tão vazio que cheguei a duvidar de que ele soubesse onde estava. Tudo o que eu conseguia ouvir vindo dele era algo que soava como uma rima infantil cruzando o vento entre nós.

– Abram! – chamei, na esperança de trazê-lo de volta ao presente.

– Deixa ele – Joseph disse. – Não temos tempo para ajudá-lo.

Eu sabia bem o que ele queria dizer. Levaria tempo até conseguirmos acordar Abram de novo e convencê-lo a deixar o irmão jogado no meio da rua e ir conosco. Eram minutos preciosos que nós não tínhamos.

TRINTA E SETE

Nós três continuamos correndo pelas bordas dos campos e margeando a via principal. Eu olhava para trás o tempo todo, procurando fachos de lanternas, tochas ou sabe lá Deus o que mais aquelas pessoas usariam para vir atrás de nós.

As luzes da cidade foram ficando distantes, mas eu continuei correndo até minhas pernas queimarem e as dores tomarem meus lados. E então corri mais ainda.

Não havia nada à nossa frente, a não ser a escuridão. A lua estava desaparecida por detrás das nuvens que se fechavam prenunciando o frio. Caí no chão, lutando para manter o fôlego assim que os primeiros flocos de neve começaram a cair. Nem Mike nem Joseph tentaram me fazer levantar, e eu fiquei apenas ajoelhada lá por um momento, tremendo. Medo e terror eram tudo o que vinha me mantendo viva já há algum tempo. Assim que encontrei algum espaço para respirar e uma vaga ilusão de segurança, tudo finalmente desmoronou de uma vez, uma implosão maciça focada unicamente em mim.

Meu corpo se contorcia em soluços tão intensos que nem mesmo faziam som. Meu peito estava rasgado pela dor e as lágrimas abriam caminho em minhas bochechas geladas. Mike tentou me consolar, encostando o rosto no alto da minha cabeça e sussurrando alguma coisa reconfortante.

– Eu o deixei lá – eu disse entre engasgos. Tinha passado horas planejando e pensando em algum jeito de tirar Luke dali, concordando com tudo o que me fora proposto. E então o tinha deixado pra trás, frio e sozinho.

– Nós não tínhamos escolha, Dee – Joseph disse.

Eu não podia concordar com aquilo. Tínhamos tido muita escolha, sim, mas, de algum modo, tínhamos conseguido fazer todas as erradas.

Mike pegou minha mão, segurando ainda mais firme quando tentei me soltar.

– Você vai ouvir o que eu vou te dizer, Dee, e então vai se levantar e continuar em frente – ele disse. Eu fiz que sim e relaxei a mão junto à dele. – Luke me fez prometer que, acontecesse o que fosse com ele, eu te tiraria dali. Ele não iria querer que a gente diminuísse o passo só por causa dele e não ia querer te ver sentada aqui desperdiçando um segundo que fosse se preocupando com ele.

– Eu sei, mas isso não...

Mike pôs o dedo em frente aos meus lábios e me silenciou.

– Eu não consigo fazer isso sozinho, Dee. Preciso que você se levante e ande. *Luke* precisa que você se levante e ande.

Meus ombros subiam e desciam no ritmo do meu pranto. Mike tinha razão. Desde a primeira vez que eu contei a Luke sobre meu passado, que me abri totalmente e conversei sobre os detalhes horrorosos que me corroíam por dentro, ele tinha me entendido. Tinha me prometido que tudo ia ficar bem, que, de algum modo, eu sempre ficaria bem e que ele ia se assegurar disso. Cada fibra da minha existência acreditou nele quando ele disse aquilo; e ainda acreditava. Luke me protegeria de qualquer coisa, sem importar o que isso custaria a ele. Mas eu nunca esperei que fosse ser sua vida.

O que pareceu uma eternidade se passou enquanto nós lutávamos contra o frio da noite. Passamos pela primeira cidade em torno de cinco horas depois. As luzes piscantes despontavam lá adiante, me levando a ter uma familiar sensação de intranquilidade. Quais eram mesmo os nomes das cidades que os irmãos de Elijah controlavam? Será que Joseph tinha me dito?

A paranoia tomou conta do meu corpo como uma dor constante, e eu então me aprofundei no campo, indo para mais longe da estrada. Não chegaria nem perto daquelas luzinhas. Não confiaria em ninguém além daqueles dois rapazes que estavam comigo. Aquele era meu novo credo, pelo menos até que eu chegasse em casa e ouvisse a amável voz da Sra. Hooper me prometendo que tudo ficaria bem.

– Quais são os nomes das cidades nas quais seus tios trabalham, Joseph?

– Você quer entrar ali e ver se eles têm um telefone ou departamento de polícia ou algo assim? – Mike perguntou antes que Joseph tivesse chance de responder.

– Não! – eu disse sem nem pensar. – Nós não sabemos nada a respeito dessa cidade e dessas pessoas.

Mike não estava totalmente ciente de contra o quê estávamos lutando. Ele não tinha estado na igreja e não tinha visto os irmãos de Elijah.

Joseph me dirigiu um olhar sombrio, confirmando meus medos. Estávamos perto demais.

– Acho que nós precisamos ir para tão longe quanto pudermos. Pelo menos até os limites do próximo condado, se pudermos. E só aí procuramos alguma ajuda – ele disse.

Andamos por mais duas horas até que Mike acenou para pararmos e afundou no chão. Sua respiração estava pesada e uma camada fina de suor cobria seu rosto. A tira de tecido que tínhamos amarrado em seu braço estava completamente vermelha. Eu a afastei com cuidado, rezando pelo melhor enquanto esperava pelo pior. Um pouco de sangue ainda espirrou e a ferida se mostrou muito inchada e inflamada. Apertei a pele em volta e ela estava quente apesar dos flocos de neve que caíam.

Mike segurou minha mão e grunhiu:

– Para de apertar, Dee. Isso dói.

– Eu sei, mas...

– Mas nada. Me deixa quieto.

Joseph rasgou outra tira de tecido da barra de sua camisa e me tirou do caminho.

– Deixa eu amarrar isso de novo. Tem de manter a pressão, senão você perde muito sangue.

– Não encosta em mim! – Mike disse, suas palavras envoltas em tanta raiva que eu até me encolhi. Me sentia mal pelo Joseph. Ele estava tentando, mas, não importava o que fizesse, nunca conseguiria se redimir. Não aos olhos de Mike, pelo menos.

Joseph rapidamente se recuperou e se virou para mim, calmo e controlado. Estremeci ao perceber sua completa mudança de postura, como se trocasse uma máscara pela outra. Pensamentos que eu tinha a respeito de Elijah vieram à tona e eu logo tratei de abafá-los de novo. Não tinha tempo nem energia para considerar as semelhanças entre eles, e muito menos para ficar pensando que o sangue de Elijah corria nas veias de Joseph.

Ele me estendeu a tira que tinha rasgado de sua camisa e gesticulou para que eu fosse para junto do Mike.

– Enrole isto no ombro dele e amarre bem firme para ele parar de sangrar.

Olhei para Mike pedindo permissão.

– Tudo bem, mas seja rápida. Nós precisamos continuar andando.

Dobrei a bandagem improvisada no meio e com cuidado a encostei no ombro de Mike. Ele xingou e recuou. Trincando os dentes, apertei a mão na ferida e ignorei a respirada funda que ele deu, assim como sua expressão de dor.

O sangue logo embebeu a bandagem e manchou meus dedos quando eu pressionei. Preferiria que Mike baixasse a guarda por tempo suficiente para que Joseph pudesse fazer aquilo.

Joseph ditava instruções do que fazer, e eu não pude evitar de pensar em quantas vezes ele já teria feito exatamente aquela mesma coisa. Quantas vezes será que já teria costurado alguém ou estancado um sangramento? Cheguei a me perguntar se ele tinha feito aquilo por sua mãe também ou para si mesmo.

O passo de Mike foi ficando cada vez mais fraco quando continuamos a caminhada. A cor de suas faces se esvaía e suas palavras iam ficando quase inaudíveis. De repente, ele parou e se curvou, vomitando nada além de suco gástrico. Foi o traço vermelho misturado em sua saliva que me fez mudar de ideia e querer ir de volta à estrada para sinalizar para o primeiro carro que passasse.

– Eu não consigo mais – Mike disse, passando o braço pela boca.

Se abaixou no chão e se apoiou no toco de uma árvore. Seus olhos se fecharam por um momento e eu entrei em pânico. Estendi as mãos e agarrei seu ombro, chacoalhando-o com força.

– Mike, o que você quer dizer com "não consigo mais"? Você não tem escolha!

– Isso dói – ele disse, se desvencilhando do meu puxão. Suas lágrimas eram límpidas e abriam caminho em meio à poeira e ao sangue em seu rosto. – Vai, Dee. Me deixa aqui e vai embora.

– Não – eu respondi, me enfiando embaixo de seu ombro e fazendo força para erguê-lo. Enquanto conseguíssemos nos mover, não importava o quão devagar, teríamos chances.

– Você não entende, Dee. Não tem nada me esperando quando eu voltar. Luke está morto. Morto.

Entrelacei meus dedos com os de Mike e apertei sua mão. Assim como ele, eu sabia bem o que significava para nós dois ter de voltar para casa. Tudo na escola, em casa e até aqueles ridículos papéis de chocolate no chão do meu carro nos lembrariam de Luke.

– Não é verdade – eu disse, tentando me agarrar a alguma coisa, qualquer promessa de futuro que o fizesse continuar em frente. – Você tem a mim.

– Levanta – Joseph disse para mim, e foi o que eu fiz e então fiquei esperando para ver o que ele planejava fazer em seguida. Ele se abaixou ao lado de Mike e olhou bem para ele, exigindo em silêncio que ele se movesse.

– Não. Me deixa. Eu sou um peso morto agora, de verdade. Além disso, eu prometi ao Luke que a manteria a salvo – Mike disse, e então fez uma pausa e engoliu o choro. – Se você quer ajudar, se quer perdão, então me deixa aqui e ajuda ela a chegar em casa.

– E você acha que isso vai me absolver? Ver você ficar pra trás e morrer?

Mike fez menção de responder, contrapondo um pouco de sua própria raiva à de Joseph, mas Joseph o conteve.

– Não quero ouvir nem mais uma palavra. Você prometeu ao seu irmão que você mesmo é quem a levaria para casa. *Você!* E é exatamente isso o que você vai fazer. Agora levanta.

O rosto de Mike foi violentamente tomado então pela anuência com aquelas palavras, e eu estendi a mão na esperança de que qualquer fiapo de força que ainda me restasse pudesse passar para ele.

– Por favor – implorei. – Estamos tão perto. Tão perto.

Joseph foi meio que carregando Mike pelo resto do caminho, com o braço por debaixo do ombro dele de modo a aguentar a maior parte do peso. A manhã chegou e só então o frio que me envolvia começou a se dissipar e a exaustão tomou conta de vez. Eu lutava para me lembrar de que dia era e de quantas horas eu tinha ficado sob o jugo de Elijah. Estava tudo se misturando em um borrão só.

– Que dia é hoje? – perguntei, já me arrastando.

– Domingo – Joseph respondeu. – Por quê?

Dei de ombros. Era uma informação de absolutamente nenhuma importância, mas saber aquilo me dava um certo alívio ainda assim.

– Olha – Mike disse no momento seguinte, apontando para uma placa logo à frente na estrada.

Apertei os olhos e dei alguns passos arriscados para perto da estrada para ler. *Henley.*

Eu reconhecia aquele nome. Certamente, não conhecia uma alma que fosse naquela cidadezinha, mas definitivamente reconhecia o nome. Luke e Mike tinham jogado ali menos de um mês antes. Eu tinha dirigido por duas horas para ir até ali vê-los tomar um couro do outro time e ainda tive de ouvir que eles não poderiam voltar comigo. Parece que as regras da escola diziam que o time só podia ir e voltar de todos os jogos de ônibus.

Henley ainda era longe da segurança de casa, mas já era um começo. Aquela era nossa melhor chance de conseguir levar Mike para algum lugar seguro, um lugar no qual absolutamente ninguém relacionado a Elijah Hawkins poderia chegar até nós.

Era muito cedo. As vias ainda estavam tomadas pelos jornais matutinos e as ruas estavam quietas demais. Um cachorro latia e seu dono o xingava por causa do barulho. Aquele som, por si só, aquele palavrão de poucas letras quebrando o silêncio da manhãzinha, me levava a crer que pelo menos nós tínhamos retornado ao mundo dos sãos.

Mas eu não iria lá pedir ajuda ao dono do cachorro, nem bateria na porta de ninguém. Iria apenas continuar andando e arrastando Mike e Joseph comigo até que conseguisse chegar no único lugar naquela cidade que me era familiar: a escola.

Subi os largos degraus na frente do prédio da escola. Eu os tinha subido três semanas antes procurando um banheiro. Naquele dia de antes, estava tudo funcionando, com o pessoal todo andando pelos corredores enquanto o faxineiro trabalhava em volta, limpando o chão.

Como agora era domingo, a escola estava bem trancada, mas eu testei as portas assim mesmo antes de me acomodar ali mesmo nos degraus. Meu corpo gelado afundou no concreto e, pela primeira vez no que parecia uma eternidade, fechei os olhos e deixei minha consciência se esvair. Tinha toda a intenção do mundo de simplesmente ficar ali até que alguém nos encontrasse.

TRINTA E OITO

Me disseram depois que eu dormi por dois dias direto e acordei gritando o nome de Elijah. Foi a voz suave da Sra. Hooper e seu familiar perfume de lavanda do hidratante para as mãos que finalmente fizeram minha mente clarear e me levaram perceber que eu agora estava a salvo.

Mesmo assim, eu nunca ofereci qualquer resistência às drogas que os médicos me deram. O sono profundo me trazia uma forma de fugir, um lugar seguro no meu inconsciente onde Luke ainda estava vivo e sentado ao meu lado.

– Oi, Dee.

A voz familiar ecoou em meio aos meus sonhos. Pude jurar por um segundo que era Luke e que a mão forte acariciando a minha era a dele. Abri os olhos já com um sorriso se formando em meus lábios quando o rosto entrou em foco.

– Mike? – perguntei.

– Sou eu – ele disse, se levantando da cadeira e vindo para a cama. Seu braço direito estava envolto em uma tipoia e havia pontos atravessando seu rosto. Parecia estar muito cansado e abatido, com o cabelo todo desarrumado. Estendi a mão para ajeitá-lo e ele a pegou no meio do movimento, apertando-a de leve antes de voltá-la à cama.

Olhei para o relógio acima da porta. Eram três da manhã.

– Você está bem? – perguntei, curiosa para saber por que ele estava ali sentado do meu lado e não dormindo em seu próprio quarto.

Ele tentou dar um sorriso, mas sua expressão estava completamente mergulhada em luto.

– Nós conseguimos chegar a Henley. Você está a salvo agora.

— Você contou a todo mundo sobre o Luke? – perguntei. Eu não lembrava de ninguém me perguntando nada. Não tinha ideia de o quanto os médicos sabiam das verdades que Mike contara a eles, se é que sabiam de alguma coisa.

Mike pegou minha mão de novo e a levou ao rosto, e então se virou para que eu não visse sua dor. Mas eu pude senti-la, e senti também suas lágrimas descendo em cascata na palma de minha mão.

— Sinto muito, Dee.

Sente muito? Pelo quê ele sentia muito?

— Você contou tudo pra eles? Contou o que aconteceu com o Luke? Contou do Elijah e do James?

— Contei – ele disse, se voltando de novo para mim. – Mas eles não acreditam. Ninguém acredita.

— O quê? Por quê?

— Contei à polícia tudo o que eu sabia; sobre a gente ter ficado sem gasolina, sobre o barracão de irrigação e sobre o James... Contei tudo, Dee. *Tudo*. Mas eles acham que a gente inventou, que a gente está sofrendo de algum tipo de estresse pós-traumático.

Não fazia sentido nenhum. As imagens em minha mente eram bem reais. A sensação de tocar o cadáver de Luke, suas mãos frias, o sangue de James cobrindo meu pé... Todas aquelas imagens eram vívidas demais e reais demais para que eu as tivesse imaginado.

Chutei o cobertor pra longe freneticamente e fiz um esforço para me sentar. Meus braços estavam cobertos de bandagens do pulso até o cotovelo e eu tentei puxar a gaze, frustrada pelo quanto ela estava apertada. Logo que consegui desenrolar o final, mostrei o braço na direção de Mike. Estava todo cortado, com as seis marcas idênticas desfigurando minha pele, ou sete, se eu contasse a marca do casamento com Elijah na palma da mão.

— E quanto a isso? Como explicar isso aqui?

— Eles acham que você tentou se matar. Que depois do acidente, depois de Luke... bem, eles acham que foi você mesma que fez isso.

— Mas que acidente? – eu gritei. – De que diabos você está falando? Não teve acidente nenhum.

— Meu pai e o Sr. Hooper foram até Purity Springs. Passaram dois dias lá com a polícia, interrogando todo mundo e falando com Elijah. Tudo o que eles encontraram foi nosso carro destruído enfiado embaixo de um trator. O policial com quem eles falaram em Purity Springs alegou que tinha havido um acidente de carro e que o corte no meu ombro e os ferimentos de Luke eram todos consistentes com um acidente de carro.

O olhar de Mike se encontrou com o meu por um momento e eu pude sentir a tensão neles, já imaginando que suas próximas palavras não seriam nada agradáveis.

– De acordo com o relatório oficial, eu voei pelo para-brisa. Por isso que eu tenho esses cortes.

– Mas e quanto ao Luke? – perguntei, já começando a chorar ao me lembrar do corpo dele no chão, do sangue espirrando da garganta de James e se espalhando pelas bordas de sua calça jeans gasta. – E quanto ao James? O que eles falaram a respeito dele?

– Nunca encontraram o James. Não há nenhum registro dele ou do irmão. É como se eles nunca tivessem existido.

Olhei para Mike estupefata. Joseph tinha me dito que seu pai era capaz de falsificar vidas inteiras. Eu inclusive o tinha visto fazer aquilo comigo mesma. Mas negar a existência de seus próprios sobrinhos...?

– E Luke? O que eles dizem dele? – perguntei de novo.

Mike deu um suspiro e correu a mão pelos cabelos, um gesto despercebido que fez meu corpo inteiro ansiar por Luke.

– Nós o enterramos ontem. O legista de Purity Springs fez uma necropsia. Depois cremaram o corpo e disseram aos meus pais que seria melhor que eles não o vissem antes.

– E por que diabos não veriam? – gritei. Afinal, por que raios os pais de Luke não iriam querer vê-lo uma última vez, vivo ou morto?

– O laudo médico diz que ele foi jogado do carro e foi pego no arado que nós atingimos. Ficou tão desfigurado que não tinha como reconhecer.

Eu sabia o que era um arado, com seus discos de 20 cm que serviam para revolver o solo. E não tinha chegado nenhum arado nem perto do nosso carro, e menos ainda um trator.

– Isso é mentira! – gritei.

Pulei da cama e comecei a procurar minhas roupas desesperadamente. Queria meus tênis. Queria minha calça jeans. Queria sair daquele hospital e ir parar lá em Purity Springs para pegar Elijah Hawkins pelo colarinho, arrastá-lo até ali e forçá-lo a dizer a verdade.

Encontrei meus tamancos no único armariozinho que havia no quarto. Enfiada no pé esquerdo estava a bonequinha que Eden tinha me dado. Tirei-a e a aproximei do nariz, inalado o cheiro apodrecido. Depois joguei no chão. Eu arrastaria a própria Eden até ali caso fosse necessário.

Enfiei os pés de qualquer jeito nos tamancos e comecei a desamarrar a bata do hospital. Quanto antes eu estivesse pronta, mais rápido eu poderia provar que nosso pesadelo tinha sido verdade.

– Eles enviaram seus sentimentos, sabe...

– Quem? – perguntei, olhando para o corredor. A única pessoa que eu podia ver lá fora era a enfermeira da noite, que estava olhando fixo para o celular e morrendo de rir enquanto digitava alguma coisa.

– Elijah. A cidade toda – Mike respondeu.

– E você mandou todos se danarem?

– Não é tão fácil assim – ele respondeu. Joguei as mãos para o alto, já gesticulando para que ele explicasse aquilo. – Eles conseguiram criar toda essa mentirada, disseram que nós deixamos o Luke pra trás e saímos andando para procurar ajuda. Elijah disse que, se soubesse que tinha mais gente no carro, teria mandado uma equipe de busca para nos encontrar e garantir que tivéssemos cuidados médicos o quanto antes.

Não tenho dúvidas de que Elijah teria mandado mesmo uma equipe de busca, só que armada de Bíblias e facas.

– Isso não faz sentido nenhum. Digo, nós sabemos nomes e detalhes. Nós não saberíamos disso tudo... não teríamos como saber se não tivéssemos estado na cidade. Não dá para eles explicarem tudo o que aconteceu de outro jeito.

– Dá, e foi isso o que eles fizeram. De acordo com os registros públicos, nem existe nenhum Elijah Hawkins. O prefeito da cidade seria um homem chamado John Smith. Ele tinha uma mulher chamada Abigail, mas ela morreu semanas atrás de câncer.

– E quanto a Joseph e Eden? Tem algum registro deles?

– Tem uma filha de quatorze anos chamada Evelyn. Nada de filho, ou pelo menos é o que diz meu pai.

Balancei a cabeça tentando compreender o que Mike estava dizendo.

– Mas e quanto ao Joseph? Digo, ele estava com a gente. Com certeza poderia confirmar nossa história. Vai falar com ele. Diz a ele que...

– Ele sumiu, Dee.

Vasculhei freneticamente em meio às minhas últimas lembranças antes de acordar no hospital. Henley. A escola. A enorme porta azul que usei de travesseiro. Joseph sentado lá do meu lado, me acomodando em seu braço quando eu me rendi à exaustão. Ele estava lá. Joseph tinha mesmo estado lá.

– O que você quer dizer com "sumiu"?

– Eu dormi logo depois de você e acordei com o diretor da escola cutucando meu pé. Não tinha mais ninguém conosco lá, Dee. Ninguém.

Pus as mãos na cabeça e enterrei os dedos no couro cabeludo, tentando inutilmente arrancar as palavras de Mike da minha mente. Joseph tinha sumido. Eu tinha feito de tudo para ajudá-lo. Até sangrei por ele. Me comprometi com o pai dele. Arrisquei a vida de Mike e levei Luke para a morte. Tudo por ele. Tudo para que ele tivesse a chance de salvar a irmã, e era assim que ele me agradecia. *Assim!*

O som que veio da minha garganta era o de uma fera, um cruzamento de lamento com grito de guerra. Eu não estava louca e nenhum médico ou relatório policial iria me convencer de que estava.

– Você acredita que tudo aconteceu, Mike? Me diz que você se lembra de tudo. De Luke. Da casa. Do porão... De tudo.

– Eles acham que eu estou louco, Dee, que eu me sinto culpado por ter sobrevivido enquanto Luke morreu. Eu precisava falar com você antes deles, para ver se você se lembrava das coisas do mesmo jeito que eu e provar para mim mesmo que eu não estava enlouquecendo.

Mike levantou minha mão e correu os dedos pela fita rósea formada pelas cicatrizes.

– Passei dois dias esperando você acordar, Dee. Dois dias ouvindo as explicações dos médicos e engolindo as pílulas deles, mas não adiantou. As lembranças, os sons, os cheiros, tudo o que aconteceu em Purity Springs está preso na minha cabeça, mas eu não conseguia sair daquele quarto, nem da ala, até que eu falasse exatamente o que eles queriam ouvir.

– Do que você está falando?

– Estou falando que, quando meu pai vier hoje de manhã, quando os guardas ou a Sra. Hooper perguntarem o que aconteceu, você vai ter de mentir. Diz pra eles que foi um acidente, que nós realmente atingimos um arado e deixamos o Luke lá pra ir procurar ajuda.

Alguma coisa estalou na minha cabeça, uma conclusão horripilante que de repente abriu caminho em minha consciência.

– Você disse que contou tudo aos policiais. Esses policiais... eram de Purity Springs?

– Com certeza não. Eu nunca deixaria aqueles desgraçados chegarem perto de mim – ele disse. – Eram dois, um era xerife e o outro delegado. Eram de uma cidade vizinha. Eu não lembro do nome. O Elijah ou John ou seja lá como ele se chama aparentemente os chamou quando eu comecei a contar tudo. Ele disse que seria prudente envolver uma "terceira parte isenta" na investigação.

Abaixei a cabeça e enfiei os dedos nas feridas nos meus braços para ter certeza de que não estava aprisionada em outro pesadelo. A aguda ferroada me fez perceber que eu não estava, e eu então olhei para cima de novo para ver se não havia ninguém nos ouvindo.

– Dee? Fala comigo. O que está acontecendo?

– O irmão dele... – eu comecei a falar toda embargada. – Elijah tem dois irmãos. Eles controlam as cidades vizinhas. Um é xerife. O outro é membro de um tipo de conselho em outra cidade. É assim que eles fazem para não ser detectados por ninguém. É por isso que ninguém nas cidades em volta suspeita de nada em Purity Springs. Se agora eles sabem... – e parei de falar, com medo de verbalizar minhas suspeitas. Se o policial que tinha mantido Mike preso na ala psiquiátrica era quem eu achava que era, então o irmão de Elijah tinha estado ali. Jared agora sabia onde morávamos e como nos encontrar.

TRINTA E NOVE

Me sentei no escuro, sozinha, com os bipes eletrônicos das máquinas em volta me mantendo ancorada ao meu entorno. Luke estava morto. Joseph tinha sumido. E Mike queria que eu mentisse e fingisse que nada daquilo tinha acontecido.

A Sra. Hooper abriu minha porta e sorriu. Parecia exausta e mais magra, como se não tivesse dormido ou se alimentado por dias. Provavelmente não tinha mesmo. Não pude evitar certa sensação de satisfação por isso. Ela tinha se preocupado comigo. Ligado para mim. Sentido minha falta. De certa forma, isso dava um pouco de luz e cor a tudo.

– Que bom te ver acordada – ela disse, chegando ao meu lado. Olhou para mim de cima a baixo, detendo-se nos tamancos em meus pés. – Você não vai a lugar nenhum, mocinha. Vai só voltar para a cama e fazer exatamente o que o médico mandar.

Fiz pouco caso.

– Quero minhas roupas. Quero ir pra casa. Quero ver Luke.

Ela parou ao ouvir minhas palavras e seu sorriso se desfez.

– Luke se foi, querida. Ele morreu no acidente.

– Eu sei que morreu – eu disse. – Mas não é como a senhora está pensando. Não aconteceu do jeito que todo mundo está falando.

– Mas como assim?

Havia uma sensação gentil de segurança em sua voz, uma promessa implícita de que ela me daria ouvidos e no mínimo tentaria acreditar em mim.

Fiz menção de começar a responder e contar cada detalhe sórdido do pesadelo que eu tinha vivido, mas uma batida na porta me calou.

– Você é Dee, certo? – a voz do homem era suave e envolta em falsa simpatia. – Eu sou o detetive Smith, mas você pode me chamar de Jared.

Ele estava de volta ao uniforme, com a arma e o distintivo bem à vista. Deu um passo na minha direção e tirou seu chapéu, fazendo uma discreta mesura para a Sra. Hooper.

– Se a senhorita estiver de acordo no momento, eu gostaria de fazer algumas perguntas. Já conversei com seu amigo... hã... – Jared fez uma pausa e coçou a cabeça, e então puxou um caderninho do bolso. Correu as folhas até encontrar o nome que procurava.

Eu não estava engolindo nada daquele teatro. Ele sabia muito bem o nome de Mike, provavelmente sabia até o número do sapato dele.

– ... Mike. Falei com seu amigo Mike. Mas agora queria ouvir o que a senhorita tem a declarar.

Sob a ridícula presunção de que havia alguma escolha ali, a Sra. Hooper gesticulou para a cadeira ao lado da cama.

– Apenas se o senhor puder ser rápido, por favor. Ela está cansada e precisa de repouso.

– Com toda certeza, senhora – ele respondeu. – Mas, se não se importar, eu preferiria que a senhora esperasse lá fora.

A Sra. Hooper fez uma expressão de quem estava confusa.

– Mas ela é menor. Eu certamente posso ficar aqui ao lado dela, não? – ela disse, chegando mais perto de mim.

– Geralmente é o caso, mas considerando que Dee tem quase dezoito anos e está tecnicamente sob a tutela do estado, eu vou pedir à senhora para aguardar lá fora.

Me afundei mais ainda nos cobertores e lancei à Sra. Hooper um olhar bem incisivo, algo que eu esperava que ela entendesse como "sob nenhuma circunstância me deixe aqui sozinha com esse homem".

Não funcionou. Ela deu um tapinha no meu ombro e me retornou uma piscadela reconfortante.

– Tutelada do estado ou não, ela é como um filha para mim.

– Não vai levar mais do que dez minutos, senhora – Jared prometeu. – Eu apenas preciso esclarecer algumas declarações que colhi com Mike e depois vou embora. E a senhora não precisa se preocupar. Vou tratar a menina como se fosse minha filha.

A Sra. Hooper concordou.

– Obrigada. Tenho certeza de que sim.

Jared fechou a porta, girou a fechadura e então se virou, me encarando. Olhei rapidamente para o banheiro e depois para a janela larga antes de inspecionar o teto atrás de câmeras que pudessem estar transmitindo para a enfermaria central. Não tinha jeito nenhum de eu escapar dali.

Ele percebeu meu medo e inclinou a cabeça.

– Eu entendo sua preocupação, mas não tenho nenhuma intenção de te causar mal.

A afirmação tinha o objetivo de me fazer sentir melhor. Claro que não fez, porque ele tinha deixado de mencionar um "por enquanto".

– Então por que você está aqui? O que você quer?

– Não quero nada de você. Apenas gostaria de dar minhas condolências pela perda do seu namorado – ele disse, se inclinando sobre a cama e pousando as duas mãos no meu travesseiro, me aprisionando. – Foi um acidente, exatamente como Mike disse. Mas lembre-se de que acidentes acontecem o tempo todo, inclusive nos momentos mais inoportunos.

Minha primeira lágrima desceu e ele estendeu a mão para limpá-la. Eu me virei, com vontade de nunca mais deixar ninguém me tocar de novo.

– Ninguém precisa se machucar, Dee. Ninguém – ele murmurou, distanciando-se da cama.

– Detetive Smith...? – eu chamei quando ele se aproximou da porta.

– Por favor, me chame de Jared.

Tive de engolir em seco antes de conseguir dizer o nome dele.

– *Jared.* Cadê o Joseph?

Ele deu um suspiro como se responder à minha pergunta – ou de fato não responder – fosse doloroso demais para ele.

– Esqueça o Joseph, Dee. Esqueça o Elijah e Purity Springs e só tente seguir em frente com a sua vida.

Eu queria mesmo fazer como ele sugeria. Queria esquecer tudo o que tinha acontecido com Joseph e Eden e até com Abram. Não queria me importar mais com nada daquilo; doía demais pensar a respeito. Talvez o irmão de Elijah tivesse razão.

Talvez o único jeito de sobreviver fosse esquecendo.

EPÍLOGO

A Sra. Hooper, os pais de Luke, a diretoria da escola... todo mundo acha que eu preciso conversar com alguém e trabalhar melhor os longos períodos de silêncio que andam me consumindo. Por isso, todas as terças, às 16h15, eu me sento no consultório do psiquiatra e recito as respostas adequadas às perguntas dele: *Sim, eu estou indo bem na escola. Sim, eu já me conformei com a perda do Luke. Sim, eu vou começar a me envolver mais com meus amigos e com os assuntos escolares.*

O nome dele é Carl e ele não é assim tão ruim. Pelo menos não olha pra mim como se eu fosse louca. Mas isso é provavelmente porque eu fiz exatamente como Mike me pediu. Eu menti.

A não ser quando estou conversando com Mike, nunca pronuncio o nome de Elijah Hawkins. É melhor assim, e isso me faz me sentir mais protegida e fora do alcance daquele homem. E do de seus irmãos. Não é tão difícil de aguentar durante o dia, quando tenho a escola com que me preocupar e o Mike para me distrair. Mas à noite, quando eu acordo gritando e procurando o Luke... bom, é quando minha determinação falha.

A Sra. Hooper vem correndo para o meu quarto todas as vezes em que isso acontece, implorando para que eu fale com ela. Tentei algumas vezes, mas o aviso que Jared me deu sempre me faz parar antes.

De acordo com os médicos, as poucas lembranças que eu deixei escapar no hospital não passaram de delírios. Teriam sido alucinações causadas pelas concussões severas e pelo trauma, ou ainda, no caso de Mike, pela incapacidade de lidar com a perda de Luke. Podem todos acreditar no que quiserem; Mike e eu sabemos da verdade.

Eu finalmente cedi e contei ao Mike a respeito de meus pesadelos na semana passada. Ele me comprou um diário e me disse para começar a anotar tudo o que eu lembrar. Acho que ele tem medo de que eu vá fraquejar e dizer alguma coisa ao psiquiatra ou à Sra. Hooper. Entendo isso; às vezes, eu também tenho esse medo.

O diário fica escondido debaixo do meu colchão. Toda noite, quando os pesadelos passam por cima dos meus sonhos, eu pego ele e começo furiosamente a escrever cada detalhe de que consigo me lembrar. Nunca releio minhas anotações, só vou enchendo página após página como meu próprio registro de evidências – evidências que ninguém mais vai ver além de mim.

As mesmas pessoas que insistiram que eu consultasse um psiquiatra ficam me prometendo que tudo vai melhorar e ficar mais fácil com o tempo. Eu posso continuar fingindo o quanto quiser, mas nenhum tempo ou distância, e nem mesmo a lápide com o nome de Luke, podem me trazer paz. A única verdade da qual eu tenho certeza é a de que, no fim, o mal e a escuridão dos quais lutei para escapar vão dar um jeito de voltar à minha vida... e à minha alma.

AGRADECIMENTOS

Trisha Leaver

Este livro não existiria se não fosse pelo apoio e incentivo de um grande número de pessoas. Meu agente, Kevan Lyon, cuja fé inabalável nesta autora tornou tudo possível. Meu editor, Brian Farrey-Latz, e todo o pessoal da Flux. Meus fantásticos revisores, que leram incontáveis versões de *Doutrinados* e nunca questionaram minha sanidade. E minha coautora Lindsay Currie, que fez essa jornada junto comigo.

À minha família... Eu nunca vou ter como expressar o quanto o seu amor e apoio significam para mim. Meme, que em todos os verões me deixava ficar acordada até de manhã lendo sua coleção do Stephen King. Kyle e seu grupo de amigos: suas palhaçadas são uma fonte de inspiração constante para meus personagens masculinos. Minha adorável Caroline, cuja recusa em aceitar a palavra "impossível" guia cada passo que eu dou. Casey, cuja gentileza e sorriso enormes sempre me lembram de nunca levar a vida a sério demais. E ao meu marido, Brian, que guarda meus segredos e é o amor da minha vida. Sua paciência e força me mantêm de pé.

Lindsay Currie

Quero agradecer a tanta gente que ficaria até ridículo, mas entendo que não vai ser possível mencionar pelo nome cada pessoa que tornou esse sonho em realidade. Com isso em mente, vou tentar me segurar e manter o agradecimento tão simples quanto possível. Um obrigado *enorme* vai para as seguintes pessoas, porque sem elas não existiria *Doutrinados*:

Meu marido John. Você é o leite do meu café, baby. Obrigada por tudo, especialmente pelo seu senso de humor que sempre me mantém sorrindo... mesmo durante as desavenças.

Meu filho Rob. O que mais posso dizer, além de que você é fantástico? Você se tornou um tenista muito determinado e muito cortês, que demonstra tão bom coração nas quadras que eu tenho orgulho de dizer que é uma enorme inspiração para mim.

Meu filho Ben. Você é um campeão no esporte que escolheu e também no meu coração. É um lutador de artes marciais ao mesmo tempo sensível e forte, cuja postura dentro e fora do tatame me ensinou o que significa dar 100% de mim.

Minha filha Ella. Minha mamãezinha e minha princesinha com um coração de ouro. Você se tornou uma verdadeira defensora dos peixes-bois, e me lembra todos os dias de que tudo é possível.

Também quero agradecer aos meus pais por me incentivarem todos os dias quando eu era criança a ir atrás dos meus sonhos, e também por me lembrarem de que tudo é possível quando a gente se dedica de verdade.

Outro obrigado enorme vai para todo mundo que leu *Doutrinados* em seus vários estágios (vocês sabem quem são!). Não poderíamos ter feito isso sem a sua ajuda.

Um obrigado também à minha agente, Kathleen Rushall, pelos milagres que ela opera, e para Brian Farrey-Latz e todo o pessoal da Flux por se arriscar com *Doutrinados*, nosso livrinho valente.

Por último, mas não menos importante, obrigado a Trisha Leaver, minha coautora, por escrever junto comigo. Adorei cada momento.

Este livro foi composto com tipografia Electra LT Std e impresso
em papel Off-White 70 g/m² na Intergraf.